Susanne von Berg

Die Zeit der Frauen

Die Jahre des Aufbruchs

atb aufbau taschenbuch

Susanne von Berg ist das Pseudonym des Schriftstellers Andreas Schmidt, bekannt durch zahlreiche Kriminalromane. Er lebt und arbeitet als freier Autor und Journalist in seiner Heimatstadt Wuppertal.

Im Aufbau Taschenbuch sind die Bände der Kaufhaussaga »Das Kaufhaus – Zeit der Sehnsucht«, »Das Kaufhaus – Zeit der Wünsche« und »Das Kaufhaus – Zeit des Wandels« sowie die ersten beiden Bände der Alltagswunder-Saga »Die Zeit der Frauen – Eine große Erfindung« und »Die Zeit der Frauen – Das Versprechen der Zukunft« lieferbar.

Katharina könnte nicht glücklicher sein. Endlich kündigt sich der ersehnte Familienzuwachs an, und die Firma entwickelt sich weiterhin Erfolg versprechend. Vor Jahren hatte sie Carl auf die Idee gebracht, ein eigenes Automobil zu konstruieren. Ist nun die Zeit reif für den Thiele-Kraftwagen? Der Fortschritt macht jedenfalls auch vor der Thiele-Waschmaschine nicht halt. Das neue Modell verfügt über einen Elektroantrieb und bedeutet so eine weitere Arbeitserleichterung für die Frauen. Doch auch wenn der Einsatz der Maschinen nicht von allen begrüßt wird, ist Katharina überzeugt davon, dass die Waschmaschinen das Alltagsleben von Millionen Frauen verändern können.

Susanne von Berg

Die Jahre des Aufbruchs

Die Zeit der Frauen

Roman

atb aufbau taschenbuch

ISBN 978-3-7466-4121-8

Aufbau Taschenbuch ist eine Marke
der Aufbau Verlage GmbH & Co. KG

1. Auflage 2024

www.aufbau-verlage.de
10969 Berlin, Prinzenstraße 85

Umschlaggestaltung www.buerosued.de, München
unter Verwendung eines Motivs von © Ildiko Neer
Satz Greiner & Reichel, Köln
Druck und Binden CPI books GmbH, Leck, Germany

Printed in Germany

Kapitel 1

Amelie horchte auf, als sie das Knarren des alten Handkarrens auf dem Straßenpflaster hörte. Hoffentlich hatte der Postbote heute einen Brief für sie!

Amelie warf das grün-weiß karierte Tischtuch auf den Spülstein und eilte zum Küchenfenster. Ihre Ohren hatten sie nicht getäuscht. In diesem Augenblick schob Postbote Arthur Willems seinen Handkarren, der mit schwerer Paketpost beladen war, vor das Haus.

»Guten Morgen!« Fröhlich winkte Amelie dem Briefträger zu.

»Guten Tag, Fräulein Amelie.« Willems stellte den Karren ab und drückte stöhnend den Rücken durch. Der arme Kerl ging sicher längst auf die sechzig zu. Trotzdem schickte ihn sein Amtsvorsteher immer noch bei Wind und Wetter los, um die Post zuzustellen. Arthur Willems schob die Mütze seiner Uniform weit in den Nacken, zupfte ein Taschentuch aus der Tasche und tupfte sich damit den Schweiß von der Stirn. »Die Sonne brennt schon ganz ordentlich.«

»Das ist doch schön«, erwiderte Amelie und atmete tief durch. Der Duft von Früchten und Blüten hing in der Luft. Es war ein herrlicher Tag.

»Für mich leider nicht«, entgegnete der Postbote kopfschüttelnd. Er strich sich die taubengraue Jacke der Postuniform zurecht. Die großen silbernen Knöpfe glänzten im Sonnenlicht. Er trat einen Schritt zur Seite, als sich ein mit Milchkannen beladenes Fuhrwerk näherte. Das Klappern der Hufe hallte durch die Straße. »Die Arbeit«, fuhr Willems fort, »wird von Tag zu Tag schwerer.« Dann schenkte er Amelie ein Lächeln und öffnete seine abgewetzte lederne Umhängetasche. »Heute habe ich einen Brief für dich.«

»Na endlich!«

»Endlich?« Fragend hob Willems eine Augenbraue. »Seit ich dich kenne, bekommst du höchstens die ein oder andere Postkarte, die Freundinnen aus der Sommerfrische schicken, um …«

»Um mich neidisch zu machen?« Amelie musste lachen. Tatsächlich war sie noch nie in die Sommerfrische gefahren. Dafür hatte bislang immer das Geld gefehlt. Und einen richtigen Brief hatte sie genau genommen noch nie erhalten.

»Mach es nicht so spannend, Arthur, her mit dem Brief!« In gespannter Erwartung trommelte Amelie mit den Fingern auf das Fensterbrett.

»Na, na«, erwiderte der Postbote schnaufend. »Mal langsam mit den jungen Pferden.« Umständlich öffnete er die Schnallen seiner Umhängetasche und blätterte in dem Stapel Post. Dann erhellte sich seine Miene, und er zog einen Briefumschlag hervor. »Hier«, sagte er und trat auf sie zu, »hier ist er.« Er überflog die Anschrift. »Fräulein Amelie Wadersloh.«

»Arthur, bitte!«, flehte Amelie. »Komm schon!«

»Ja, ja, man wird ja noch kontrollieren dürfen, ob man auch die richtige Post übergibt.« Nun studierte Willems die Rückseite des Kuverts, auf dem der Absender vermerkt war. Erstaunt hob er die Augenbrauen. »Der kommt von Familie Thiele. Kennst du die näher?«

»Noch nicht«, feixte Amelie kopfschüttelnd. »Aber ich hoffe, dass sich das bald ändern wird.« Sie streckte die Hand aus und entwand dem verdutzten Postboten den Brief.

*

»Du solltest einen Arzt aufsuchen.« Mit besorgter Miene trat Carl hinter seine Frau. Katharina betrachtete sich im Spiegel des Badezimmers. Sie war kreidebleich und spürte noch immer das flaue Gefühl in der Magengegend. Seit einigen Tagen plagte sie aufkommende Übelkeit in den Morgenstunden. So auch heute. Sie hatte keine Erklärung dafür, denn abgesehen von den morgendlichen Beschwerden fühlte sie sich gesund.

Liebevoll legte Carl seine Hände um ihre Taille. »Vielleicht hast du recht«, nickte sie und schmiegte sich an ihn. Es tat gut, seine Nähe zu spüren. Gleich nach dem Frühstück war ihr schlecht geworden. Sie fragte sich, ob das an dem Malzkaffee lag, den Frieda serviert hatte.

»Bitte fahr zu Doktor Wallenstein«, insistierte Carl hartnäckig. Katharina wusste, dass die Männer seit einigen Jahren befreundet waren.

»Er soll dich gründlich untersuchen – ich möchte, dass es dir schnell besser geht, Liebes«, hauchte Carl ihr ins Ohr.

»Einverstanden.« Katharina nickte. Eine Krankheit konnte sie jetzt nicht gebrauchen. Mit viel Herzblut kümmerte sie sich in der Firma um die Werbung. Carl arbeitete an der Weiterentwicklung der Thiele-Waschmaschine, und sobald es dazu Neuigkeiten gab, musste dafür Reklame gemacht werden. Schließlich wollten sie viele Käufer gewinnen.

»Meinst du, du kommst jetzt ohne mich zurecht?«, fragte Carl besorgt.

Katharina nickte. Ihr ging es keineswegs besser, aber sie wollte ihren Mann nicht unnötig beunruhigen.

»Ich muss jetzt los, Liebes. Gleich kommt ein Lieferant, mit dem ich einige Dinge besprechen muss.«

»Natürlich, Carl.« Katharina half ihm in das graue Tweed-Sakko mit dem Fischgrätenmuster, das hervorragend zu seiner Weste und der Hose passte. Der Stehkragen seines Hemdes war frisch gebleicht und bildete einen leuchtenden Kontrast zum Dreiteiler. Katharina stellte sich auf die Zehenspitzen und zupfte seine Fliege zurecht. »Dann los mit dir. Franz wartet sicher schon.« Sie hauchte ihm einen Kuss auf die Wange.

Carl warf einen Blick auf die Taschenuhr, dann klappte er das bronzefarbene Gehäuse zu und ließ es an der Kette zurück in die Jackentasche gleiten. »Ich werde dir die Kutsche zurückschicken, damit du zum Arzt kommst. Franz soll vorsichtig fahren.«

»Das tut er doch immer.« Katharina begleitete Carl zur Tür. »Bis später, Geliebter.«

Tatsächlich stand die elegante schwarz glänzende Kutsche bereits in der Einfahrt. Die beiden Pferde schnaubten ungeduldig.

Carl hatte die Kutsche vom Wagenbauer mit einem Spezial-lack behandeln lassen, ähnlich dem, der für Klaviere verwendet wurde. So glänzte der Wagenkasten in der Morgensonne, als hätte man ihn mit einer Speckschwarte eingerieben. Katharina lehnte im Türrahmen und beobachtete die Vorgänge draußen.

Franz, seines Zeichens Kutscher, Knecht und Gärtner in Personalunion, wartete geduldig vor dem prächtigen Fuhrwerk des Fabrikanten. Als Carl sich näherte, salutierte er auf militärische Weise und begrüße ihn formvollendet.

»Guten Morgen, gnädiger Herr.«

»Guten Morgen, Franz«, erwiderte Carl freundlich. »Dann wollen wir mal wieder.«

»Jawohl, gnädiger Herr.«

Franz öffnete die Seitentür der Kutsche.

Carl blieb am Trittbrett stehen, um sich zu Katharina umzuwenden. Er lächelte und hauchte ihr einen Kuss zu.

Katharinas Herz vollführte einen Freudensprung. Sie erwiderte den Luftkuss und sprach leise ein *Ich liebe dich*, während sie zusah, wie ihr Mann in die Kutsche stieg. Franz trat an den Wagen und drückte die kleine Holztür ins Schloss. Nachdem er sich vergewissert hatte, dass sie geschlossen war, erklomm er mit elegantem Schwung den Kutschbock und nahm die Zügel in die Hand.

Brav setzten sich die beiden Pferde in Bewegung. Die Wagenräder knirschten auf dem Kies der Einfahrt. Carl beugte sich durch das kleine Fenster heraus, um Katharina zum Abschied zu winken.

Sie winkte ebenfalls und sah dem prächtigen Fuhrwerk nach, das den parkähnlichen Garten, der die Villa umgab, über die Zufahrt verließ. Bald schon verebbte das Trappeln der Hufe in der Ferne und Ruhe kehrte ein im Villenviertel.

Katharina drückte die schwere Haustür ins Schloss. Höchste Zeit, sich fertig zu machen. Sie hoffte, dass sie beim Arzt nicht allzu lange warten musste.

*

Amelies Finger zitterten vor Aufregung, als sie das Kuvert mit dem Zeigefinger aufriss und den handgeschriebenen Brief entnahm.

»Sehr geehrtes Fräulein Amelie«, stand dort in geschwungenen Lettern, »mit großem Interesse haben wir Ihre Bewerbung gelesen. Gern würden wir Sie persönlich kennenlernen. Aus diesem Grunde bitten wir Sie zu einer Vorstellung in unserem Hause am morgigen Tag gegen zwei Uhr nachmittags. Entsprechende Zeugnisse bitten wir mitzubringen. Hochachtungsvoll grüßt Sie Katharina Thiele.«

Ein spitzer Freudenschrei kam über Amelies Lippen. Vor lauter Aufregung las sie sich den Brief gleich drei Mal hintereinander durch.

»Sie wollen mich kennenlernen!«, rief sie, sprang von der hölzernen Bank auf und tanzte ausgelassen durch die Küche. Für den Augenblick vergaß sie die Arbeit und gab sich den Gedanken hin, die durch ihren Kopf wirbelten. Plötzlich erstarrte sie. Erneut warf sie einen Blick auf die Einladung von Katharina

Thiele. »Morgen«, stand darin. Dahinter hatte die Absenderin ein Datum gesetzt. Amelie stutzte. »Oh nein«, rief sie erschrocken auf. »Das ist nicht morgen, das ist ja schon … heute!«

Kapitel 2

Als Katharina aus der vornehmen Kutsche stieg, stand sie vor dem imposanten Panorama einer eigenen kleinen Stadt am Rand von Gütersloh. Eingerahmt von der Zufahrtsstraße und den Bahngleisen am anderen Ende des Werksgeländes erstreckte sich die Fabrik ihres Gatten, die unzähligen Männern und Frauen Arbeit gab. Hier wurden Buttermaschinen, Zentrifugen und Waschmaschinen hergestellt und nahezu in die ganze Welt verschickt. Die großen Hallen standen in Reih und Glied und erinnerten an ein überdimensionales Schachbrettmuster. Ein seichter Wind strich über die Ausläufer des Teutoburger Waldes und trug den Fabriklärm an Katharinas Ohren. Das stolze Bürogebäude mit seinem Walmdach und der strahlend weißen Fassade verlieh dem Gesamtbild einen Hauch von schlichter Eleganz.

Dort, im größten Raum, arbeitete ihr geliebter Carl. Sicher wäre er überrascht über ihren ungeplanten Besuch, ganz zu schweigen von dem Anlass, der sie zu ihm führte. Katharinas Herz vollführte einen Freudensprung, als sie an die Nachricht dachte, die sie ihm gleich überbringen würde.

Nach ihrem Besuch bei Doktor Wallenstein hatte sie Franz

gebeten, sie zur Fabrik zu bringen. Es gab viel zu erzählen, und sie konnte unmöglich bis heute Abend warten, um ihre Neuigkeiten loszuwerden.

Doch ihre Vorfreude auf das Wiedersehen mit Carl erhielt einen Dämpfer, als sie gut ein Dutzend Frauen erblickte, die sich vor dem Werkstor versammelt hatten. Sie wirkten aufgebracht, riefen Parolen und schwangen die Fäuste.

Solche Bilder kannte Katharina noch von den Frauenversammlungen, die es vor einigen Jahren gegeben hatte. Seinerzeit hatten sich Frauen erstmals zusammengeschlossen, um für ihre Rechte und Interessen zu kämpfen.

Als sie jetzt die aufgebrachte Menge beobachtete, ahnte Katharina, dass die Protestierenden nichts Gutes im Schilde führten.

»Weg mit Thiele, weg mit den Maschinen!«, drangen ihre Sprechchöre an Katharinas Ohren.

»Kann ich euch helfen?«, rief Katharina ihnen zu. Die Menge verstummte und blickte zu Katharina hinüber.

»Brauchen Sie Hilfe, gnädige Frau?«, raunte Franz ihr zu, der mit finsterem Blick hinter sie getreten war.

»Nein danke, Franz, ich komme zurecht.« Katharina musterte die Frauen am Tor. Ihre Kleidung war einfach, die Mienen drückten Entschlossenheit aus.

»Wer sind Sie?«, fragte eine untersetzte Frau. Sie trug eine vergilbte Schürze über dem taubengrauen Arbeitskleid, ein Kopftuch bedeckte ihr Haar.

»Mein Name ist Katharina Thiele.«

Unter den Frauen wurde getuschelt. Während Katharina sich

ihnen furchtlos näherte, wurde sie kritisch beäugt. »Und ich frage mich, was euer Aufstand hier soll.«

»Wir demonstrieren.«

»Das sehe ich.« Sie rang sich ein Lächeln ab. »Darf ich wissen, wofür – oder besser, wogegen?«

»Gegen das Teufelswerk.« Einige der Weiber deuteten auf die Fabrik. Katharina wusste, wovon sie sprachen. »Ihr habt Angst vor unseren Waschmaschinen?«

»Nicht vor den Maschinen.« Die Sprecherin der Demonstrantinnen schüttelte den Kopf. »Aber vor dem, was sie mit sich bringen, wenn das so weitergeht.«

»Was weitergeht?« Katharina zog fragend eine Augenbraue hoch.

»Der Siegeszug dieser … Waschmaschine.« Eine andere, ausgemergelt wirkende Frau mit strohblonden Haaren trat vor. »Bald hat jedes vornehme Haus so ein Ding, und dann werden wir überflüssig sein. Wir sind Haushälterinnen und für die Wäsche unserer Herrschaften zuständig. Sie bezahlen uns dafür, dass wir an den Waschtagen von früh bis spät für sie da sind. Und wenn es keine Waschtage mehr gibt, dann werden viele von uns in der Gosse landen.«

»Seien Sie auf der Hut, gnädige Frau«, warnte Franz im Hintergrund. Es tat Katharina gut, den großen Mann im Rücken zu wissen. Sie war sicher, dass er sie verteidigen würde, sollte das nötig werden.

»Das bin ich«, flüsterte sie, ohne sich zu dem treuen Kutscher umzudrehen. Dann richtete sie das Wort wieder an die Frauen. »So stimmt das nicht«, rief sie. »Die Waschmaschine erleichtert euch die Arbeit. Ihr habt deshalb weniger gesundheitliche Probleme und könnt euch anderen Aufgaben im Haushalt widmen.«

»Erzählen Sie das mal unseren Herrschaften«, forderte eine junge Frau. Sie war höchstens zwanzig Jahre alt, schlank und blass. »Die feuern uns, weil diese Waschmaschine unsere Arbeit macht. Niemand wird mehr Waschfrauen brauchen.« In der Gruppe brandete ein zustimmendes Raunen auf.

Katharina dachte nach, ob die Sorge der armen Frauen gerechtfertigt war. »Unsere Waschmaschinen sind eine wertvolle Hilfe im Alltag, nicht mehr, aber auch nicht weniger. Und ich wage, zu bezweifeln, dass eure Herrschaften ihre Wäsche nun selbst waschen, nur weil sie eine Thiele-Waschmaschine gekauft haben.«

»Sie nehmen uns die Arbeit weg«, behauptete eine junge Frau mit Sommersprossen.

»Das stimmt so nicht.« Katharina schüttelte entschieden den Kopf. »Wie oft musstet ihr früher tagelang in der Waschküche stehen oder die Wäsche körbeweise ins Waschhaus schleppen, um dort den Wasserkessel zu heizen, die Kleidung einzuweichen und mühsam im Wasser zu bewegen? Nicht zu vergessen die Schufterei am Waschbrett.«

Kurz herrschte Schweigen unter den Frauen. Sie sahen sich mit betroffenen Mienen an. »Und warum verlieren viele von uns dann ihre Arbeit?«, wagte schließlich eine der Älteren zu entgegnen.

»Das hat nichts mit unserer Waschmaschine zu tun«, antwortete Katharina in sachlichem Ton. »Wir erleichtern euch die Arbeit, wir nehmen sie euch doch nicht weg!« Katharina ahnte, was die Waschweiber so aufbrachte: Vor wenigen Wochen hatten ihr Mann Carl und sein Partner Rudolf Zenker ein neues Projekt unter dem Arbeitstitel »Kraftwaschmaschine« vorgestellt. Dabei handelte es sich um die technische Weiterentwicklung der guten alten Waschmaschine vom Typ *Hera*, die mit der zunehmenden Elektrifizierung in den Städten mithalten sollte. Es gab verschiedene Ideen, den Frauen die Arbeit mit der Waschmaschine zu erleichtern, wenn man sie in irgendeiner Weise elektrisch betreiben konnte. Doch noch war es nicht so weit, und davon konnten die aufgebrachten Frauen nicht reden.

»Ihr könnt, während die neuen Waschmaschinen ihre Arbeit verrichten, andere Dinge im Haus erledigen, also beschwert euch nicht!«

Unsicherheit breitete sich unter den Frauen aus. Sie tuschelten miteinander, bedachten Katharina und Franz, der nach wie vor schweigend hinter Katharina stand, mit argwöhnischen Blicken, dann zogen sie sich ein wenig kleinlaut zurück.

»Wir kommen wieder«, rief eine, dann wurde auch sie am Schürzenzipfel mitgezogen.

Katharina war, als würde ihr ein Stein vom Herzen fallen. Sie sah den Waschweibern nach, dann wandte sie sich an den Kutscher. »Na«, sagte sie erleichtert. »Wie habe ich das gemacht?«

»Sie waren großartig, gnädige Frau.« Franz grinste breit. »Wenn ich noch etwas für Sie tun kann …«

»Vielen Dank, ich komme allein zurecht.« Katharina schüttelte den Kopf. Jetzt stand dem Besuch bei Carl nichts mehr im

Wege. Sie war gespannt, ob er etwas von dem Tumult vor dem Werkstor mitbekommen hatte.

*

»O mein Gott, was ziehe ich nur an?« Amelie war aufgeregt und warf ihrem Vater einen fragenden Blick zu. Wie so oft war Hermann Wadersloh zur Mittagspause nach Hause gekommen. Amelie war als älteste Tochter mit den Arbeiten im Haushalt betraut und erwartete ihn bereits am gedeckten Tisch. Auf dem Herd köchelte die Kartoffelsuppe, die sie heute schon zum dritten Mal aufwärmte, wieder verlängert mit Wasser, dazu ein paar Kräuter und Gewürze. Um täglich neues Essen zuzubereiten, fehlte das Geld. Seitdem ihre Mutter im letzten Jahr gestorben war, kam der Vater ganz allein für die sechs Kinder auf. Er schuftete von früh bis spät, um Geld für Lebensmittel und die Miete der kleinen Wohnung zu verdienen. Doch in letzter Zeit schien er gealtert zu sein. Die Schufterei ging nicht spurlos an ihm vorbei, und sicher war er noch lange nicht über den Tod seiner geliebten Frau hinweggekommen.

»Zieh dein weißes Sonntagskleid an«, schlug Hermann vor, während Amelie ihm mit der großen Kelle den Teller füllte. An den Rand legte sie ein Stück frisch gebackenes Brot, dazu reichte sie ihm ein Glas Wasser. Sie selbst verspürte keinen Hunger – viel zu groß war die Aufregung vor dem Besuch in der Villa Thiele.

»Meinst du?«

»Sicher.« Hermann löffelte seine Suppe, er schlürfte und beäugte seine Tochter nachdenklich. »Wichtiger ist, dass du dich dort zu benehmen weißt.«

»Das kann ich«, versicherte Amelie ihm.

»Und es handelt sich tatsächlich um *diese* Familie Thiele?«

»Selbstredend. Sie suchen händeringend nach einer Erzieherin.«

»Nach einer … Erzieherin?« Die Augen ihres Vaters wurden groß. Er legte den Löffel zur Seite. »Kind, du bist keine Erzieherin.«

»Das … das weiß ich doch, aber ich traue mir zu, Kinder zu erziehen. Und sobald das möglich ist, werde ich eine Lehre machen.«

»Die Reihenfolge gefällt mir nicht«, brummte Hermann kopfschüttelnd. »Erst macht man eine Lehre, man lernt viel in Theorie und Praxis, und am Ende der Lehrzeit steht ein Gesellenbrief. Das ist im Handwerk so üblich, und bei Erzieherinnen verhält es sich wohl nicht anders.« Er seufzte. »Ich fürchte, sie werden dich nicht einstellen, Kind.«

»Aber ich möchte endlich arbeiten.« Amelie sank auf die Eckbank. Traurig betrachtete sie ihren Vater. Seine Hände waren groß wie Unterteller und konnten kräftig zupacken. Doch jetzt ruhten sie auf dem Tisch.

»Dein Essen wird kalt.«

»Macht nichts.« Hermann Wadersloh seufzte bedeutungsvoll. »Kind, seitdem deine Mutter gestorben ist, habe ich alle Hände voll zu tun, um uns über die Runden zu bringen. Und ich bin dir sehr dankbar dafür, dass du mir den Haushalt führst.« Er rang sich ein Lächeln ab. »Und, um ehrlich zu sein: Du hast hier genügend Arbeit und eigentlich gar keine Zeit für eine Lehre als Erzieherin oder Gouvernante.

»Das ist eben das Problem«, erwiderte Amelie. »Aber ich bin siebzehn und muss langsam zusehen, dass aus mir etwas wird. Etwas anderes als eine Mamsell im eigenen Haushalt. Verstehst du das, Vater?«

Er sah sie schweigend an. »Natürlich«, sagte er leise und aß weiter. Mit regungsloser Miene stierte er in die Kartoffelsuppe. »Natürlich verstehe ich das, Kind.« Er sah sie an. »Du musst sehen, dass etwas aus dir wird, und dabei darfst du keine Rücksicht auf mich nehmen.«

Kapitel 3

Ist das wirklich wahr?« Carl strahlte über das ganze Gesicht, nachdem Katharina ihm mit rot glühenden Wangen die frohe Botschaft überbracht hatte. Er sprang von seinem gepolsterten Bürostuhl auf und umrundete den wuchtigen Schreibtisch. Katharina hatte es vorgezogen, stehen zu bleiben.

»Ja, Carl«, antwortete sie mit Herzklopfen. »Wir bekommen unser zweites Kind.« Am liebsten hätte sie sich gekniffen, denn so ganz begriffen hatte sie die Neuigkeit selbst noch nicht. Nach einer gründlichen Untersuchung durch Doktor Wallenstein stand nun fest, dass sie nicht an einer schweren Magenverstimmung litt. Die Einnahme einer Medizin war auch nicht vonnöten. Mit einem väterlichen Lächeln auf den Lippen hatte Doktor Wallenstein ihr gratuliert.

»Carl junior bekommt ein Geschwisterchen«, erklärte sie gerührt. »Bald ist er nicht mehr allein.« Margarete war gespannt darauf, wie ihr Erstgeborener auf die Neuigkeit reagieren würde. Sicher würde er sich freuen, denn schon seit Langem wünschte er sich einen kleinen Bruder. Ob es allerdings ein Junge oder ein Mädchen werden würde, stand in den Sternen.

»Das … das ist so wundervoll!« Carl zog Katharina an sich und küsste sie leidenschaftlich. Sie genoss seine Nähe. Fest schmiegte sie sich an seine Brust und musste gegen Tränen der Rührung ankämpfen. Bereits kurz nach ihrer Hochzeit hatte sich Nachwuchs eingestellt, Carl junior, ein prächtiger und aufgeweckter Junge. Der Wunsch nach einem zweiten Kind war bislang unerfüllt geblieben. Fast schon hatten sie die Hoffnung aufgegeben, doch nun war ihrer beider sehnlichster Wunsch erhört worden.

»Wir werden wieder Eltern, Carl.« Sie sprach leise und genoss die liebevollen Berührungen ihres Mannes. Er fühlte sich so vertraut an, und Katharina wusste, dass er der Mann ihres Lebens war. Kurz musste sie daran denken, wie sie sich kennengelernt hatten. Sie war als einzige Tochter von Bernhard und Theresa Zumwinkel auf dem Hof ihrer Eltern im ländlichen Clarholz aufgewachsen und hatte immer davon geträumt, eines Tages den Hof zu verlassen, um ganz mondän in einer großen Stadt zu leben. Daraus war nichts geworden, doch als ihr Vater einen Maurermeister aus dem benachbarten Herzebrock für den Bau eines neuen Stalls engagiert hatte, war Carl auf den Hof gekommen. Der junge Maurergeselle kam in Begleitung seines Vaters auf den Zumwinkel-Hof. Schon vom ersten Augenblick an hatte sich Katharina zu dem attraktiven jungen Mann hingezogen gefühlt. Und ihm war es offenbar ähnlich ergangen, denn anstatt seinen Vater beim Bau des Stalls zu unterstützen, hatte er sich für die schwere Arbeit in der Landwirtschaft interessiert. Gemeinsam hatten sie die erste Milchzentrifuge erfunden und in einem Schuppen gebaut. Das war der Beginn einer wundervollen Liebesgeschichte gewesen, die geprägt war von Carls Erfindergeist. Er war neuen Ideen aufgeschlossen und stets bemüht, schwere Arbeit zu erleichtern.

Schweren Herzens hatte Katharina nach einer Weile den elterlichen Hof verlassen, um mit Carl nach Herzebrock zu ziehen. Dort führte er eine kleine Eisenwarenhandlung, die er im Handumdrehen in einer Maschinenfabrik verwandelte. Katharina war stets an seiner Seite, brachte sich mit ihrem Ideenreichtum und ihrem Interesse für technische Errungenschaften ein und verhalf ihm so zum Erfolg. Damals war Rudolf Zenker zu ihnen gestoßen. Dank seines kaufmännischen Geschicks hatten sie ihre eigene Firma gegründet und seitdem Zentrifugen und Buttermaschinen in einer alten Kornmühle gebaut. Ihr Unternehmen war eines der ersten gewesen, die Frauen eingestellt und eine Betriebskrankenkasse eingeführt hatten. Der Erfolg ließ nicht auf sich warten, und schon bald platzten die Fabrik und das angrenzende alte Sägewerk aus den Nähten. Eher zufällig wurden sie auf die Gießerei Verleger im Norden von Gütersloh aufmerksam, die zum Verkauf stand. Auf dem Gelände daneben befanden sich damals schon große Fabrikhallen und ein Gleisanschluss. Die Stadtväter erkannten bald, dass Rudolf und Carl Arbeitsplätze schufen, und setzen sich für die Verlegung einer Gas- und Stromleitung ein, damit die Fabrik rasch expandieren konnte. Damals träumte Katharina von einem eigenen Haus, am liebsten mit einem Turm wie in einem Märchenschloss. Mit dem Wachstum der Firma nahm der Wohlstand des Paars zu, so dass Carl ihr den Wunsch erfüllte und einen Architekten beauftragte, das Traumhaus zu planen.

Ein Jahr später hatten die Bauarbeiten am Rande des Gütersloher Stadtparks begonnen, und nach dem Umzug von Herzebrock nach Gütersloh waren sie heimisch geworden in ihrer prächtigen Villa.

Inzwischen besuchte Carl junior die Schule, und Katharina hatte wieder mehr Zeit, sich eigenen Aufgaben zu widmen.

»Ich liebe dich, Katharina«, flüsterte ihr Carl ins Ohr, und während er sprach, schimmerten seine grauen Augen feucht vor Rührung. »Und ich bin sicher, dass wir auch unserem zweitgeborenen Kind gute Eltern sein werden.«

»Das werden wir.« Katharina nickte. Eine Träne stahl sich aus ihrem Auge und kullerte über die Wange. Sie schmeckte das Salz auf der Zunge. »Was Carl junior wohl sagen wird, wenn wir ihm die Nachricht überbringen?«

Carl lächelte sanft. »Er wird sich freuen.«

»O mein Gott«, rief Katharina plötzlich. »Wir müssen ein zweites Kinderzimmer herrichten lassen.«

»Wir werden einen Maler damit beauftragen, die Kinderstube einzurichten«, überlegte Carl, dann lachte er auf. »Aber wir wissen ja noch gar nicht, in welcher Farbe es gestrichen werden soll.«

»Warum?«, stutzte Katharina.

»Weil wir nicht wissen, ob es ein Junge oder ein Mädchen wird.«

Katharina stimmte in sein Lachen ein. »Wir sollten erst einmal abwarten und das Zimmer in einer neutralen Farbe streichen lassen.« Sie stutzte. »Moment«, rief sie, »ich werde das übernehmen.«

»Was wirst du übernehmen?« Carl runzelte die Stirn.

»Ich werde das Zimmer für unser Kind selbst herrichten.« Katharinas Herz klopfte bei dem Gedanken noch ein paar Takte schneller. Sie liebte es, ein Nest für ihre Familie zu bauen. Schon bei der Einrichtung des Hauses hatte Carl ihr alle erdenklichen Freiheiten gelassen. So durfte sie die Farben und die Teppiche aussuchen, die Gardinen hatte sie bei einer Schneiderin aus Herzebrock in Auftrag gegeben und dabei eine Menge über dieses Handwerk gelernt. Die Gemälde an den Wänden hatte ein mit Rudolf Zenker befreundeter Maler angefertigt. Katharina hatte sich von ihm Szenen aus ihrer alten Heimat Clarholz gewünscht, und der Künstler war dorthin gefahren, um die schönsten Motive für sie in Öl auf Leinwand zu bannen. Sie war stolz auf das Ergebnis, und von Carl hatte es ein großes Lob für ihren Geschmack gegeben. Heute fehlte ihr die handwerkliche Arbeit manchmal, mit der sie auf dem Hof groß geworden war. Sich alleine um das Haus und die Erziehung zu kümmern, war Katharina zu wenig, und so brachte sie sich, wann immer sie konnte, in die Geschicke der Fabrik ein.

»Jetzt muss aber Schluss sein mit harter Arbeit«, sagte Carl mit strengem Unterton. »Du sollst dich schonen, Liebes.«

»Ich werde dem Maler helfen«, antwortete sie trotzig. »Er muss doch wissen, wie wir es haben wollen.«

»Da hast du natürlich recht.« Er schmunzelte und hauchte ihr einen Kuss auf die Wange. In diesem Moment flog die Bürotür auf. Erschrocken fuhren sie auseinander.

»Habt ihr das mitbekommen?« Ein sichtlich aufgebrachter Rudolf Zenker platzte ins Zimmer. Katharina errötete, doch

Carls Partner schien nicht wahrzunehmen, dass er ihre traute Zweisamkeit jäh beendet hatte.

»Wovon redest du?«, fragte Carl.

»Du bist ja völlig außer dir«, stellte Katharina überrascht fest. In all den Jahren, in denen Carl und er zusammenarbeiteten, hatte sie ihn als besonnenen Geschäftsmann kennengelernt, den so leicht nichts aus der Ruhe brachte.

Diesmal war es anders. Rudolf war hemdsärmelig, sein Haar hing ihm strähnig ins Gesicht, das runde Gesicht war puterrot. »Da draußen war eben die Hölle los.« Als er zum Fenster deutete, bemerkte Katharina, dass seine Hand zitterte.

»Rudolf«, sagte sie besänftigend, »es waren ein paar aufgebrachte Haushälterinnen, die in großer Sorge sind, weil unsere Waschmaschinen ihnen den Arbeitsplatz wegnehmen könnten.«

»So ein Unsinn«, keuchte Rudolf kopfschüttelnd.

»Das habe ich ihnen auch gesagt.«

»Das hast – was?« Carl betrachtete sie entsetzt.

»Ich habe ihnen gesagt, dass ihre Sorge unbegründet ist.«

Carl schüttelte stumm den Kopf.

Rudolf atmete ein paar Mal tief durch. »Du hast dich mit den Waschweibern angelegt?«

Katharina nickte. »Warum nicht? Ich habe ihnen erklärt, dass die Waschmaschine ihnen ermöglicht, andere sinnvolle Arbeiten im Haushalt durchzuführen, während die Maschine die Wäsche fast von allein erledigt.« Sie lächelte Rudolf zu. »Und sei beruhigt, sie haben sich zurückgezogen.«

»Na ja«, murmelte Carl und rieb sich den Nasenrücken. Ihn

schien bereits etwas anderes zu bewegen. »Eigentlich müssen sie das Wasser noch im Kessel aufheizen, bevor sie es in die Maschine schütten können.« Er dachte angestrengt nach und sank auf seinen Stuhl. Katharina kannte ihn gut genug, um zu wissen, was das zu bedeuten hatte.

»Moment«, rief sie, »woran denkst du?«

»Ich hatte eben die Idee, dass wir das Wasser aufgeheizt in die Maschine einlaufen lassen müssten.«

»Um Gottes willen – nein!«, rief Rudolf und hob abwehrend die Hände. »Dann steigen uns die Waschweiber erst recht aufs Dach, Carl.«

»Es würde weitere Vorteile bedeuten«, entgegnete Carl unbeeindruckt. »Du weißt doch: Thiele – besser geht immer!«, fügte er schmunzelnd hinzu. »Und eine Vorrichtung, die das Wasser aufheizt, ist besser als das, was wir jetzt haben.«

Katharina lächelte. Ihr Mann war unverbesserlich und ein genialer Erfinder. Sie war sicher, dass er fortan alles dafür geben würde, seine Idee in die Tat umzusetzen. Sie wandte sich an Rudolf. »Den Gedanken finde ich gut«, sagte sie. »Dann sind wir besser als unsere Konkurrenz, und die Waschmaschine nimmt den Frauen noch mehr lästige Arbeit ab.«

»Eben«, rief Rudolf, »eben! Und dann bekommen wir Ärger mit dem Gesinde der großen Häuser.«

»Das glaube ich nicht.« Katharina schüttelte den Kopf. »Ich denke, sie werden Einsicht zeigen und uns in Ruhe lassen.«

Carl musterte sie mit einem eindringlichen Blick. »Woher willst du das wissen?«

»Ich weiß es eben. Es ist mein kleines Geheimnis.«

Rudolf zog einen der beiden Besucherstühle heran und ließ sich seufzend darauf nieder.

»Apropos kleines Geheimnis«, nahm Carl den Faden wieder auf. Er wandte sich an seinen Kompagnon. »Du darfst uns gratulieren.«

Rudolf betrachtete ihn mit gerunzelter Stirn. »Gratulieren, wozu?«

»Wir werden wieder Eltern«, platzte es aus Katharina heraus. »Ich bekomme ein Kind, Rudolf, ist das nicht wundervoll?«

Die Spannung schien von einer Sekunde zur anderen von Rudolf abzufallen. »Na, das wurde aber auch Zeit«, lachte er und sprang auf. Natürlich wusste er, dass sie sich schon seit geraumer Zeit ein Geschwisterkind für Carl junior wünschten. Er gratulierte erst Katharina, dann Carl. »Wenn das mal kein Grund zum Feiern ist.«

»So ist es«, nickte Carl. »Und ich denke, wir laden dich und deine bessere Hälfte heute zum Abendessen ein.«

Katharina hatte keine Einwände. Sie kannte Rudolfs Frau länger als ihr Mann, denn Lina war einst die Küchenmagd auf dem Hof ihrer Eltern gewesen. Zwischen den beiden Frauen hatte sich schon damals eine Freundschaft entwickelt, was dazu geführt hatte, dass Lina zu Carls und Katharinas Hochzeit eingeladen worden war. Dort hatte sie, einem alten Brauch zufolge, den Brautstrauß gefangen. So hatten sich Rudolf und Lina kennen- und lieben gelernt. Tatsächlich hatten bei ihnen wenig später die Hochzeitsglocken geläutet.

»Wir kommen gern«, sagte Rudolf jetzt. »Ich bin sicher, dass unser Kindermädchen sich um Martha und Otto kümmern wird.« Er grinste jungenhaft. Dann betrachtete er Katharina. »Und bei der Gelegenheit können wir vielleicht in geselliger Runde darüber nachdenken, wie wir mit den Waschweibern umgehen, bevor sie uns das Leben schwer machen.«

»Es gibt auch ohne das leidige Thema sicher eine Menge zu erzählen«, bemerkte Katharina mit glühenden Wangen. Sie hatte ihre Freundin Lina viel zu lange schon nicht gesehen, und das, obwohl sie in der gleichen Stadt lebten. Manchmal war der Alltag ein Jammer, weil so vieles darin unterging. Umso größer war die Vorfreude auf das bevorstehende Essen am Abend in der Villa Thiele. »Ich werde Frieda zum Markt schicken, um einzukaufen.« Obwohl Katharina im Haus viele Arbeiten übernahm, war sie doch froh über die Hilfe der Haushälterin, die längst zur guten Seele des Hauses geworden war. »Aber jetzt muss ich los«, sagte sie an Carl gewandt. »Wenn wir heute Abend feiern wollen, ist noch einiges vorzubereiten.« Plötzlich fiel ihr etwas anderes ein. »Oje!«, rief sie aus und schlug sich vor die Stirn. »Das neue Kindermädchen stellt sich in einer Stunde vor. Ich muss wirklich dringend nach Hause fahren!« Fast hätte sie vergessen, dass sie über die Zeitung vor ein paar Tagen Unterstützung für die Erziehung von Carl junior gesucht hatten. Nach der freudigen Nachricht am heutigen Morgen erschien die Anstellung einer Gouvernante jetzt noch sinnvoller.

Carl betrachtete sie mit einem verliebten Blick. »Schon dich ein wenig, Liebes. Lass dir von Frieda helfen.«

»Selbstverständlich«, versprach Katharina. Sie umarmte ihren Mann, genoss den Kuss, den er ihr auf die Lippen hauchte, und verabschiedete sich von Rudolf, der ihr galant die Hand küsste und eine Verbeugung andeutete. »Ach so«, rief er noch, als Katharina bereits an der Bürotür angelangt war. »Herzlichen Glückwunsch übrigens.«

Kapitel 4

»Thesings Allee 8, hier muss es sein.« Es war Nachmittag, und Amelies Herz klopfte ein paar Takte schneller, als sie um die Straßenecke im Villenviertel bog. Die Alleebäume bildeten mit ihrem saftigen Grün ein natürliches Dach über der Straße am Eingang zum Stadtpark, überall zwitscherten Vögel.

Wer hier wohnt, führt ein sorgenfreies Leben, dachte sie. Doch anders als viele Mädchen in ihrem Alter empfand sie keinen Neid. Amelies Aufregung steigerte sich, als sie sich an das Gespräch erinnerte, das sie am Mittag mit ihrem Vater geführt hatte. Seit dem Tod der Mutter kümmerte er sich allein um Amelie und ihre fünf Geschwister. Er war ein großes Vorbild für sie, und sie war stolz auf seinen Kämpfergeist. Der Gedanke, ihn für den Fall, dass die Familie Thiele sie einstellte, im Stich zu lassen, verblasste.

Immerhin konnte sie ihn mit dem Lohn als Kindermädchen in einem guten Hause ein wenig unterstützen.

Sie war froh, dass ihr Vater nach anfänglichen Zweifeln so wohlwollend auf ihre Pläne reagiert hatte. »Aus meinem Mädchen wird noch was«, hatte er gesagt, anerkennend durch die

Zähne gepfiffen und ihr durch das Haar gestrubbelt, als wäre sie noch ein kleines Kind. »Achte bloß auf deine guten Manieren, wenn du dort ein und aus gehst«, hatte er ihr mahnend mit auf den Weg gegeben.

Und jetzt war es gleich so weit. Sie würde ihren neuen Herrschaften zum ersten Mal begegnen. Der Name Thiele war natürlich bekannt in der Stadt, die große Fabrik bot vielen Menschen Arbeit. Amelie hatte sich auf eine Annonce in der Zeitung beworben, wonach ein »gut situiertes Haus am Rande der Stadt« ein liebevolles Kindermädchen suchte. Und als der Postbote ihr am Morgen die Einladung zum Bewerbungsgespräch gebracht hatte, schien das der Beginn ihres neuen Lebens zu sein. Amelie bezweifelte keine Sekunde, dass man sie einstellen würde. Sie würde selbstsicher auftreten und die Thieles von sich überzeugen.

Amelies Herz klopfte trotzdem schneller vor Aufregung, als sie jetzt vor dem großen schmiedeeisernen Tor stand, hinter dem eine majestätische Villa zu sehen war. Verspielt wirkende Erker, tiefe Fenster, das Walmdach und der runde Turm erinnerten Amelie an ein Märchenschloss.

Ein parkähnlicher Garten umgab das umzäunte Grundstück, prächtige Rhododendronbüsche säumten die Einfahrt, Schmetterlinge und Hummeln flogen in der Frühlingssonne zwischen den Blüten umher.

»Kann ich Ihnen weiterhelfen, Fräulein?«

Erschrocken fuhr Amelie auf. Auf der anderen Seite des Tors war lautlos ein hochgewachsener Mann vor sie getreten. Die Hände hinter dem Rücken verschränkt, musterte er sie mit einem freundlichen Lächeln. Er trug eine vornehme Dienstbotenuniform, nur die Mütze saß lässig schief auf seinem Kopf. Der Mann war beinahe zwei Köpfe größer und mindestens zehn Jahre älter als sie, aber durchaus attraktiv. Um nicht hilflos herumzustammeln, räuspere sich Amelie.

»Ich habe einen Termin bei Katharina Thiele.«

Ihr Gegenüber betrachtete sie abschätzend, so als zweifele er an dem Wahrheitsgehalt ihrer Worte.

»Ich möchte mich auf die Stelle als Kindermädchen bewerben, fügte sie sicherheitshalber zu, um alle Zweifel auszuräumen. Sie glaubte, dass sich die Gesichtszüge des Mannes ein wenig entspannten, und im nächsten Moment öffnete er das Tor.

»Bitte folgen Sie mir, junges Fräulein.« Ohne ihre Antwort abzuwarten, schloss der Angestellte das Tor wieder und ging mit vornehmen Schritten auf die Villa zu. Der Kies in der Einfahrt knirschte unter seinen Stiefeln. Amelie folgte ihm und nutzte die Gelegenheit, den Mann von hinten zu betrachten. Seine Schultern waren breit, seine Hüften schmal und sein Gang stolz und selbstbewusst.

Achte bloß auf deine Manieren, hatte sie plötzlich die mahnenden Worte ihres Vaters im Kopf. Hastig richtete sie den Blick auf die Villa. Mit jedem Schritt, den sie näher kamen, wuchs ihre Ehrfurcht. Die Haustür, die sie nun erreichten, wurde von einem prächtigen Portal, das auf Steinsäulen ruhte, gerahmt. Ihr Begleiter blieb auf der oberen Stufe der breiten Treppe stehen und wandte sich zu ihr um.

»Wen darf ich melden?« Seine behandschuhte Hand lag bereits auf dem goldglänzenden Türklopfer.

»Amelie Wadersloh, ich bewerbe mich im Haus als Kindermädchen.« Sie errötete. »Die Herrschaften erwarten mich.« Es fühlte sich ungewohnt an, über ihre künftige Arbeit zu sprechen. »Und wer sind Sie, wenn ich fragen darf?« Kaum dass ihr die Worte über die Lippen gekommen waren, schämte sie sich für ihr vorlautes Verhalten. Es war offensichtlich, dass es sich bei dem Mann um eine Art Diener handelte.

»Franz«, sagte er mit einem milden Lächeln auf den Lippen. »Ich bin Kutscher, Knecht, Gärtner, Diener – alles in einer Person.« Er zwinkerte ihr verschwörerisch zu.

Täuschte sich Amelie, oder lag sein Blick einen Moment lang zu lange auf ihr? Sie sah an sich herunter, konnte aber nichts Außergewöhnliches feststellen. Dem Anlass angemessen trug sie ihr knöchellanges weißes Sonntagskleid, hatte sich für die cremefarbenen Schuhe entschieden und den weißen Glockenhut aufgesetzt, um einen guten Eindruck bei ihren künftigen Arbeitgebern zu machen.

»Angenehm, ich bin Amelie«, kam es etwas kleinlaut über ihre Lippen.

Franz wirkte mit ihrem Erscheinungsbild zufrieden, wandte sich wortlos um und betätigte den schweren Türklopfer.

*

»Wer kommt da?«, krähte Carl junior durch das Haus. Er unterbrach sein Spiel, stellte das dunkelgrüne Blechauto zurück ins Regal zu dem Clown und rannte in den langen Flur des oberen Stockwerkes. Am Fuß der Treppe, die nach unten führte, erschienen seine Eltern. »Wer kommt denn da?«, wiederholte er seine Frage, als Mutter und Vater schwiegen.

»Ein Kindermädchen, das sich um dich kümmern wird«, antwortete die Mutter mit einem sanften Lächeln. »Geh noch etwas spielen, wir kommen gleich zu dir.«

»Kindermädchen?« Der Achtjährige schüttelte den Kopf. »Brauch ich nicht. Und mein Bruder auch nicht.« Ohne die Antwort seiner Mutter abzuwarten, machte er kehrt, verschwand in seinem Spielzimmer und schlug die Tür mit einem lauten Knall hinter sich ins Schloss.

★

»Er hat heute schon die Nachricht, dass er ein Geschwisterchen bekommen wird, verkraften müssen. Ich hätte ihn auf das Kindermädchen vorbereiten müssen«, raunte Katharina Carl mit schuldbewusster Miene zu. Im Trubel war total untergegangen, dass sich heute eine Bewerberin vorstellen wollte, die sich künftig um Carl junior und später auch das zweite Kind kümmern würde.

»Nun ist es so.« Carl zuckte unbekümmert die Schultern.

»Er hat von seinem Bruder gesprochen«, stellte Katharina fest. »Ist das nicht seltsam?«

Carl schüttelte lächelnd den Kopf. »Jungen wünschen sich immer einen Spielkameraden.«

»Und wenn es ein Mädchen wird und mit Puppen spielen möchte?«

»Wir werden sehen.«

Katharina folgte ihrem Mann ins vom Sonnenlicht durchflutete Arbeitszimmer der Villa Thiele. Deckenhohe Bücherregale dominierten den Raum, an einer Wand hing ein Ölgemälde des alten Zumwinkel-Hofes, das Katharina sich von dem Maler hatte anfertigen lassen. So wurde sie immer an ihre Herkunft erinnert.

In der Halle hörte sie Franz mit der Haushälterin sprechen. »Bitten Sie sie gleich herein.«

»In Ordnung, mein Herr.«

Carl folgte Katharina, nickte ihr lächelnd zu und nahm an dem wuchtigen Mahagonischreibtisch, der im Erker des Arbeitszimmers stand, Platz. »Dann wollen wir mal.«

»Ja.« Katharina war gespannt auf die Bewerberin. Sie folgte Carl hinter den Schreibtisch und legte eine Hand auf seine Schulter. »Ich freue mich so.«

»Auf das Kindermädchen?« Überrascht sah er zu ihr auf.

Katharina lachte. »Auf unser Kind«, stellte sie klar. »Ich bin so glücklich mit dir, dass ich am liebsten auf der Stelle …« Sie brach mitten im Satz ab, als er den Zeigefinger auf die Lippen legte und ihr bedeutete, zu schweigen. Katharina wandte den Blick zur Tür. Nach einem Klopfen und Carls »Herein« betrat Frieda den Raum. Wie immer trug sie eine blütenweiße Dienstbotenschürze über dem dunkelblauen Kleid. Die braunen Haare hatte sie zu einem Knoten hinter dem Kopf gebunden. »Herrschaften, hier kommt Amelie Wadersloh.«

»Wir erwarten sie.« Carl machte eine einladende Geste.

»Sehr wohl.« Frieda deutete einen Knicks an und zog sich zurück, um die Tür freizugeben. Hinter ihr erschien die zierliche

Gestalt eines jungen Mädchens im weißen Kleid. Die blonden Haare fielen locker auf ihre Schultern, ihr Blick aus den blauen Augen war unsicher.

»Guten Tag, gnädige Herrschaften«, sagte das Mädchen, trat näher und ahmte Friedas Knicks ein wenig ungeschickt nach. Der Anblick amüsierte Katharina. Sie legte nicht allzu viel Wert auf Etikette, denn das Ergebnis der Arbeit aller Hausangestellten war ihr wichtiger. Das hatte sie aus ihrer Zeit auf dem Hof mitgenommen: Dort hatte das Gesinde immer zur Bauernfamilie gehört. Ähnlich handhabte sie das auch in ihrem neuen Leben. Zu Franz und Frieda pflegte sie ein fast freundschaftliches Verhältnis, auch wenn Carl ein wenig distanzierter mit dem Thema umging.

»Tritt näher«, sagte Katharina freundlich.

Das Mädchen bedankte sich und näherte sich mit gesenktem Blick dem Schreibtisch. Der dicke Perserteppich dämpfte ihre Schritte.

»Nimm ruhig Platz, und dann erzählst du uns ein wenig von dir«, forderte Katharina sie auf. Es fiel ihr schwer, die eigene Aufregung zu verbergen. Früher, auf dem Bauernhof, waren Bewerbungsgespräche viel einfacher verlaufen. Knechte und Mägde kamen, fragten nach Arbeit und nannten ihre Lohnvorstellung. Und sobald man sich einig geworden war, konnten die Angestellten mit der Arbeit beginnen. Nun war Katharina gespannt. Trotz ihrer jungen Jahre machte das Mädchen einen sympathischen Eindruck. Ob sie über genügend Erfahrung verfügte, Carl junior zu erziehen, musste sich noch herausstellen. Und spätestens wenn das Zweitgeborene das Licht der Welt erblickt hatte, würden hektische Zeiten für Amelie anbrechen. Doch noch war es nicht so weit, und Katharina nahm sich vor, sie langsam mit ihren Aufgaben vertraut zu machen. Das Mädchen gefiel ihr, sie machte einen gescheiten Eindruck und schien über gute Manieren zu verfügen.

»Ich nehme an, Sie verfügen über eine abgeschlossene Lehre als Erzieherin?« Carl schien Katharinas Gedanken erraten zu haben.

Amelie errötete. »Offen gestanden nein. Aber ich kann gut mit Kindern umgehen, und ich bin zuverlässig.«

»Verstehen Sie mich nicht falsch«, entgegnete Carl mit skeptisch erhobener Augenbraue, »aber wir hatten eigentlich eine Lehre vorausgesetzt, um …«

»Aber du verfügst doch über Erfahrung im Umgang mit Kindern, oder?« So schnell wollte Katharina die Hoffnung nicht aufgeben.

»Ich habe schon öfter auf Kinder aufgepasst«, erwiderte Amelie und wirkte plötzlich ein wenig verunsichert. »Und ich bin zu Hause das älteste von fünf Kindern und hüte meine kleineren Geschwister.«

»Aber das ist nicht dasselbe, als würden Sie als Kindermädchen arbeiten«, fand Carl. »In dieser Position begleiten Sie Ihre Schützlinge durch den Tag, versorgen sie, verbringen die Freizeit und machen anfallende Hausaufgaben mit ihnen.«

»Das kann ich«, beeilte sich Amelie zu sagen.

»Ich finde, wir könnten es versuchen«, fand Katharina. Von Amelie erntete sie dafür einen dankbaren Blick.

»Das finde ich auch«, sagte das Mädchen mit einem dankbaren Lächeln. Sie sah sich suchend um. »Wo sind denn die Kinder, um die es geht?«

Als Katharina lachte, löste sich die angespannte Stimmung im Nu auf. Sie fuhr sich mit der rechten Hand über den noch flachen Bauch. »Eines ist hier.«

»Meine Frau bekommt ein Kind«, fügte Carl erklärend hinzu, als er den verdutzten Blick des Mädchens bemerkte.

»Also haben Sie noch gar kein Kind?«

»Doch, doch«, antwortete Carl. »Unser Sohn ist acht Jahre alt.«

»Und er hat keine Lust auf ein Kindermädchen«, fügte Katharina hinzu.

»Das ist verständlich«, nickte Amelie, die schnell zu ihrer Selbstsicherheit zurückfand. »Als Kind hätte ich auch keine große Lust darauf, mir zu Hause etwas von einem fremden Erwachsenen sagen zu lassen.«

»Wir haben ein gutes Verhältnis zu unseren Angestellten. Sie wären also alles andere als eine Fremde in unserem Haus.«

»Das ist sehr freundlich von Ihnen.«

»Dann wird es Zeit, dass du Carl junior kennenlernst«, sagte Katharina. Sie sah Carl an, dass er mit der Entwicklung des Gespräches nicht zufrieden war, und beschloss, das später mit ihm zu klären.

»Sehr gern, ich bin schon gespannt.« Amelies Wangen glühten vor Aufregung. Dann zeigte sie auf Katharinas Bauch. »Und das zweite Kind? Wann kommt es zur Welt?«

»Das wird noch ein paar Monate dauern.« Katharinas Herz schlug ein paar Takte schneller. »Der Arzt hat erst heute festgestellt, dass ich schwanger bin.«

Carl räusperte sich. »Ich würde vorschlagen, dass wir Ihnen jetzt Carl vorstellen.«

»Nichts lieber als das.« Amelie nickte aufgeregt.

»Dann komm mit.« Katharina ging voran, Amelie folgte ihr auf dem Fuß, danach Carl. Die beeindruckten Blicke des Mädchens blieben Katharina nicht verborgen, als sie im Gänsemarsch die Halle durchquerten.

Sie nahmen die breite Treppe, die in das Obergeschoss der Villa führte. Ihre Schritte wurden von dem dunkelroten Kokosteppich gedämpft. Oben angekommen, machte Katharina vor der Tür des Spielzimmers halt. »Heute habe ich seine Hausaufgaben bereits mit ihm gemacht, und jetzt darf er ein wenig spielen.« Sie klopfte an die Holztür und trat ein. Carl junior lag auf dem Spielteppich und beschäftigte sich mit seinem Blechauto. Er schob es unter leisem Brummen durch imaginäre Straßen. Zuerst bemerkte er Katharinas Anwesenheit nicht, so sehr war er ins Spiel vertieft. Erst als seine Mutter sich zu ihm herunterbeugte und ihm liebevoll durch das dichte schwarze Haar strich, blickte er auf.

»Carl«, sagte sie mit einem sanften Ton in der Stimme. »Ich möchte dir jemanden vorstellen.«

»Ich will keine Gouvernante.« Er sah an Katharina vorbei und bedachte Amelie mit einem verkniffenen Gesichtsausdruck. »Wir brauchen dich nicht«, behauptete er trotzig und wandte sich gleich an Amelie. »Du kannst wieder gehen.«

Das Mädchen ließ sich von Carl juniors abweisender Art nicht einschüchtern. »Ich bin Amelie«, sagte sie und lächelte den Jungen freundlich an. »Und ich bin für dich da.«

»Du willst mich erziehen.«

»Nein, nicht nur. Wir können auch zusammen spielen, wenn du magst.« Ohne die Antwort des Jungen abzuwarten, setzte Amelie sich zu ihm auf den Boden.

Ihre spontane Art gefiel Katharina. Sie lächelte zufrieden.

»Spielen?« Carl junior musterte sie ungläubig. »Mit Autos? Mädchen spielen mit Puppen.«

»Nicht alle«, behauptete Amelie kopfschüttelnd. »Ich zum Beispiel finde Autos toll.«

»Wirklich?« Carl junior staunte. Zum ersten Mal lächelte er Amelie an. »Dann los.« Er machte eine einladende Geste und schob ihr ein anderes Blechauto hin. »Nimm die Limousine. Die hat sogar einen eigenen Antrieb.« Er nahm es in die kleinen Hände und zog das Federwerk mit einem kleinen Schlüssel auf. Bevor er es über den Boden rollen ließ, zeigte er in das Innere des Automobils. »Und da ist sogar eine Fahrerfigur drin.«

»Wie schön!« Amelie beobachtete das kleine Fahrzeug mit verzücktem Blick. Im nächsten Augenblick war sie so in das Spiel mit dem Jungen vertieft, dass sie alles um sich herum vergaß.

Die beiden verstehen sich auf Anhieb, dachte Katharina glücklich. Sie warf Carl, der mit verschränkten Armen neben ihr stand, einen zufriedenen Blick zu. Er zuckte unmerklich die Schultern. Es würde sie noch ein wenig Überredungskunst kosten, ihn von dem jungen Kindermädchen zu überzeugen.

Katharina hätte ihrem Sohn und dem Mädchen stundenlang beim Spiel zusehen können, doch als Carl sich räusperte, löste sie die Situation schweren Herzens auf. »Wir müssen wieder.«

»Oh, Entschuldigung, gnädige Frau.« Amelie errötete, dann lächelte sie Carl junior zu. »Ich muss wieder los.« Sie erhob sich. »Es war schön, dich kennenzulernen.«

»Fand ich auch.« Der Junge nickte. »Aber eine Gouvernante brauch ich trotzdem nicht. Komm einfach vorbei, wenn du jemanden zum Spielen brauchst, ja?«

»Ja.« Amelie lächelte und strich ihm durch das dichte Haar. »Das mache ich gerne.«

Amelie blieb noch einen Moment lang auf dem Treppenabsatz stehen, nachdem sich die schwere Haustür der Villa hinter ihr geschlossen hatte. Mit einem glücklichen Lächeln sog sie die Luft tief in ihre Lunge ein. Der Besuch bei den Thieles war aufregend gewesen, und Carl war ein ausgesprochen netter und aufgeweckter Junge. Sie hatten sich auf Anhieb verstanden, das war auch den Eltern des Achtjährigen sicher nicht entgangen. Sie rechnete sich gute Chancen aus, die Stelle zu bekommen.

In den Bäumen des Parks zwitscherten die Vögel, immer wieder blitzte das goldene Licht der Nachmittagssonne durch die tief hängenden Zweige. Im Garten duftete es nach Blüten.

»Und?«, riss sie eine Stimme aus den Gedanken. »Hast du die Anstellung?«

Amelie öffnete die Augen und blickte in das fein geschnittene Gesicht des Dieners. Er lächelte freundlich.

»Ich hoffe sehr.«

»Es gibt noch keinen Vertrag?«

»Noch nicht. Der gnädige Herr schien nicht vollständig überzeugt, weil ich noch keine Lehre gemacht habe.« Amelie wunderte sich insgeheim, dass sie so offen mit dem Diener sprechen konnte.

»Das kann ich verstehen.«

»Wie bitte?«

»Man lässt sein Kind doch nicht von jedermann erziehen«, sagte Franz und begleitete sie zum Tor. »Das setzt großes Vertrauen in die Person voraus.«

»Das stimmt natürlich.« Amelie überlegte. »Aber ich glaube, dass wir gut zueinander passen.«

*

»Sie gefällt dir nicht.« Katharina betrat Carls Arbeitszimmer, nachdem sie das Mädchen zur Tür begleitet hatte.

»Wie bitte?« Carl war in seine Unterlagen vertieft und blickte verwirrt auf, als sie sich einen Stuhl heranzog.

»Du magst Amelie nicht.«

»Das ist es nicht.« Carl legte den Stift, mit dem er gerade gearbeitet hatte, zur Seite. »Sie ist … zu jung, zu unerfahren. Wir würden ihr die erste Anstellung geben, wenn wir uns für sie entscheiden.«

»Das sollten wir tun, Carl. Das Mädchen hat ein gutes Herz.«

»Aber das genügt nicht, Liebes.« Er rang sich ein Lächeln ab. »Eine Erzieherin sollte nicht nur eine Spielkameradin für unsere Kinder sein, sie sollte auch erziehen können, Strenge zeigen, wenn es angebracht ist.«

»Ich bin sicher, dass sie das kann.«

Carl wiegte den Kopf. »Sie ist nett«, sagte er schließlich. »Aber ohne ungerecht sein zu wollen – ich wage zu bezweifeln, dass sie in der Lage ist, unseren Wirbelwind zu beherrschen und ihn in seine Grenzen zu weisen, sollte das vonnöten sein.«

»Dann wird sie es lernen«, behauptete Katharina. »Ich bin sicher, sie ist willig und fleißig. Und mit Carl ist sie vom ersten Moment an zurechtgekommen.

Ich finde, dass Amelie eine Chance verdient hat. Sie hat ein gutes Herz und bringt viele Vorzüge mit. Und selbst wenn sie keine gelernte Erzieherin ist – solange sie gute Arbeit leistet und sich zuverlässig um unsere Kinder kümmert, ist es doch gut.«

Carl dachte nach. Er rieb seinen Nasenrücken und betrachtete Katharina eindringlich. »Also gut«, sagte er schließlich. »Ich vertraue auf dein Bauchgefühl, Liebes. Dann soll sie es versuchen.«

»*Wir* werden es versuchen«, erinnerte sie ihn.

»Von mir aus auch das.« Carl lachte. »Hauptsache, sie unterstützt dich bei der täglichen Arbeit, denn in nächster Zeit wirst du dich schonen müssen.«

»Du bist sehr besorgt«, stellte Katharina fest.

»Selbstverständlich.« Er nickte. »Es wäre ein Jammer, wenn mir das Befinden meiner Frau gleichgültig wäre, oder etwa nicht?«

»Natürlich hast du recht.« Sie lächelte. »Dann werde ich Amelie gleich für morgen zu uns bestellen.«

»Wird sie hier wohnen?«

»Das überlegen wir beizeiten«, schlug Katharina vor. »Da sie nur ein paar Straßen entfernt wohnt, habe ich nichts dagegen, wenn sie in ihrem eigenen Bett schläft. Nachts wird Carl junior nur noch selten wach – und selbst wenn, dann werde ich nach ihm sehen.«

»Ich liebe dich für deine fortschrittlichen Ideen«, lächelte Carl und schlang die Arme um sie. »Du hast immer die besten Einfälle und machst dir Gedanken darüber, wie allen geholfen werden kann.«

»Ich habe noch ein paar Ideen.«

»Und ich bin gespannt.« Er trat zurück und legte die Fingerspitzen beider Hände aneinander.

»Es geht um euer Projekt einer neuen Kraftwaschmaschine«, eröffnete Katharina ihm. »Die Elektrifizierung schreitet rasant voran, in den großen Städten gibt es schon viele Haushalte, die mit Strom versorgt werden, und es werden mehr.« Katharina sah ihn fragend an. »Liegt es da nicht auf der Hand, unsere Waschmaschinen so zu verändern, dass sie elektrisch betrieben werden können?«

»Warum das?«

»Um die Kräfte der Frauen zu schonen, die täglich waschen müssen«, antwortete Katharina. »Sie stehen von morgens bis abends an der Waschmaschine und betätigen das Rührwerk. Lässt sich so etwas nicht mit einem elektrischen Antrieb vereinfachen?«

Carl dachte kurz nach, dann erhellte ein Lächeln sein Gesicht. »Elektrizität haben wir in der Fabrik, sie wird über die Gasturbinen erzeugt. Wir können also ausprobieren, ob sich das machen lässt.«

»Und die Frauen müssen kübelweise Wasser aufwärmen und zur Maschine tragen, auch immer ein Kraftakt.«

»Ich erinnere mich daran«, stimmte Carl ihr zu und meinte damit wohl die ersten Probeläufe der Waschmaschine auf dem Hof von Katharinas Eltern vor einigen Jahren. »Aber was schwebt dir vor?«

»Ist es nicht möglich, das Wasser automatisch in den Kübel laufen zu lassen? Über eine Wasserleitung oder etwas Vergleichbarem? Am besten schon geheizt, um Mühen und Zeit zu sparen?«

Carl blies die Backen auf und dachte angestrengt nach. »Möglich wäre das sicherlich irgendwie, aber bestimmt auch mit großem Aufwand verbunden.«

»Gut«, nickte Katharina zufrieden. »Dann bin ich gespannt.«

»Das darfst du sein.« Carl grinste. »Und ich werde versuchen, ob wir die Motoren, die wir in unseren Waschmaschinen einbauen werden, nicht selbst bauen können.«

»Du bist ein toller Mann, Carl, ich bin stolz auf dich.« Katharina lächelte ihn an.

»Danke, Liebes, und du bist eine tolle Frau. Ich liebe dich!«

Kapitel 5

Es wurde ein kurzweiliger Abend. Katharina hatte es sich nicht nehmen lassen, Frieda in der Küche zu helfen, um Rudolf und Lina ein Festmahl zu bereiten. Erst eine Stunde vor der Ankunft der Freunde hatte Katharina die Schürze abgebunden, um sich ein wenig frisch zu machen und auf die Ankunft der Gäste vorzubereiten. Carl war währenddessen in seinem Arbeitszimmer beschäftigt gewesen. Katharina kannte ihn gut genug, um zu wissen, dass er wieder eine Idee mit sich herumtrug. Sie beschloss, ihn später danach zu fragen.

Auffällig war, dass Carl junior am späten Nachmittag die Gesellschaft seiner Mutter gesucht hatte. Katharina vermutete, dass dies seine Art war, mit der neuen Situation umzugehen. Bald würde er ein großer Bruder sein, das brachte Veränderungen mit sich, und sicherlich fürchtete er insgeheim auch, dass ihm künftig weniger Aufmerksamkeit als bisher zuteilwerden würde.

»Das war ein hervorragendes Festmahl«, seufzte Rudolf, nachdem Frieda die leeren Teller abgeräumt hatte. Bezeichnend strich er sich über den Bauch.

»Danke für die Einladung und den schönen Abend«, fügte Lina hinzu.

»Gern geschehen«, sagte Katharina und winkte ab.

»Wie fühlst du dich?« Lina betrachtete ihre Freundin nachdenklich. »Ist es nicht wundervoll, bald ein Kind zu bekommen?«

»O ja.« Katharina nickte aufgeregt. »Ich kann dir nicht sagen, wie glücklich ich bin.«

»Und aus diesem Grunde hat Katharina heute schon mal eine Erzieherin eingestellt«, bemerkte Carl grinsend.

»Was? Aber das dauert doch noch neun Monate, bis es so weit ist«, staunte Lina.

»Ich habe Amelie eingestellt, damit sie sich zunächst einmal um Carl junior kümmert und mich entlastet«, stellte Katharina lächelnd klar. »Als ich die Annonce in der Zeitung aufgegeben habe, ahnten wir ja noch nichts von unserem Glück.«

»Das stimmt.« Carl nickte. »Katharina hat übrigens den Wunsch geäußert, uns wieder mehr in der Fabrik zu unterstützen«, sagte er zu seinem Kompagnon gewandt. »So wie sie es früher getan hat.«

»Die Reklame ist dir eine Herzensangelegenheit, nicht wahr?« Rudolf lächelte Katharina zu.

»In der Tat.« Katharina hatte vor einiger Zeit das Zeichnen für sich entdeckt. Sie hatte ein Markenzeichen für *Thiele & Cie.* entworfen, das mittlerweile alle Maschinen zierte, auch ein paar Werbeplakate hatte sie selbst entworfen. In letzter Zeit fand sie nur wenig Zeit, sich um solche Dinge zu kümmern, ein Umstand, den sie bedauerte. »Ich freue mich darauf, demnächst wieder öfter in der Fabrik zu sein.«

»Du solltest dich lieber ein wenig schonen«, fand Rudolf.

»Jetzt fang du auch noch an!« Katharina schnaubte. »Du redest wie Carl. Man merkt sofort, dass ihr den ganzen Tag zusammenarbeitet.«

»Ich sage ja schon nichts mehr«, lachte Rudolf. »Du wirst es schon richtig machen.«

»Versprochen.«

»Darf ich dich denn zu einer guten brasilianischen Zigarre einladen?«, wechselte Carl das Thema mit einem Seitenblick auf Rudolf.

»Du weißt, ich liebe brasilianische Zigarren.«

»Hervorragend.« Carl nickte Katharina zu und erhob sich mit einem Augenzwinkern. Rudolf tat es ihm nach. Die Männer verabschiedeten sich in Richtung Bibliothek.

»Geht es dir gut?«, fragte Lina, als Katharina und sie allein waren.

»Von der Übelkeit am Morgen abgesehen, geht es mir blendend.«

»Das mit der Übelkeit geht vorbei«, versicherte Lina ihr. »Und du hast bald eine wertvolle Hilfe. Ich bin so froh, dass Rudolf mich damals überredet hat, ein Kindermädchen einzustellen.«

»Ich freue mich auch auf die Unterstützung«, pflichtete Katharina ihr bei. Plötzlich fiel ihr ein, dass sie sich nach dem Kennenlerngespräch noch gar nicht bei Amelie gemeldet hatte. Wenn sie schon morgen ihren Dienst anfangen sollte, musste sie heute noch erfahren, dass sie eingestellt war. Katharina warf einen Blick zur Standuhr in der Ecke.

»Hast du Lust auf einen kleinen Spaziergang?«

Lina nickte. »Sicher«, sagte sie. »Warum nicht?« Sie verabschiedeten sich von den Männern, die sich in den bequemen Ohrensesseln gegenübersaßen und den Rauch ihrer Zigarren in Kringeln an die hohe Stuckdecke pafften. Im nächsten Augenblick genossen die beiden Frauen die frische Abendluft.

*

»Wie läuft es bei euch?« Carl betrachtete seinen Freund über den Rand des Whiskyglases, das er in der Hand hielt. Er hatte den Eindruck, dass Rudolf etwas beschäftigte. Nachdem die Frauen das Haus verlassen hatten, war der richtige Zeitpunkt gekommen, um ihn darauf anzusprechen.

»Wir sind glücklich«, versicherte Rudolf ihm und paffte an seiner Zigarre. »Ich liebe Lina über alles, und unsere Kinder sind die Krönung unseres gemeinsamen Glücks.« Er holte tief Luft. »Und ich kann mich tagsüber voll und ganz auf das Geschäft konzentrieren.

»Was du seit vielen Jahren erfolgreich tust«, pflichtete Carl ihm bei. In der Tat war er froh, dass er Rudolf kennengelernt hatte, eher zufällig im Übrigen. Damals war Rudolf als Handelsreisender tätig gewesen, heute kümmerte er sich um die kaufmännischen Belange des Unternehmens und baute die Verkaufsaktivitäten seit Jahren kontinuierlich aus.

»Ich erröte gleich«, grinste Rudolf. »Genug des Lobes. Was wäre ich ohne deine genialen Erfindungen?«

Carl winkte ab. »Ohne Katharina wäre mir so manche Idee gar nicht in den Sinn gekommen.«

»So wie die Idee, der Waschmaschine eine eigene Heizung zu spendieren?« Rudolf paffte an seiner Zigarre.

»Zum Beispiel, ja.«

»Hast du das wirklich vor?«

»Selbstredend.« Carl nickte. »Es war Katharinas Idee. Sie hat die Erfahrung am eigenen Leib gemacht und weiß, wie schwer es ist, kübelweise Wasser zu schleppen. Wir verbessern unsere Maschinen ständig, und ich werde die beheizte Waschmaschine konstruieren, bevor es die Konkurrenz tut.«

»Das klingt vernünftig.«

»Ich weiß, mein Freund, ich weiß.« Carl zwinkerte Rudolf verschwörerisch zu. »Und mit diesem Erfindergeist werden wir den anderen immer einen Schritt voraus sein.«

»Katharina wird dich in nächster Zeit brauchen«, gab Rudolf zu bedenken.

»Sie kann sich auf mich verlassen.« Rudolf nickte wie zur Bestätigung. »Trotzdem werde ich mir meine Gedanken machen, wie man unsere Waschmaschinen noch besser machen kann.«

»Das kann dir niemand verbieten.«

Carl lachte leise. »So ist es, mein Freund, so ist es.«

Rudolf wurde ernst. »Das Gesinde macht mir offen gestanden mehr zu schaffen.«

Jetzt wusste Carl, warum sein Freund schon den ganzen Abend über ein wenig bedrückt zu sein schien. Es hatte mit den Ereignissen des heutigen Tages zu tun. So außer sich wie am Morgen hatte er Rudolf nur selten erlebt. Offenbar empfand er die wütenden Frauen vor dem Werkstor als eine echte Gefahr. »Du meinst die Haushälterinnen, die heute vor dem

Werkstor demonstriert haben?« Carl betrachtete seinen Freund und Geschäftspartner mit nachdenklichem Blick.

»Ja.« Rudolf nickte. »Ich fürchte, dass ihre Stimmen lauter werden und sie mit ihrer Dummheit den Ruf unserer Fabrik in Gefahr bringen.«

»Heute stand in der Zeitung, dass es in London immer wieder zu Ausschreitungen militanter Frauenrechtlerinnen kommt«, erwiderte Rudolf.

»Soweit ich weiß, ging es dabei um das Wahlrecht für Frauen«, wandte Carl ein, der sich an den Zeitungsartikel ebenfalls erinnerte.

»Wie dem auch sei – angeblich haben die Frauen den Regierungssitz stundenlang belagert, sie haben Steine geworfen und Feuer gelegt. Sogar Premierminister Asquith haben sie tätlich angegriffen.«

»Zustände sind das«, schnaubte Carl.

»Ich habe Angst davor, dass es uns bald ähnlich ergeht«, gestand Rudolf ihm. »Was, wenn sie zum Sturm auf die Fabrik aufrufen, uns womöglich angreifen?«

Carl musste lachen. »Rudolf, alter Freund, du übertreibst«, sagte er amüsiert. »Wir sind nicht der Regierungssitz, wir bauen Waschmaschinen. Das kannst du doch nicht vergleichen.«

»Aber fest steht, dass sich bei den Frauen Widerstand formiert.«

Carl dachte nach. Er erinnerte sich an die ersten Frauenversammlungen, an denen Katharina teilgenommen hatte. »Ich werde mit Katharina reden, vielleicht hat sie eine Idee.«

»Mach das, denn ich fürchte, dass die Waschweiber wiederkommen werden.«

»Wir sollten die Sorgen und Ängste der Frauen dennoch ernst nehmen. Katharina wird sich Gedanken machen. Sie hat ein gutes Gespür für die Interessen der Arbeiterinnen. Schließlich ist es ihr schon einmal gelungen, die erhitzten Gemüter zu beruhigen.«

»Ihr haben wir die Einführung der Betriebskrankenkasse zu verdanken«, schmunzelte Rudolf, der sich anfangs vergeblich gegen die Mehrkosten gewehrt hatte.

Letztendlich hatte Katharina ihn aber von den Vorteilen ihrer Idee überzeugen können.

»Dann werden wir also dafür sorgen, dass sich die Frauen beruhigen«, versprach Carl dem Freund. »Ich möchte nicht, dass das Ansehen unserer Fabrik leidet und dass uns der Ruf anlastet, wir würden Arbeitsplätze gefährden.«

»Einverstanden.« Rudolf lehnte sich zufrieden in seinem Sessel zurück und versank einen Moment lang in seinen Gedanken. »Sag mal«, sagte er schließlich. »Was würdest du davon halten, einen neuen Unternehmenszweig zu etablieren?«

»Wovon sprichst du?«

»Seit der Gründung unseres Unternehmens beschäftigen wir uns nun schon mit dem Bau von Maschinen für die Landwirtschaft und den Haushalt. Vielleicht sollten wir mal etwas ganz Neues wagen?«

Carl wusste nicht, worauf sein Freund hinauswollte. »Sind dir unsere Maschinen langweilig geworden?«

»Die Zahl der Automobile auf den Straßen wächst.«

»Sollen wir etwa Automobile bauen?« Carl lachte. »Mein Freund, du machst Witze, oder?«

Rudolf blieb ernst. »Nein, mit Ideen scherze ich nicht, du solltest das wissen.«

»Ich habe keine Ahnung, wie man Motorwagen baut«, gab Carl zu bedenken, der immer offen für alles war. Diesmal schien sein Freund jedoch ein wenig über die selbst gesetzten Ziele hinauszuschießen. »Außerdem gibt es genügend andere Hersteller, die auf diesem Bereich sicherlich mehr Fachwissen haben als wir.«

»Die nötige Expertise kann man sich aneignen.«

»Schuster, bleib bei deinen Rappen«, erinnerte Carl ihn. Obwohl der Gedanke, eigene Automobile zu bauen, durchaus verlockend war, erschien er ihm recht kühn. Carl nippte an seinem Whisky und schüttelte den Kopf. »Wir sollten das tun, was wir können, denn darin sind wir gut.«

»Wie war noch gleich unser Leitspruch?«, fragte Rudolf unbeeindruckt. Als Carl ihm nicht gleich antwortete, gab er selbst die Antwort. *»Thiele – besser geht immer!«*

»Eben«, nickte Carl. »Deshalb arbeite ich in den nächsten Tagen und Wochen an der Entwicklung einer beheizbaren Waschmaschine. Auch denke ich, dass uns der Einsatz eines Elektromotors noch ganz andere Möglichkeiten eröffnen wird.«

Rudolf ließ sich nicht beirren. »Automobile sind auf dem Vormarsch. In ein paar Jahren wird es keine einzige Kutsche mehr auf den Straßen geben.«

»Ich bin in unserem Unternehmen der Visionär«, erinnerte Carl ihn mit einem Grinsen. »Du hingegen kümmerst dich um die Zahlen. Und der Aufbau eines neuen Unternehmenszweiges ist vor allem mit großen Ausgaben verbunden, das dürfte dir doch ein Dorn im Auge sein.«

»Ich bin bereit, in unsere Zukunft zu investieren«, entgegnete Rudolf.

Gerade, als Carl etwas sagen wollte, wurde die Tür zur Bibliothek geöffnet. Die Männer blickten auf und sahen ihre Frauen, beide sichtlich gut gelaunt.

»Ihr seid ja immer noch hier«, rief Katharina. »Wir haben Lust auf eine Runde Backgammon.«

»Und?« Carl blickte sie fragend an.

»Wir brauchen euch«, rief Lina ausgelassen. »Katharina hat das Spielbrett schon aufgebaut, wir können sofort loslegen.«

Carl tauschte einen Blick mit Rudolf, der ihm unmerklich zunickte. »Also gut«, sagte er, leerte sein Glas, drückte den Stummel der Zigarre im Aschenbecher aus und erhob sich. »Gehen wir spielen!«

*

»Und?« Müde schlurfte Hermann Wadersloh am späten Abend in die Küche. Dunkle Ringe lagen unter seinen Augen, der Bartschatten in seinem Gesicht ließ ihn älter erscheinen, als er wirklich war. Amelie sah an ihm hinab, entdeckte sie die Löcher in seinen Strümpfen. Sie beschloss, seine Wäsche morgen zu waschen und Socken zu stopfen. Jetzt schien er sehr hungrig zu sein, kein Wunder, nach dem langen Arbeitstag.

»Was soll ich sagen?« Amelie seufzte. Ihre Geschwister lagen bereits in den Betten, während sie dem Vater das Abendessen aufgewärmt hatte. »Es gibt Kartoffelsuppe – wie so oft.« Sie hatte die Suppe einmal mehr mit einem Schluck Wasser verlängert und nachgewürzt. Sie mussten sparen. Diesmal hatte sie noch einen Laib Brot beim Bäckermeister Frede um die Ecke erstanden, dazu spendierte sie dem Vater eine Flasche Bier.

Dieser nahm auf einem der wackligen Stühle Platz und blickte zu seiner Tochter auf. »Eigentlich wollte ich wissen, wie dein Bewerbungsgespräch verlaufen ist.«

»Ach so.« Amelie lachte. Mit der Holzkelle füllte sie ihrem Vater den Teller, bevor sie sich zu ihm setzte. »Es ist gut verlaufen, ich denke, sie werden mich nehmen.«

Die braunen Augen von Hermann Wadersloh verdunkelten sich. »Obwohl du keine Lehre als Erzieherin gemacht hast?«

Amelie nickte. »Ich konnte die Thieles davon überzeugen, dass ich gut mit Kindern auskomme und dass ich absolut zuverlässig bin.«

Ihr Vater griff zum Löffel. Er schlürfte sie Suppe. »Ich hoffe nur, dass du ihren Ansprüchen gerecht werden kannst. Dieser Carl Thiele ist ein mächtiger Mann in der Stadt. Und ein reicher Pinkel.«

»Er ist aber sehr nett«, erwiderte Amelie. »Und seine Frau ist ein echter Sonnenschein.« Ein warmes Lächeln huschte um ihre Lippen, als sie an die neuen Herrschaften dachte.

»Na dann.« Hermann Wadersloh brach ein Stück Brot ab und kaute, bevor er mit einem Schluck Bier nachspülte. Etwas schien ihm trotz der guten Nachricht, die Amelie ihm überbrachte, nicht zu behagen.

»Wenn ich tatsächlich eingestellt werde, helfe ich dir trotzdem weiter hier im Haushalt«, versprach sie schnell. Sicher machte sich ihr Vater deshalb Sorgen. »Und ich bin es gewohnt, lange zu arbeiten.«

»Wirst du denn nicht bei der Familie wohnen?«

»Nein, warum?«

»Weil es üblich ist, dass Dienstboten und Hausangestellte eine Kammer im Haus ihrer Herrschaften bewohnen.«

»Davon war zumindest nicht die Rede gewesen. Ich habe nur …« Ein Klopfen ließ Amelie verstummen. Sie wandte sich zum Küchenfenster um, denn von dort war das Geräusch gekommen. Die rot-weiß karierten Gardinen waren um diese Zeit längst geschlossen.

»Wer mag das sein?«, fragte ihr Vater verwundert. »Es ist doch schon fast Schlafenszeit, und ich erwarte keinen Besuch.«

»Ich auch nicht.« Amelie erhob sich und trat an das Fenster. Mit einem Ruck zog sie die Gardine zur Seite – und erschrak. Vor dem Fenster standen zwei junge Frauen in vornehmen Kleidern. Eine der beiden war – Katharina Thiele.

Amelie traute ihren Augen nicht.

»Wer ist das?« Hermann Wadersloh sah neugierig auf.

»Frau Thiele«, flüsterte Amelie aufgeregt, bevor sie das Küchenfenster öffnete. »Guten Abend«, grüßte sie freundlich.

»Bitte entschuldige die Störung zu später Stunde«, sagte Katharina Thiele. Sie trug das weinrote Kleid vom Nachmittag, nur eine Haube bedeckte jetzt ihr Haar. Sie hatte sich eine Stola über die Schultern gelegt, da die Abende noch frisch waren. »Ich habe im Eifer des Gefechts ganz vergessen dir zu sagen, dass du schon morgen bei uns anfangen kannst.«

»Morgen schon?« Amelie war überrascht.

»Ich weiß, meine Zusage kommt sehr plötzlich, und ich …«

»Nein, nein, das ist in Ordnung für mich«, unterbrach Amelie sie. »Ich freue mich sehr!«

»Gut, dann morgen früh um sechs Uhr?«

»Um sechs Uhr, ja.« Amelie strahlte. Endlich ging es voran. Dass sie so schnell eingestellt wurde, damit hatte sie nicht gerechnet. »Herzlichen Dank, gnädige Frau.«

»Wir sehen uns morgen früh. Gute Nacht.« Katharina Thiele nickte ihr zu, dann gingen die beiden Frauen weiter. Für sie schien alles gesagt zu sein. Amelie schloss das Küchenfenster und wandte sich zu ihrem Vater um, der staunend am Tisch saß und zufrieden grinste.

»Siehst du«, rief Amelie. »Ich habe doch gesagt, dass sie mich einstellen werden.« Begeistert tanzte sie durch die Küche. »Jetzt bin ich ein richtiges Kindermädchen und verdiene mein eigenes Geld, um dich hier zu unterstützen. Ist das nicht großartig?«

»Ja.« Ihr Vater nickte und trank von seinem Bier. »Das ist großartig, mein Kind.«

Kapitel 6

Carl lag bereits im Bett, während Katharina im Nachthemd vor dem Spiegel stand und sich die langen blonden Haare bürstete. In der Villa Thiele war Stille eingekehrt. Längst hatte sich die Dunkelheit über die Stadt gesenkt. Durch das offen stehende Schlafzimmerfenster drang der schaurige Ruf eines Käuzchens. Katharina erinnerte sich daran, dass man auf dem Land immer sagte, beim Ruf des »Todesvogels« würde ein geliebter Mensch sterben. Unwillkürlich rann ihr ein Schauer über den Rücken. Ein seichter Wind kam auf und blähte die bodenlangen Gardinen auf. Eilig schloss Katharina das Fenster und zog die weinroten Vorhänge aus schwerem Samt zu.

»Das war ein schöner Abend«, schwärmte sie. Katharina liebte es, Gäste zu bewirten. Die geselligen Abende mit Freunden waren in jüngster Vergangenheit viel zu selten geworden.

»Ja«, nickte Carl, der es sich mit einem Kissen im Nacken gemütlich gemacht hatte, um im Schein der kleinen Lampe auf dem Nachtkonsölchen noch ein wenig in *Der Panther* von Rainer Maria Rilke zu lesen. »Das war es.«

»Es gab ja auch allen Grund zum Feiern.« Mit einem glücklichen Lächeln strich Katharina über ihren Bauch. Wer nicht wusste, dass sie ein Kind bekam, würde nicht vermuten, dass sie schwanger war.

»Allerdings.« Carl nickte. Er klappte das Buch zu und legte es neben sich auf das Bettlaken. Er sah Katharina mit einem verliebten Blick bei der Abendtoilette zu. Dennoch schien ihn etwas zu beschäftigen.

Katharina legte die Bürste auf die Kommode und setzte sich zu Carl auf die Bettkante. Zärtlich strich sie ihm durch das grau gesträhnte, kurz geschorene Haar.

»Rudolf hatte heute eine Idee«, begann er zögerlich.

Katharina musste lachen. »Habt ihr die Rollen getauscht? Ich dachte, Rudolf kümmert sich um den Verkauf, während du der Erfinder bist.«

»Eigentlich ist es so, ja.« Carl nickte mit einem sinnigen Lächeln auf den Lippen. »Allerdings hat mich Rudolfs Vorschlag an etwas erinnert.«

Fragend zog Katharina eine Augenbraue hoch.

»Kannst du dich noch an unser Gespräch vor einigen Jahren erinnern, als ich dir von den Automobilen vorgeschwärmt habe?«

Sie musste nicht lange überlegen und nickte. »Aber selbstverständlich. Wir haben herumgesponnen und überlegt, ob wir diese Geisterdroschken nicht viel besser bauen könnten.«

Carl nahm ihre Hand und drückte sie. »Genau.«

»Moment.« Katharina stutzte. »Und heute hat Rudolf …«

Carl nickte. »Er hat vorgeschlagen, dass wir künftig auch Motorwagen bauen sollten.«

»Ein Thiele-Auto?« Katharina lachte. »Damit ist er spät dran, die Idee hatten wir längst.«

»So ist es. Wobei … der Gedanke daran hat mich nie ganz losgelassen. Allerdings war es wichtiger, mich um das zu kümmern, was uns weiterbringt.«

Katharina verstand. »Und jetzt will Rudolf, dass wir Automobile bauen?«

»Ja.« Carl lächelte. »Es klingt ambitioniert.«

»Was hast du ihm geantwortet?«

»Ich habe gesagt, dass es andere Dinge gibt, um die ich mich kümmern muss. Wie du weißt, habe ich von Motorwagen nicht die geringste keine Ahnung.«

»Die kann man sich aneignen«, fand Katharina, während sie nachdachte. Die Welt veränderte sich gerade, in den Städten schritt die Industrialisierung mit großen Schritten voran, und die Menschen benötigten geeignete Fortbewegungsmittel. Überall entstanden große Fabriken. Im Bergischen Land gab es gar eine elektrifizierte Bahn, die zwischen den Städten Barmen und Elberfeld an einem Gerüst über den Fluss Wupper führte, um ganze Scharen von Arbeitern zu transportieren. Die Erbauer waren vor gut zehn Jahren Vorkämpfer gewesen. Warum sollte Carl nicht auch ein Pionier in Sachen Automobilbau werden können?

»Ich bin sicher, du würdest das schaffen«, versicherte sie ihm, während sie unter die Bettdecke schlüpfte, die herrlich nach Jasmin duftete. »Du bist ein großartiger Erfinder, Carl. Und wenn du den Leitsatz von Thiele beherzigst, werden wir schon bald die besten Automobile der Welt bauen.«

Er legte einen Arm um sie. »Du bist meine Muse«, flüsterte er sanft, als sie sich an ihn schmiegte. »Aber ob ich der richtige Mann bin, um einen Motorwagen zu konstruieren, wage ich zu bezweifeln.«

»Du bist nicht allein«, erwiderte sie.

Carl lachte leise auf. Er legte das Buch auf die kleine Nachtkonsole und rutschte im Bett abwärts. »Willst du mir helfen?«

»Vielleicht, als deine Muse«, nickte sie und genoss seine zärtlichen Berührungen. »Aber es gibt jemanden, der sich mit dem Bau von Automobilen auskennt. Seine Expertise und dein Erfindergeist eröffnen sicher ganz neue Möglichkeiten.« Als Carl nachdenklich schwieg, löschte sie die kleine Lampe. Katharina schmiegte sich an ihn und sah zu ihm hoch. Sein Gesicht schien im Mondlicht, das durch den Spalt der Vorhänge eindrang, zu leuchten. Nur an seinem gleichmäßigen, leisen Schnarchen erkannte sie, dass Carl eingeschlafen war. Sie hauchte ihm einen Kuss auf die Wange und rollte sich in die Decke ein. Das Tag war lang und aufregend gewesen, bald schon würden sie zu viert sein. Von diesem Gedanken getragen, sank auch sie bald in einen tiefen Schlaf.

Kapitel 7

Amelie hatte die ganze Nacht über kaum ein Auge zugetan, so aufgeregt war sie nach dem kurzen Besuch von Katharina Thiele und der Unbekannten gewesen. Um Viertel vor fünf rasselte ihr Wecker. Man hatte sie als Kindermädchen eingestellt, damit war ein Traum in Erfüllung gegangen. Amelie konnte es kaum fassen, dass heute ihr Berufsleben beginnen würde.

Wenn Mutter das noch erlebt hätte, dachte sie in einem Anflug von Trauer. Sie dachte täglich an ihre Mutter, und an Tagen wie diesen fehlte sie ihr unendlich. Rasch verdrängte Amelie den Kummer und konzentrierte sich auf das, was bevorstand. Nachdem sie sich mit kaltem Wasser gewaschen hatte, kleidete sie sich an. Heute wählte sie einen knöchellangen, figurbetonten Rock und eine cremefarbene Bluse mit Stehkragen. Während sie sich vor der Spiegelkommode die Haare bürstete und anschließend zu einem Zopf flocht, stellte sie sich ihren ersten Arbeitstag vor. Wahrscheinlich würde sie den Jungen wecken, ankleiden und zum Frühstück führen, bevor sie ihn in die Schule brachte. Sicher würde Frau Thiele sie heute begleiten, denn Amelie musste erst einmal den Tagesablauf im Hause Thiele und sämtliche Wege kennenlernen.

Ihren Vater und die Geschwister sah Amelie heute nur kurz in der Küche. Hermann Wadersloh hatte es sich nicht nehmen lassen, das Frühstück vorzubereiten und Kaffee aufzusetzen. Er empfing sie mit einem stolzen Lächeln auf den Lippen, als sie in der Küche erschien und sich gleich an den Tisch setzen durfte. Er trat hinter seine Tochter und massierte ihr die Schultern, so, wie er es schon früher immer gern getan hatte. Er schien zu spüren, dass Amelie aufgeregt war, und sprach während des schnellen Frühstücks beruhigend auf sie ein. Tatsächlich gelang es ihm, ihre Aufregung ein wenig zu mindern. Nachdem sie den Kaffee ausgetrunken hatte, wischte sie sich den Mund mit der Serviette, die er extra hingelegt hatte, ab und sprang auf. »Ich muss los.« Ihr Vater ließ sie gewähren und betrachtete sie schweigend, als sie den leichten Mantel überstreifte, der an der Garderobe im Flur hing.

»Ich wünsche dir viel Glück für deinen ersten Arbeitstag«, sagte er mit feierlicher Miene und brachte sie zur Tür.

»Vielen Dank, Vater.« Amelie genoss seine kurze Umarmung, dann winkte sie ihm im Gehen zu. »Es ist schon spät. An meinem ersten Tag will ich doch pünktlich sein.«

Auf den Weg ins Villenviertel der Stadt zwitscherten die Vögel in den Bäumen über ihrem Kopf, und der Morgen graute bereits. Es schien ein sonniger Frühlingstag zu werden, der Himmel war wolkenlos, und die Luft roch frisch und war klar wie nach einem Gewitter.

Zu ihrer Verwunderung war Amelie nicht allein unterwegs. Zahlreiche Fuhrwerke rumpelten durch die Straßen. Der Bauer brachte einen Handkarren mit Milchkannen zum Kolonialwarenladen an der Ecke, eine alte Frau schleppte einen Korb mit Äpfeln zum Markt, und der Schutzmann lief mit strengem Blick und auf dem Rücken verschränkten Armen Streife.

Als sie in die Thesings Allee einbog, ließ sie die betriebsame Hektik der erwachenden Stadt hinter sich und tauchte ein in die Stille, die hier herrschte. In den meisten Fenstern der prächtigen Villen brannte noch kein Licht.

Amelies Herz klopfte schneller, als sie vor dem Haus der Familie Thiele angekommen war. Kurz blieb sie stehen, um den Anblick auf sich wirken zu lassen. »Dann mal los«, sagte sie zu sich selbst, fast so, als müsse sie sich Mut machen. Mit erhobenem Haupt stieß sie das Tor auf und stand nach wenigen Schritten vor dem Portal der prächtigen Villa.

Soll ich klingeln?, überlegte sie.

Sicher würde das ein denkbar schlechter Einstieg sein, wenn die Bewohner des Hauses noch schlafend in den Betten lagen. Auf der anderen Seite musste sie ja pünktlich sein. Während sie noch überlegte, wurde ihr die Tür bereits geöffnet. Wie es schien, hatte man ihre Ankunft bereits bemerkt.

»Guten Morgen Fräulein Amelie.« Franz bat sie mit einem freundlichen Lächeln auf den Lippen ins Haus. »Und herzlich willkommen.« Wie gestern trug er eine elegante Uniform. Nur auf die Mütze hatte er verzichtet, und anstatt der Stiefel trug er schwarz glänzende Schuhe aus teurem Leder. Er war eine ansehnliche Erscheinung.

»Danke – und guten Morgen natürlich!« Amelie errötete und fragte sich, warum der nette Kutscher sie so verlegen machte. Sie trat ein und sah Franz dabei zu, wie er die Tür schloss.

»In einer halben Stunde pflegen die Herrschaften zu frühstücken«, erklärte er. »Das bedeutet, dass Carl junior in fünfzehn Minuten geweckt werden muss.«

»Einverstanden.« Amelie zog den leichten Mantel aus. Bevor sie fragen konnte, nahm Franz ihn ihr ab. »Ich kümmere mich darum.«

»Danke.« Amelie ertappte sich dabei, dass sie flüsterte, während ihr Gegenüber in normaler Lautstärke mit ihr sprach.

»Ich bringe dich jetzt in die Küche, dort ist Frieda, die Haushälterin, mit den Vorbereitungen für das Frühstück beschäftigt. Von ihr wirst du alles Weitere erfahren.« Franz schritt voran und brachte Amelie in den hinteren Bereich der Villa, den sie gestern noch nicht kennengelernt hatte. Hier war die Einrichtung nicht ganz so luxuriös wie im vorderen Teil des Hauses – in den Wirtschaftsräumen herrschte Sachlichkeit vor. Dennoch hatte Amelie den Eindruck, dass die Einrichtung auch hier sehr hochwertig war. Als sie einen Blick in das kleine Waschhaus werfen konnte, stand dort natürlich eine dieser modernen Thiele-Waschmaschinen.

»Was dachtest du denn?«, grinste Franz, dem Amelies neugieriger Blick nicht entgangen war. »Die Herrschaften setzen auf Qualität aus dem eigenen Hause.« Er lachte leise. »Komm«, sagte er, »Frieda wartet bestimmt schon auf uns.« Von dort, wo Amelie die Küche vermutete, war das Klappern von Geschirr zu vernehmen. Würziger Kaffeeduft hing in der Luft. Jemand sang in der Küche – wahrscheinlich Frieda. Amelie war gespannt, die Haushälterin kennenzulernen.

»Da wären wir!« Die warme Stimme von Franz riss sie aus ihren Gedanken. Er öffnete eine Tür, und vor ihnen lag ein großer, lichtdurchfluteter Raum, der von einem riesigen Tisch in der Mitte beherrscht wurde. An den Wänden erblickte Amelie Regale mit Töpfen und Pfannen, in einem offenen Schrank war das Geschirr des Hauses sauber gestapelt.

Der mächtige Küchenherd neben dem Fenster zum Garten nahm viel Platz ein. Im unteren Teil prasselte ein munteres Feuer. Holzscheite knackten leise, der Ofen verbreitete eine angenehme Wärme und diente im Winter sicher auch als zuverlässige Heizung.

Eine stämmige Frau in langem Kleid und einer strahlend weißen Schürze hantierte mit Geschirr herum. Als sie bemerkte, dass sie nicht allein war, drehte sie sich um. »Guten Morgen, Franz«, sagte sie gut gelaunt. »Wen bringst du mir denn da mit?«

»Guten Morgen, Frieda, das ist Amelie, das neue Kindermädchen der gnädigen Herrschaften.«

»Ach wie schön – Carl junior bekommt eine Erzieherin an die Seite gestellt. Da wird er sich freuen.« Frieda putzte sich die Hände an einem Geschirrtuch ab und trat näher. Ihre blauen Augen funkelten unternehmungslustig, ihr Handschlag war für eine Frau ungewöhnlich fest. »Ich bin Frieda, das Mädchen für alles im Haus.« Sie zwinkerte Amelie verschwörerisch zu. »Aber jetzt habe ich ja Verstärkung.« Sie blickte an Amelie vorbei zu Franz. »Danke, mein Guter. Dein Frühstück ist bereits fertig. Wenn du also Pause machen darfst, setz dich.« Sie deutete auf den Tisch. Erst jetzt bemerkte Amelie, dass dort ein Korb mit Brot bereitstand, dazu Wurst, Käse und Butter sowie eine Tasse mit frischem Kaffee.

»Danke, es passt gerade.« Franz nahm Platz.

»So«, sagte Frieda an Amelie gewandt, »nun zu uns. Bisher habe ich mich um den Jungen gekümmert, doch das alles wird mir zu viel, und auch die gnädige Frau benötigt dringend eine Entlastung.« Sie bat Amelie, Platz zu nehmen, und fuhr fort, Geschirr auf ein großes Tablett zu stellen. »Es wird wohl deine Aufgabe sein, Carl junior beim Waschen und Anziehen zu helfen und ihn dann durch den Tag zu begleiten. Wenn er in der Schule ist, darfst du mir sicher bei den täglichen Aufgaben zur Hand gehen, bevor du dich am Nachmittag wieder mit dem Jungen beschäftigst und ihm bei den Hausaufgaben hilfst. Danach habt ihr Freizeit, die in der Regel beim freien Spiel verbracht wird, bei schönem Wetter in der Natur, ansonsten im Haus. Dann folgt das Abendessen und das Zubettgehen.«

»Frieda«, stöhnte Franz und rollte mit den Augen, »das ist alles zu viel für Amelie – wie soll sie sich das alles merken können?«

Amelie warf dem Kutscher einen dankbaren Blick zu. Er zwinkerte ihr verschmitzt zu. »Ich werde versuchen, mir alles zu merken«, versprach sie der resoluten Haushälterin.

»Siehst du«, erwiderte Frieda an Franz gerichtet. »Sie ist ein schlaues Mädchen und nicht so ein alter Esel wie du.«

»Na, na«, machte Franz in gespielter Empörung.

»Guten Morgen zusammen.« Niemand der Anwesenden hatte bemerkt, dass Katharina Thiele in der Küche erschienen war. Sie wirkte frisch und ausgeschlafen, und ihre Augen strahlten förmlich, als sie in die Runde grüßte. »Ich brauche die Kutsche heute nicht«, sagte sie an Franz gewandt, »was mein Mann heute mit Ihnen vorhat, weiß ich natürlich nicht.«

»Wenn Zeit ist, würde ich gern die Büsche im Garten stutzen«, bemerkte Franz und legte sein Käsebrot auf den Tellerrand.

»Gern.« Katharina Thiele bedankte sich bei Frieda für das gestrige Abendessen. Offenbar hatte es eine Gesellschaft gegeben, vermutete Amelie. Dann wandte sich die Dame des Hauses an sie. »Und wie ich sehe, bist du pünktlich angetreten. Herzlich willkommen. Ich werde dich gleich mitnehmen und in unseren Alltag einweihen.«

»Ich bin schon gespannt«, nickte Amelie mit roten Wangen, erhob sich und folgte Katharina Thiele. Als ihre Schritte sie an Franz vorbeiführten, lächelte er ihr freundlich zu. Da war etwas ganz Besonderes, Vertrautes und Warmes in seinem Blick, das Amelies Herzschlag beschleunigte. Doch sie schob die Empfindung beiseite, denn jetzt galt es, sich auf ihre Aufgaben zu konzentrieren.

*

»Ja muss ich denn heute gar nicht in die Schule?«, fragte Carl junior verwundert, als seine Mutter mit Amelie im Kinderzimmer erschien, um den Jungen zu wecken. Verschlafen rieb er sich die Augen, während Katharina die Vorhänge öffnete. »O doch, mein Herz«, sagte sie. »Amelie ist ab heute dein Kindermädchen, und sie wird dich heute bringen.«

»Guten Morgen, Amelie.« Carl junior richtete sich im Bett auf und streckte sich. »Dann spielen wir später.«

Katharina war froh, dass ihr Sohn nicht gegen die neue Hausangestellte protestierte. Sie legte ihm frische Kleidung auf den

Bettrand, setzte sich zu ihm und strich ihm zärtlich über das noch bettwarme Gesicht. »Ich denke, du wirst Amelie heute zeigen, wie dein Tag verläuft.«

»Das will ich gern machen.« Carl junior nickte begeistert. »Und danach zeige ich dir unseren Garten.« Er schien seine Müdigkeit heute schneller abzuschütteln als sonst, er war voller Tatendrang und plapperte munter drauflos.

»Da bin ich sehr gespannt«, antwortete Amelie. »Und jetzt sollten wir zusehen, dass wir dich waschen und anziehen.«

»Einverstanden.« Carl strahlte und rutschte neben seiner Mutter aus dem Bett. Er schlüpfte in die Filzpantoffeln und nahm Amelie wie selbstverständlich an der Hand. »Komm schon!«, rief er aufgeregt und zog sie ins Nebenzimmer. »Ich zeige dir, wie man Wasser macht.« Katharina blieb auf der Bettkante sitzen und hörte ihnen zu. »Und das hier ist meine Haarbürste. Hast du auch eine Bürste? Du musst eine Bürste haben, denn dein Haar ist ganz schön lang. Sieh mal, hier ist meine Seife. Mein Vater hat sie mir aus Berlin mitgebracht. Er muss oft verreisen, und dann bringt er mir immer etwas mit. Meistens Spielzeug, manchmal aber auch nützliche Dinge.«

»Carl«, rief Katharina amüsiert ins benachbarte Zimmer, wo Amelie ihm bereits Wasser aus der Kanne ins Waschbecken schüttete. »Du redest wie ein Wasserfall.«

»Ich weiß, aber Amelie muss doch noch so viel lernen.«

»Und weil *du* viel lernen musst«, hörte Katharina das Kindermädchen sagen, »musst du dich schnell fertig machen und anziehen, damit du frühstücken und anschließend in die Schule gehen kannst. Hast du einen strengen Lehrer?«

»Und wie!« Carl machte ein Geräusch. »Studienrat Obermüller ist sogar sehr streng. Er duldet kein Zuspätkommen.«

»Siehst du, dann müssen wir uns jetzt beeilen.«

»Ich weiß.«

Katharina erhob sich vom Bett. Es gefiel ihr, dass sich die beiden, wie schon beim Vorstellungsgespräch, so gut verstanden. Carl wagte nicht, ihr zu widersprechen, und machte sich gut. »Ich bin schon unten im Esszimmer und gehe Frieda etwas zur Hand«, rief sie Richtung der beiden.

»Einverstanden, Mama.« Kurz hielt er seinen strubbeligen Kopf durch den Türrahmen, dann verschwand der Junge wieder im Bad. *Es läuft besser, als ich es mir vorgestellt habe,* dachte Katharina auf dem Weg nach unten. Im Esszimmer angekommen, saß ihr Mann bereits am gedeckten Tisch. Er las in der Zeitung und trank seinen ersten Kaffee, aus der feinen Porzellantasse mit dem filigranen Blumenmuster am Rand, das sie zu ihrer Hochzeit geschenkt bekommen hatten. Die Frühlingssonne schickte ihre warmen Strahlen in den Raum und ließ das eher dunkle Holzmobiliar heller und freundlich erscheinen.

»Guten Morgen, Liebster«, sagte Katharina leise.

Carl ließ sie Zeitung sinken und strahlte sie an. »Guten Morgen, meine Liebe.« Sie trat hinter ihn und hauchte ihm einen Kuss auf die Stirn.

»Ist das Kindermädchen bereits eingetroffen?« Carl faltete die Zeitung unter lautem Rascheln zusammen und legte sie neben den Teller, um sich ein Brot mit Marmelade zu bestreichen. Wie immer wählte er die eingemachte Kirschmarmelade. Sie war nicht allzu süß – genau wie er es mochte.

»Ja«, sagte Katharina. »Sie ist bereits bei Carl junior und hilft ihm bei der Morgentoilette. Er hat sich übrigens sehr gefreut, dass sie da ist.«

»Dann dürfen wir gespannt sein, wie sich Amelie bewährt.« Carl schien immer noch skeptisch zu sein.

»Bis jetzt macht sie ihre Sache ordentlich – soweit man das nach den wenigen Minuten beurteilen kann.« Katharina setzte sich zu ihm an den Tisch. »Aber ich denke, wir werden mit ihr zufrieden sein.«

»Wie du meinst, Liebes.«

Bevor sie etwas erwidern konnte, öffnete sich die Tür. Frieda trug ein beladenes Tablett ins Esszimmer. Katharina erhob sich, um der Haushälterin zur Hand zu gehen. Obwohl sie das nicht musste, hatte sie sich bis jetzt nicht daran gewöhnen können, dass andere ihre Arbeit verrichteten. Immer wieder dachte sie an die Zeiten auf dem Zumwinkel-Hof. Da war sie es gewohnt gewesen, den Frühstückstisch für das Gesinde gemeinsam mit Lina, der Küchenmagd, zu decken. Nachdem die Frauen gemeinsam den Tisch gedeckt hatten, wünschte Frieda ihnen einen guten Appetit und zog sich mit dem leeren Tablett in die Küche zurück.

»Was liegt heute an bei dir?«, fragte Carl, als sie allein waren.

»Ich werde heute erst am Nachmittag zu den Frauen fahren«, erklärte Katharina. Sie hatte ihre Freude daran, soziale Projekte zu betreuen und sich in verschiedenen Frauenverbänden einzubringen. »Den Vormittag über bleibe ich im Haus, um das Kindermädchen einzuarbeiten.«

Carl war einverstanden. »Ich habe heute einen langen Tag vor mir«, erklärte er kauend. »Seit gestern habe ich eine Idee, wie man unsere Waschmaschine noch verbessern kann.«

»Also hast du keine Angst vor den Protesten der Haushälterinnen?«

»Das überlasse ich Rudolf«, entgegnete Carl kopfschüttelnd. »Wobei ich ihn gar nicht so furchtsam kenne. Normalerweise ist er als Kaufmann sehr gradlinig und lässt sich von ein paar aufgebrachten Waschweibern nicht verängstigen.«

»Er fürchtet um den Ruf der Fabrik«, überlegte Katharina. »Und ich werde mir heute Gedanken machen, was man tun kann, um dem entgegenzuwirken.« Sie nahm eine Scheibe Brot aus dem Korb, bestrich sie mit Butter und belegte sie mit Käse und legte sie auf ihrem Teller ab. Sie wartete mit dem Essen auf Carl junior und schenkte sich Minztee in die Tasse. Ihr Interesse galt jetzt Carls Tagesplänen. »Also hast du schon wieder eine Idee«, stellte sie fest.

»Worauf du dich verlassen kannst.« Er zwinkerte ihr vergnügt zu. Dann warf er einen besorgten Blick auf die Standuhr. »Es ist spät, ich fürchte, ich muss dich schon verlassen.«

Katharina nickte. »Wenn die Pflicht ruft, muss das so sein.«

»Vor allem aber ruft mich eine neue Idee«, schmunzelte er, leerte seine Tasse und erhob sich. »Eine neue Idee, die ich dir zu verdanken habe, Liebes.« Die Zeitung klemmte er sich unter den Arm. Katharina wusste, dass er im Büro weiterlas, wenn er Zeit dazu fand. Carl war sehr interessiert am Zeitgeschehen. Dass er den Wirtschaftsteil der Zeitung schon am Frühstückstisch las, schob sie auf seine Fabrikantentätigkeit. Viel Zeit, die Ruhe des Morgens zu genießen, fand Katharina nicht. Als sich die Tür des Esszimmers öffnete, erschien Carl junior in Begleitung des neuen Kindermädchens, die einen halben Schritt hinter ihm stehen blieb.

»Kommst du nicht mit rein?«, fragte der Junge verwundert.

»Nein, ich glaube, ich …« Amelie errötete.

»Natürlich frühstückst du heute mit uns«, sagte Katharina schnell und deutete auf den freien Platz neben sich. Sie kam aus ihrer Haut nicht heraus. Natürlich wusste sie, dass Dienstboten am Tisch der Herrschaften nichts zu suchen hatten, trotzdem erinnerte sie ein gemeinsames Frühstück immer an ihr altes Leben auf dem Hof ihrer Eltern. Katharina läutete, und kurz darauf erschien Frieda. »Bitte bringen Sie uns ein weiteres Gedeck«, bat Katharina sie, dann winkte sie ab. »Bringen Sie uns bitte zwei weitere Gedecke – wir frühstücken heute alle zusammen.« Frieda schien verwundert, wagte jedoch nicht zu widersprechen.

»Franz ist leider schon unterwegs, um meinen Mann zur Fabrik zu fahren«, bedauerte Katharina. »Sonst würde ich ihn auch herbitten.« Viel Zeit zum Frühstücken blieb sowieso nicht mehr, denn Carl junior musste schon in einer Viertelstunde los zur Schule. Trotzdem wagte Katharina sich nicht vorzustellen, was Carl sagen würde, wenn er davon erfuhr, dass sie unter der Woche mit den Angestellten an einem Tisch frühstückte. Für ein solches gemeinschaftliches Essen war ausschließlich der Sonntagmittag vorgesehen.

*

Carl war müde vom vorangegangenen geselligen Abend ihren Gästen. So hielt er sich an diesem Morgen nicht in seinem Büro auf, sondern zog sich mit einem Pott Malzkaffee in die kleine Werkstatt zurück, die in einem Anbau des »Weißen Hauses«, wie sie das Verwaltungsgebäude nannten, lag.

Hier hatte er die Möglichkeit, ungestört an seinen neuen Erfindungen zu tüfteln. Zwei Ideen verfolgten ihn seit ein paar Tagen, die er heute unbedingt ausprobieren wollte: die Wasserheizung und der von Katharina angeregte Elektromotor für die Kraftwaschmaschine. Vielleicht, so dachte er, ließ sich beides miteinander verbinden.

Carl stand grübelnd vor dem Modell der Waschmaschine, wandte sich ab und suchte im Regal nach dem Elektromotor, den Rudolf ihm vor einiger Zeit von einer Reise mitgebracht hatte. Er nahm das schwere Teil aus dem Fach, staubte es flüchtig mit einem Lappen ab und trat damit an die Waschmaschine, um die Anbringungsmöglichkeiten zu testen. Sicherlich würde er einen Transmissionsriemen benötigen, um die Trommel mit der Kraft des Motors anzutreiben.

In Gedanken vertieft, schrak Carl auf, als es an der Tür der kleinen Werkstatt klopfte. Er fragte sich, wer das sein konnte, denn eigentlich wusste jeder in der Fabrik, dass er ungestört sein wollte, sobald die Tür geschlossen war. Bisher war das immer respektiert worden. Als es zum zweiten Mal klopfte, legte Carl den schweren Motor auf dem Boden ab und begab sich ohne Eile zur Tür.

»Herein«, brummte er etwas unwillig, zog den Putzlappen aus der Kitteltasche, um sich daran die Finger abzuwischen. Das Jackett hatte er über einen der beiden einfachen Stühle am Fenster geworfen.

Zögerlich öffnete sich die Tür. Herein trat ein Mann in Rudolfs Alter, in der Hand eine übergroße Aktentasche. Er war einen guten Kopf größer als er, das dunkle Haar war von grauen Strähnen durchzogen. Auf den schmalen Lippen des Fremden lag ein feines Lächeln. »Verzeihen Sie die Störung«, sagte der Mann im edlen Zwirn. »Ich möchte zum Direktor, Herrn Carl Thiele.«

»Steht vor Ihnen«, lächelte Carl und streckte ihm die Hand entgegen. Der Besucher ergriff sie zögernd, doch sein Händedruck war angenehm fest, und er hielt Carls forschendem Blick stand. Der Mann schien überrascht zu sein, den Leiter der großen Fabrik in einer eher bescheidenen Werkstatt anzutreffen, noch dazu hemdsärmelig und ölverschmiert, anstatt in einem großen und repräsentativen Büro.

»Gestatten, mein Name ist Klamm, Paul Klamm.«

Obwohl Carl glaubte, den Namen des Mannes schon einmal gehört zu haben, wusste er mit ihm nichts anzufangen. »Was verschafft mir die Ehre?«

»Hat Herr Zenker Sie nicht auf mein Kommen vorbereitet?«

»Nein, hat er nicht«, sagte Carl und musterte den Besucher, der jetzt seinen Bowler vom Kopf nahm und die Krempe in den Händen drehte.

»Ich bin von Beruf Automobilingenieur. Mir kam zu Ohren, dass Sie über die Konstruktion eines eigenen Kraftwagens nachdenken.«

Fragend hob Carl eine Augenbraue. *Rudolf*, durchzuckte es

ihn. *Er hat Klamm gebeten, mich zu besuchen.* Er würde seinen Freund später dazu zu befragen. Rudolf schien von der Idee besessen zu sein, ein eigenes Automobil zu bauen. Jedenfalls ahnte er jetzt, was Rudolf ihm gestern Abend noch mitteilen wollte, als die Frauen sie zu einer Runde Backgammon aufgefordert hatten.

Carl wusste nicht, was Rudolf dem Mann bereits über ihre Pläne verraten hatte. »Nun«, sagte Carl freundlich, aber ausweichend, »wir tragen uns täglich mit neuen Ideen herum, was aber davon konkrete Formen annimmt, lässt sich zum jetzigen Zeitpunkt nur schwer voraussagen.«

»Mit Verlaub, deshalb bin ich hier, gnädiger Herr.« Paul Klamm lächelte freundlich. »Ich bin sicher, dass Sie das Zeug dazu haben, ein erfolgreiches Automobil zu konstruieren.«

»Was sollte ich besser machen als Carl Benz oder Adam Opel?«, fragte Carl voller Zweifel. »Männer wie sie haben Benzin im Blut, sie sind Pioniere und Spezialisten im Fahrzeugbau. Für mich wäre die Schöpfung eines neuen Automobils Neuland.«

»Dafür haben Sie ja mich.« Klamm wirkte jetzt sehr selbstbewusst. »Wie ich bereits erwähnte, bin ich Automobilingenieur.«

»Ich verstehe«, murmelte Carl. Hatte Rudolf den Herrn bereits eingestellt? Das konnte er sich nicht vorstellen, denn derart wichtige Entscheidungen trafen sie gemeinsam.

»Also stimmt es, dass Sie sich mit dem Gedanken tragen, einen Kraftwagen zu bauen?«, sagte Klamm, als ihm Carls Schweigen zu lange dauerte. Es war eine Frage, keine Feststellung.

»Wollen Sie mir dabei behilflich sein?«

»Darum bin ich hier.« Klamm sah sich in der Werkstatt um und nahm die Waschmaschine, die sich in der Mitte des Raumes befand, in Augenschein. »Und so etwas wird gekauft?«

»Was soll das heißen?« Carl runzelte die Stirn.

»Ich meine, dass die Anschaffung dieser Waschmaschine sicher sehr kostspielig ist. Gibt es viele Familien, die sich das leisten können?«

»Es werden immer mehr. Sicherlich haben Sie bei Ihrer Ankunft die großen Fabrikhallen gesehen. Anfangs haben wir nur in gut situierten Häusern Abnehmer gefunden, mittlerweile hält die Waschmaschine auch in bürgerlichen Häusern Einzug.«

»Dabei ist es doch nur ein Hilfsmittel beim Waschen«, meinte Klamm. »Ohne despektierlich klingen zu wollen – aber das Wasser muss erhitzt und in den Kessel gefüllt werden, die Wäsche zuvor eingeweicht, danach gespült werden. Ist das wirklich eine Unterstützung für die Hausfrauen?«

»Offen gestanden arbeite ich zu diesen Punkten gerade an der Weiterentwicklung der Waschmaschine.« Carl fühlte sich ertappt, weil sein Besucher genau die Punkte ansprach, an denen er arbeitete, um den Frauen künftig ein angenehmeres Arbeiten mit der Waschmaschine zu ermöglichen.

»Und außerdem wollen Sie einen Kraftwagen bauen.« Wieder eine Feststellung, keine Frage. Klamm ging um die Waschmaschine herum. »Aber sicher kein Automobil, bei dem der Chauffeur selbst in die Pedale treten muss, nehme ich an?«

»Natürlich nicht«, rief Carl. »Was denken Sie denn.« Carl runzelte die Stirn.

Paul Klamm lächelte versöhnlich. »Es liegt mir fern, Ihnen zu nahe zu treten, Thiele. Aber wenn wir wirklich gemeinsam an einem Automobil arbeiten wollen, dann muss es ein ganz besonderer Motorwagen sein, einer, der sich deutlich von denen unterscheidet, die schon auf der Straße herumfahren und Dreck und Lärm verursachen.« Er winkte ab. »Viele Menschen bezeichnen diese Motorkutschen nicht ganz zu Unrecht als Hexenwerk. Wir wollen es besser machen, oder, werter Thiele?«

»Sie gefallen mir.« Carl durchlebte ein Wechselbad der Gefühle. Zwar hielt er seinen Besucher auf der einen Seite für distanzlos, andererseits gefiel ihm gerade das. »Wer sagt, dass *wir* ein Automobil bauen werden?« Er zeigte erst auf seine Brust, danach auf die von Paul Klamm. »Niemand hat Sie eingestellt.«

»Noch nicht.« Klamm zwinkerte ihm vergnügt zu. »Aber gemeinsam können wir die Aufgabe meistern, mit einem Thiele-Automobil die Welt da draußen zu begeistern.« Er zeigte wieder auf die Waschmaschine. »So, wie Sie es mit Ihrem Ding da schon getan haben.«

»Natürlich wird das dann keine halbfertige Lösung, sondern ein Modell sein, das sehr gefragt ist.«

»Und sehr teuer wird«, fürchtete Carl.

»Bei Opel hat man so etwas mit einem Ärztewagen entwickelt.«

»Den können sich nur gut situierte Menschen leisten«, gab Carl zu bedenken.

Klamm blickte ihn erschrocken an. »Aber Sie wollen doch keine billige Alternative zum Ärztewagen anbieten, nehme ich an?«

Carl schüttelte mit einem feinen Lächeln auf den Lippen den Kopf. »Thiele steht für Qualität, nicht für billige Ware.«

»Genau das wollte ich hören.« Klamm warf den Bowler, den er immer noch in den Händen hielt, auf einen freien Stuhl. »Dann lassen Sie uns mit der Arbeit beginnen.«

Kapitel 8

Franz gefällt dir.« Lautlos war Frieda hinter Amelie getreten, die gedankenverloren am Fenster stand und den Kutscher der Familie beobachtete. Er war gerade damit beschäftigt, die Büsche entlang der Einfahrt zu stutzen. Hemdsärmelig und in groben Stiefeln verrichtete er seine Arbeit. Immer wenn er sich kurz aufrichtete, um sich den Schweiß aus der Stirn zu wischen, sah er in ihre Richtung, und ihre Blicke trafen sich für einen winzigen Augenblick.

»Wie bitte?« Irritiert fuhr Amelie herum und sah in das verstehende Lächeln der Haushälterin.

»Franz gefällt dir«, wiederholte sie mit wissendem Blick.

»Er ist … ein hübscher Mann«, räumte Amelie peinlich berührt ein. »Aber er ist zu alt für mich.«

»Zu alt?« Frieda lachte laut. »Als wenn es das nur wäre.« Sie wurde ernst. »Es ist üblich, dass der Mann älter ist als seine Frau. Das ist es aber nicht, was ich meine.«

Amelie blickte sie fragend an.

»Schlag dir den Franz aus dem Kopf.« Frieda schüttelte den Kopf. »Er ist nichts für dich.«

»Aber warum denn nicht?« Amelie fühlte sich ertappt. Tatsächlich hatte sie gerade darüber nachgedacht, ob seine wunderschönen Lippen wohl gut küssen konnten. Bei der Vorstellung daran hatten Schmetterlinge in ihrem Bauch getanzt.

»Weil er verheiratet ist.«

»Ach was.« Amelie fühlte sich, als würde man ihr den Boden unter den Füßen wegziehen. »Das … das wusste ich nicht.«

»Deshalb sage ich es dir, bevor es zu spät ist. Franz ist seit einem Jahr verheiratet mit seiner Paula.«

»Ich verstehe.« Enttäuscht nickte Amelie und senkte den Blick. Frieda sollte nicht sehen, dass sie rot wurde. Sie schalt sich eine Närrin, weil sie die Möglichkeit, dass Franz vergeben war, gar nicht ins Kalkül gezogen hatte.

»Komm«, riss sie die mütterliche Stimme von Frieda aus den trüben Gedanken. »Wir sollten jetzt das Mittagessen vorbereiten. Ich könnte deine Hilfe gut gebrauchen.«

»Ich komme schon.« Amelie warf einen letzten, schmachtenden Blick aus dem Fenster, wo Franz gerade einen Schluck Wasser trank und ihr gut gelaunt zuzwinkerte. Rasch wandte sie sich ab, um Frieda in die Küche zu folgen.

*

»Hast du mir Klamm geschickt?« Carl sprach leise, nachdem er die Tür von Rudolfs Büro ins Schloss gedrückt hatte.

Sein Kompagnon sah von der Arbeit auf. Einige Mappen stapelten sich auf seinem Schreibtisch. Er lehnte sich zurück, drehte spielerisch an dem Holz-Globus, der ihn schon seit vielen Jahren begleitete und als dekorativer Blickfang auf dem Tisch stand.

An der Wand daneben hing die Abbildung eines großen Passagierschiffes im Querschnitt, Rudolf hatte sie von seiner letzten Reise nach Hamburg mitgebracht. Carl wusste, dass sein Freund fasziniert war von Schiffen. »Eines Tages«, sagte Rudolf bei jeder sich bietenden Gelegenheit, »werde ich mit dem Dampfer über den Großen Teich bis nach Amerika fahren.« Doch jetzt herrschte betroffenes Schweigen zwischen den Männern.

»Ich dachte, du freust dich«, sagte Rudolf schließlich.

Carl wusste nicht, was er darauf erwidern sollte. »Es ist zu früh, um unsere Pläne, ein Automobil zu bauen, nach außen zu tragen«, erwiderte er. Seufzend sank er in einen der beiden Besucherstühle vor dem Schreibtisch. Er massierte sich die Schläfen.

»Ich habe unser Ansinnen nicht in die Öffentlichkeit hinausposaunt«, verteidigte sich Rudolf. »Aber nach unserem Gespräch gestern Abend hatte ich den Eindruck, dass du der Idee vom Bau eines eigenen Automobils offen gegenüberstehst.«

»Woher kennst du Paul Klamm?«

»Von Lina. Sie ist mit Klamms Frau befreundet, und nach Anstellungen in einigen Automobilfabriken des Deutschen Reiches sucht er gerade nach einer neuen Aufgabe. So habe ich den Kontakt zu ihm aufgenommen und ihn zu einem Vorstellungsgespräch eingeladen.«

»Vorstellung ist maßlos untertrieben«, schnaufte Carl. »Der Mann kommt in meine Werkstatt und redet mir ein, dass unsere Waschmaschine nichts als ein bescheidenes Hilfsmittel zu einem völlig überzogenen Preis sei.«

Rudolf lachte. »Das hat er gesagt?«

»Genau so. Und er sagte, dass er bei der Konstruktion eines

Automobils keine Kompromisse eingehen werde. Nur Qualität setze sich durch.«

»Und was hast du geantwortet?« Rudolf verschränkte die Arme hinter dem Kopf und betrachtete seinen Freund aufmerksam.

»Herzlich willkommen bei Thiele & Cie.« Carl grinste. »Was soll ich sagen? Zunächst war ich schockiert von seinem Auftreten, und dennoch hat mir gefallen, was er gesagt hat.«

»Bei uns steht die Qualität unserer Maschinen im Vordergrund, nicht der Preis – das haben wir bei der Gründung unserer ersten Firma schon beschlossen, kannst du dich daran erinnern?«

»Selbstverständlich.« Carl nickte. »Trotzdem hätte ich es begrüßt, wenn du mich auf den Besuch vorbereitet hättest. So war es alles andere als nur ein Vorstellungsgespräch. Aber er hat mit seinen Ansichten bei mir einen guten Eindruck gemacht.«

»Ich wollte gestern Abend mit dir darüber sprechen«, entschuldigte sich Rudolf ein wenig kleinlaut. Dann schmunzelte er. »Also ist er eingestellt?«

Carl seufzte und rollte mit den Augen.

»Der Mann ist eine Koryphäe auf dem Bereich der Entwicklung von Kraftwagen«, betonte Rudolf. Carl hatte den Eindruck, dass der Freund seine letzten Zweifel ausräumen wollte.

»Eingestellt ist er schon, was mich betrifft. Jetzt müsst ihr nur noch über seine Gehaltsvorstellung sprechen.«

»Geschenkt.« Rudolf lachte und machte eine wegwerfende Handbewegung. »Das ist längst erledigt. Es liegt nur noch an dir, zuzustimmen.«

»Manchmal machst du mich sprachlos, Rudolf Zenker«, stöhnte Carl. »Also gut. Setzen wir uns konkret mit der Idee auseinander, einen Kraftwagen zu bauen.«

»Ich wusste, dass ich dich begeistern kann«, strahlte Rudolf, bevor er sich erhob, um den Schreibtisch zu umrunden und seinem Freund auf die Schulter zu klopfen.

*

Bernhard Zumwinkel stand schon seit einer Ewigkeit am Fenster der Stube und sah hinaus auf die Straße. »Ich werde mich wohl nie daran gewöhnen«, seufzte er, ohne sich zu seiner Frau umzublicken.

»Woran wirst du dich nicht gewöhnen?« Theresa saß im gemütlichen Sessel und stickte. Jetzt unterbrach sie ihre Arbeit, um zu ihrem Mann aufzusehen.

»An das triste Leben in der Stadt.« Langsam drehte er sich zu ihr um. »Unser altes Zuhause fehlt mir sehr.«

»Wir haben es doch gut hier«, meinte Theresa. Allerdings fehlte ihr die Arbeit auf dem Hof immer noch, obwohl sie schon seit fast zwei Jahren nicht mehr auf dem Land lebten. »Es gibt kurze Wege, wir sind nicht allein, und wir …«

»Das waren wir auf dem Hof auch nie«, unterbrach sie ihr Mann. »Da waren Katharina und das Gesinde bei uns.«

»Es gab genug Arbeit für alle«, seufzte Theresa. An manchen Tagen schämte sie sich ein wenig dafür, dass Bernhard sich vom Hof getrennt hatte. Aufgrund einer unheilbaren Lungenkrankheit war ihr die Arbeit immer schwerer von der Hand gegangen. Jetzt legte sie die Stickerei auf das kleine Tischchen mit den gedrechselten Beinen und erhob sich. Sie trat neben ihren Mann an das Fenster. Seite an Seite blickten sie hinaus.

Unten rumpelte gerade ein Leiterwagen vorüber. Der Mann auf dem Kutschbock trug die Mütze schief, in seinem Mundwinkel klemmte eine Zigarre. Der Wagen war mit Säcken beladen, deren Inhalt sich nur erahnen ließ. Kinder spielten auf der Straße mit einem Ball, sie lachten und alberten herum. Es dauerte nicht lange, und eine alte Frau trat aus dem gegenüberliegenden Haus, schimpfte mit ihnen und vertrieb sie. »Es gibt immer was zu sehen«, bemerkte Theresa, als unten kurz Ruhe einkehrte. Im Spiegelbild der Fensterscheibe betrachtete sie Bernhard. Er war gealtert in den letzten Monaten, und sie fragte sich, ob das daran lag, dass er keiner sinnvollen Beschäftigung mehr nachging. Ab und zu traf er sich mit einigen Männern im Wirtshaus, meistens kam er dann melancholisch und betrunken nach Hause, doch sie war ihm nicht böse, denn sie wusste, wie tief sein Schmerz war.

»Vielleicht suchen wir dir eine Aufgabe«, überlegte sie. »Ich kann mich auch allein um die Wohnung kümmern, viel Arbeit macht sie ja nicht – verglichen mit dem Hof damals.«

Bernhard wandte sich zu ihr und betrachtete sie. »Ich will nicht, dass du etwas im Haushalt machen musst«, entgegnete er. »Du hast lange genug hart gearbeitet und deine Gesundheit aufs Spiel gesetzt. Deshalb haben wir den Hof verkauft, Theresa.«

»Ich weiß es doch«, nickte sie. »Trotzdem spüre ich, dass dir etwas fehlt. Du brauchst eine Arbeit.«

»Was soll ich schon machen?« Er winkte ab. »Ich bin ein alter

Mann, Theresa. Niemand wird mich einstellen wollen. Die Jüngeren sind kräftiger und können anpacken. Ich hingegen – ach, was soll ich sagen? Wer rastet, der rostet, heißt es immer. Und genauso fühle ich mich jetzt.«

»Dann wird es höchste Zeit.« Theresa lächelte ihm aufmunternd zu. »Ich werde mit Katharina sprechen. Vielleicht hat sie eine Idee. Ich glaube, sie wollte heute Nachmittag vorbeikommen, um nach dem Rechten zu sehen.«

Jetzt schmunzelte Bernhard. »Was hast du vor?«, fragte er. »Willst du sie fragen, ob ich in Carls Fabrik Waschmaschinen bauen darf?«

»Wenn du Freude daran hättest, würde ich das tun«, versicherte Theresa ihm. »Ich denke, du brauchst eine Aufgabe, bei der du dich in der Natur aufhalten kannst, sonst fällt dir die Decke auf den Kopf. Du könntest irgendwo als Gärtner arbeiten.«

»Wie wahr«, stimmte Bernhard ihr zu. »Meinst du, ich bin noch in der Lage, mit Hacke, Spaten und dem Rechen umzugehen?« Als Theresa ihm nicht gleich antwortete, fuhr er fort: »Ich kann zupacken, und ich will zupacken, und vielleicht hast du recht, und ich muss tatsächlich mal wieder etwas Sinnvolles machen.«

»Eben klang es noch so, als sei es sinnvoll, dass du dich um die Hausarbeit hier kümmerst.« Theresa musste über den Sinneswandel ihres Mannes lachen. Sie verschluckte sich und bekam einen Hustenkrampf. Schnell riss sie die Arme hoch, spürte, wie sie rot anlief. Bernhard eilte in die Küche, um ihr ein Glas Wasser zu holen. Hastig trank Theresa, und der Husten ging allmählich zurück. Als sie mit tränenden Augen zu Bernhard aufsah, erkannte sie Sorge in seinem Blick.

»Vielleicht«, sagte er nachdenklich, »ist es doch keine so gute Idee, mir eine Arbeit zu suchen, und ich sollte besser bei dir sein.«

★

Frieda hatte Amelie eine Küchenschüssel aus emailliertem Blech hingeschoben. In einem Topf befanden sich die Kartoffeln, die der Bauer gestern angeliefert hatte. Sie bewies durchaus Geschick beim Kartoffelschälen, schließlich war sie zu Hause schon seit ihrem zwölften Lebensjahr für die Küchenarbeit mitverantwortlich gewesen. Die beiden Frauen nutzten die Zeit, um sich zu unterhalten, und Amelie spürte eine beinahe mütterliche Zuwendung, die von Frieda ausging. Ein wenig erinnerte die Haushälterin sie sogar an ihre Mutter, sie war fürsorglich und sehr fleißig. Im Haus gab es immer etwas für sie zu tun. Amelie fragte sich, ob Frieda alleinstehend war, denn ihre Anstellung im Haus der Familie war sehr zeitaufwendig.

»Hast du eigentlich Kinder?«, fragte sie Frieda, während diese das Gemüse in einer Wasserschüssel putzte.

»Ich und Kinder?« Frieda lachte und schüttelte den Kopf. »Offen gestanden habe ich immer auf den richtigen Mann gewartet, aber der hat nie meinen Weg gekreuzt. Deshalb bin ich allein geblieben und habe nie Kinder bekommen. Aber ich vermisse nichts, und ich kann mich hier im Haus sehr nützlich machen.«

»Und wie verbringst du deine Freizeit?«

Wieder lachte Frieda. »Freizeit?«, fragte sie, »was ist das?« Sie wurde kurz ernst. »Ich bewohne hier im Haus eine bescheidene Kammer, was mir vollkommen ausreicht. Und eigentlich habe ich nie wirklich frei. Ich nutze die zwei Stunden, in denen ich in der Stadt die Einkäufe erledige, um mit den Frauen zu reden, die ich noch aus meiner Jugend kenne. Und wenn ich es mir erlauben kann, trinke ich zum Abschluss eine heiße Schokolade im Kaffeehaus. Dann sitze ich einfach dort und schaue den Leuten nach.« Frieda überlegte. »Und manchmal«, fuhr sie fort, »gehe ich sonnabends auch mal ins *Metropol*, kennst du das?«

»Na klar«, nickte Amelie. Das Kino im Hinterhaus des Rietmachers Tobias Kern in der Strengerstraße 8 hatte erst vor wenigen Wochen eröffnet und war die Sensation in Gütersloh. Sie selbst war noch nie im Kino, obwohl sie es sich immer wieder vorgenommen hatte.

»Manchmal«, fuhr Frieda fort, »bestelle ich mir im Vorverkauf in der Buchhandlung von Fritz Tigges eine Eintrittskarte. Der Sperrsitz kostet achtzig Pfenning, aber das leiste ich mir schon mal.« Sie zwinkerte Amelie vergnügt zu. »Vielleicht können wir ja mal gemeinsam ins *Metropol* gehen, wenn du magst?«

»Sehr gerne.« Amelie war begeistert von der Herzlichkeit der Haushälterin. Langsam verstand sie, warum Katharina Thiele sie neulich als »gute Seele des Hauses« bezeichnet hatte.

»Wo ist die gnädige Frau eigentlich?«, wagte Amelie zu fragen.

»Sie erledigt vormittags oft Dinge von zu Hause aus, oder sie macht Erledigungen in der Stadt. Mittags sind die Herrschaften meistens hier, um gemeinsam zu essen.«

»Ach herrje«, rief Amelie bestürzt. »Ich sollte Carl junior von der Schule abholen, sonst gibt es Ärger!«

Frieda warf einen Blick auf die Wanduhr. »Es ist noch ein wenig Zeit, ich denke, es reicht, wenn du dich in zehn Minuten auf den Weg machst. So lange kannst du mir hier gerne noch zur Hand gehen.«

»Natürlich.« Amelie angelte im Topf nach der nächsten Kartoffel. Obwohl sie erst seit wenigen Stunden im Hause Thiele arbeitete, fühlte sie sich schon wohl. Frieda war eine angenehme Kollegin, die Herrschaften auch freundlich und der Junge ein kleines Goldstück. Besser hätte es Amelie nicht treffen können. Nur als sie an Franz dachte, wurde ihr Herz schwer. Schade, dass er bereits vergeben war. *Nun ja*, dachte sie, *anschauen wird ja wohl erlaubt sein.*

Kapitel 9

Carl hatte den Automobilingenieur in sein Büro geführt und Rudolf hinzugebeten. »Meine Herren, ich habe hier einige Konstruktionspläne für ein Automobil mitgebracht«, sagte Paul Klamm mit einem gewinnenden Lächeln. Er deutete auf ein paar Papierrollen, die er seiner Aktentasche entnommen hatte.

»Sie haben schon einen Wagen entwickelt?« Carl wechselte einen verdutzten Blick mit Rudolf.

Klamm schüttelte den Kopf. »So würde ich es nicht nennen – es sind einfach nur Pläne, eine Sammlung von Verbesserungen an bereits existierenden Automobilen. Wenn wir meine Vorschläge in unser Projekt aufnehmen, sorgen wir damit sicher für Aufsehen.«

»Allein der Umstand, dass Thiele & Cie. ein Automobil baut, dürfte schon für Aufsehen in der Gesellschaft und in der Geschäftswelt sorgen«, schmunzelte Rudolf.

Klamm nickte. »Dann lassen Sie mich die Pläne zeigen, damit Sie wissen, wovon ich rede.«

»Gern, immer zu.« Carl nickte und zeigte auf den großen Besprechungstisch. Hastig räumte er ein paar Akten beiseite.

Klamm machte sich daran, die großformatigen Zeichnungen auszubreiten. Er griff nach einem Briefbeschwerer und dem gusseisernen Locher, die auf dem Tisch standen, und verhinderte so, dass sich die Pläne wieder einrollten.

Carl und Rudolf traten interessiert an den Tisch und beugten sich über die Konstruktionszeichnungen. »Mit Verlaub«, sagte Carl nach einer Weile, »aber auf den ersten Blick sieht das nach einem ganz normalen Motorwagen aus.« Er wirkte enttäuscht.

»Auf den ersten Blick mag das stimmen.« Klamm nickte. »Aber die Verbesserungen liegen im Detail. Nehmen wir zum Beispiel die verwendeten Materialien. Ich setze ausschließlich auf besten Werkstoff, um einen dauerhaften, fehlerfreien Betrieb zu gewährleisten.«

»Das entspricht unserer Philosophie«, bemerkte Rudolf.

»Dafür sind unsere Maschinen teurer als die der Konkurrenz – aber sie laufen länger und zuverlässiger«, ergänzte Carl voller Stolz. »Deshalb haben wir die Idee, eigene Wagen für unseren Kundendienst zu bauen, auch wieder verworfen, so selten, wie sie gebraucht würden. Lieber konzentrieren wir uns auf unsere bewährten Produkte: Waschmaschinen, Zentrifugen, Wringer und Buttermaschinen für die Milchbauern.«

»Damit sind Sie ja auch außerordentlich erfolgreich«, beeilte sich Klamm, hinzuzufügen.

»Allerdings«, nickte Carl.

»Heute liefern wir unsere große Waschmaschine *Hera Professionell* sogar an große Hotels und Wäschereien«, erklärte Rudolf. »Das Adlon in Berlin war einer der ersten großen Kunden für dieses Segment.«

»Dann wird Lorenz Adlon sicher auch bald in einem Thiele-Automobil durch Berlin fahren«, versicherte Klamm. »Er und alle anderen, die etwas auf sich halten.« Er nahm einen Bleistift, um die Details auf den Zeichnungen besser erklären zu können. »Selbstredend wird der neue Motorwagen über eine eigene Innenraumheizung verfügen, die den Passagieren ein luxuriöses Reisen auch in der kalten Jahreszeit ermöglicht.«

»Wo können wir Kosten einsparen, wenn wir so viele Neuheiten verbauen?«, wollte Rudolf wissen. »Unsere Kundschaft ist sicher nicht bereit, horrende Preise zu bezahlen.«

»Dann sollten wir über die Möglichkeit nachdenken, jedem Kunden zu überlassen, wie sein Fahrzeug ausgerüstet ist.«

»Sie meinen, jedes Exemplar soll eine Sonderanfertigung sein?« Carl runzelte die Stirn. Er hatte bereits Fabrikhallen voller Produktionsstraßen vor Augen, an denen der neue Wagen gebaut wurde. »Das wird unbezahlbar werden.«

»Nicht ganz.« Klamm schüttelte den Kopf. »Allerdings sollten wir jedem Kunden das Recht einräumen, frei zu entscheiden, was er braucht und was nicht.«

»Ich fürchte, das verstehe ich nicht.«

»Es geht um die individuelle Ausstattung. Sehen Sie hier …« Er deutete auf ein Teil am geschwungenen Kotflügel des Autos. »Das hier ist die Hupe. Wer sie haben möchte, bekommt sie. Wer darauf verzichten kann, spart sechsunddreißig Mark.«

»Damit bin ich nicht einverstanden«, bemerkte Carl kopfschüttelnd. »Der Thiele-Wagen sollte mit allem ausgestattet sein, was für eine sichere Fahrt erforderlich ist.«

»Das klingt plausibel«, lenkte Klamm ein.

»Aber das alles geht mir ein wenig zu schnell«, brummte Carl. Er verspürte den Wunsch, die Pläne in Ruhe mit Katharina zu besprechen und ihre Meinung dazu zu hören. Er würde sie beim Mittagessen sehen.

»Was müssen wir überhaupt unternehmen, um Automobile bauen zu dürfen?«, wollte Rudolf wissen.

»Es ist eine Genehmigung zu beantragen. Das kann beim Dampfkessel-Überwachungsverein in Paderborn geschehen.«

»Die Genehmigung können wir ja schon mal beantragen«, schlug Rudolf vor.

Carl hatte keine Einwände. »Dann trägt unsere Firma bald einen anderen Namen«, sagte er an seinen Kompagnon gewandt. »Wie wäre es mit ›Thiele & Cie. Maschinen- und Automobilfabrik Gütersloh‹?«

»Das klingt vielversprechend und weltmännisch«, fand Rudolf. »Aber erst einmal sollten wir ein Automobil konstruieren.«

»An mir soll es nicht liegen, meine Herrschaften«, sagte Paul Klamm.

»Was meinen Sie, wann könnten wir mit der Entwicklung beginnen?«, fragte Rudolf ihn.

»Morgen«, kam die Antwort wie aus der Pistole geschossen. Die beiden Freunde sahen sich überrascht an, hatten aber keine Einwände und stimmten Klamms Vorschlag zu. »In Ordnung«, sagte Carl, »ich werde das heute mit meiner Frau besprechen, und Sie bekommen morgen eine Nachricht.«

»Gut.« Klamm rollte die Konstruktionspläne zusammen. »Sobald ich Ihr Einverständnis habe, arbeite ich die Skizzen aus, und wir können mit dem Bau eines Prototypen beginnen.«

»Und bis dahin …«, setzte Carl an, wurde aber von Paul Klamm unterbrochen.

»Bis dahin können Sie ja noch darüber nachdenken, wie sich Ihre Waschmaschine verbessern lässt.« Er nahm seinen Mantel und setzte den Bowler auf den Kopf. »Meine Herren – ich empfehle mich.«

Kaum dass er durch die Bürotür entschwunden war, starrten Carl und Rudolf sich an. »Das ging ja schnell«, sagte Rudolf, der als Erster die Sprache wiedergefunden hatte.

»Ja«, nickte Carl, »schneller, als mir recht ist.«

*

Am Tisch der Villa Thiele herrschte anderthalb Stunden später gefräßiges Schweigen. Frieda hatte ein kleines Festmahl gezaubert und das darauf geschoben, dass sie in der Küche die tatkräftige Unterstützung von Amelie bekommen hatte – eine Bereicherung für das Haus, wie die Haushälterin immer wieder betonte.

»Wie war es in der Schule?«, fragte Carl an seinen Sohn gewandt, während er eine Kartoffel durch die herrliche Soße gleiten ließ.

»Wie immer«, entgegnete Carl junior gleichgültig. »Immerhin habe ich gleich Hilfe bei den Hausaufgaben, und ich kann für das Diktat, das wir morgen schreiben, üben.«

»Amelie wird deine Hausaufgaben beaufsichtigen, sie wird sie nicht für dich erledigen«, warnte Carl den Jungen.

»Ich weiß, Vater.«

»Du magst Amelie, nicht wahr?«, fragte Katharina und strich ihm liebevoll durch das Gesicht.

»Sie ist nett«, nickte der Junior begeistert und stocherte in den Erbsen auf seinem Teller herum. »Wo schläft sie denn?«

»Was meinst du?«

»Ich habe ihre Kammer noch nicht gesehen«, antwortete der Junge. Für ihn schien es eine Selbstverständlichkeit zu sein, dass Amelie in der Villa wohnte.

»Ich denke, sie übernachtet bei ihrer Familie«, erwiderte Katharina und tauschte einen Blick mit Carl, der unmerklich nickte. »Sie wohnt ja hier bei uns in der Stadt.«

»Aber wir wohnen bestimmt schöner.«

Katharina musste lachen. »Da wirst du schon recht haben.«

»Franz wohnt auch nur unter der Woche bei uns«, fügte Carl hinzu. »Am Wochenende ist er bei Verwandten.«

»Das finde ich übrigens blöd.«

»Warum das?«

»Weil Franz uns gehört.«

»Das ist so nicht richtig«, antwortete Katharina geduldig. Sie legte Messer und Gabel an den Tellerrand und tupfte sich den Mund mit der Serviette ab. »Franz ist bei uns angestellt. Er verrichtet seine Arbeit als Kutscher, er erledigt einen Großteil der Gartenarbeit, und er tritt mitunter als unser Diener in Erscheinung, wenn wir zum Beispiel Gäste haben oder ein Fest ausrichten. Dafür bekommt er Geld von uns. Franz ist ein erwachsener Mann, der sich außerhalb der Arbeitszeit frei bewegen und über sich selbst bestimmen darf.«

»Ach so.« Carl junior überlegte kurz und nickte dann.

Katharina wandte sich an ihren Mann. »Wie verlief denn dein Tag?«, fragte sie. Sie sah ihm an, dass ihn etwas beschäftigte.

»Heute hat sich ein Ingenieur für Automobilbau bei uns vorgestellt«, berichtete er. »Ein gewisser Paul Klamm.«

»Klamm?« Katharina überlegte, woher sie den Namen kannte, dann fiel es ihr ein. »Seine Frau ist mit Lina befreundet«, sagte sie dann. Tatsächlich war sie Margarete Klamm schon ein paar Mal begegnet. Auch ihren Gatten hatte sie kennengelernt. »Er ist ein Freund der klaren Worte.«

Carl nickte amüsiert. »Den Eindruck hatte ich beim ersten Kennenlernen auch. Rudolf hat ihn eingeladen, und er hatte gleich die Konstruktionspläne für einen Thiele-Kraftwagen dabei.«

»Und jetzt? Wie geht es weiter? Bauen wir Automobile?«

Carl zuckte die Schultern. »Es wäre sicherlich eine Herausforderung.«

»Das wird funktionieren«, versicherte Katharina ihm. »Paul ist sehr erfahren und hat schon für Horch und NSU gearbeitet.«

»Warum ist er dann nicht in Lohn und Brot bei einem der großen Hersteller von Kraftwagen?«, wunderte sich Carl.

»Weil er mitunter … manchmal eigensinnig ist«, lachte Katharina, die sich an zahlreiche Erzählungen ihrer Freundin erinnerte. Hier und da war Paul Klamm durch seine Art schon angeeckt.

»Den Eindruck hatte ich heute von Anfang an«, bemerkte Carl amüsiert. »Nichtsdestotrotz scheint er mir ein fähiger Konstrukteur zu sein, das hat man an den Skizzen erkannt, die er uns präsentiert hat.«

»Er hat das Thiele-Auto schon entworfen?«, staunte Katharina.

»Nun ja, es soll eher eine Art Prototyp sein, denn die Entscheidungen, wie der Kraftwagen aussehen wird, treffen wir natürlich gemeinsam.«

»Vater, wirst du bald Automobile bauen?«, mischte sich Carl junior ein, der dem Gespräch seiner Eltern aufmerksam und staunend zugleich gefolgt war.

»Wir denken darüber nach«, relativierte Carl und strich ihm liebevoll durch das dichte Haar.

»Bekommen wir dann auch ein Thiele-Auto?«

»Selbstverständlich«, nickte Carl und warf Katharina einen zärtlichen Blick zu. »Deine Mutter wird es lieben – denn sie kann selbstständig alle Wege damit zurücklegen, ohne Franz bitten zu müssen, sie zu fahren.«

»Dann hat Franz bald schon keine Arbeit mehr?« Der Junge wirkte plötzlich traurig.

Katharina wechselte einen schnellen Blick mit Carl, bevor sie ihrem Sohn antwortete. »So schnell lassen wir unseren Franz doch nicht gehen. Wenn wir erst ein eigenes Automobil haben, werden wir trotzdem ab und zu einen Chauffeur benötigen. Außerdem kümmert sich Franz um den Garten.«

»Warum macht Franz denn die Gartenarbeit?«

»Wer soll sie denn sonst erledigen?«, fragte Carl.

»Der Großvater.«

»Wie bitte?«

»Der Großvater«, wiederholte der Junge. »Er ist doch früher Bauer gewesen und wird sich mit Pflanzen gut auskennen, oder irre ich?«

»Nein – natürlich nicht«, erwiderte Carl verdutzt.

Überrascht fragte sich Katharina, warum sie selbst noch nicht auf diese Idee gekommen war. Ihr Vater langweilte sich, erst neulich hatte er ihr sein Leid geklagt, als Mutter nicht im Raum gewesen war. »Die Idee ist großartig«, stellte sie fest. »Und weißt du was? Wir werden, sobald deine Hausaufgaben erledigt sind, zu Großvater und Großmutter fahren. Dann kannst du ihn fragen, ob er nicht Lust hätte, uns bei der Gartenarbeit zu helfen. Arbeit gibt es ja genug, Franz würde sich über Hilfe sicher sehr freuen.«

»Und anschließend besucht ihr mich in der Fabrik?«, fragte Carl mit einem Lächeln auf den Lippen.

»Au ja!«, rief der Junior und streckte die Arme in die Höhe.

»Aber erst werden die Hausaufgaben erledigt«, erinnerte Katharina ihn. »Und dann fahren wir in die Stadt.« Die Vorstellung, ihre Eltern wiederzusehen, gefiel ihr. Damals hatten sie dafür Sorge getragen, dass Bernhard und Theresa eine Wohnung in dem feinen Bürgerhaus mieten konnten, wo auch Rudolf und Lina lebten.

Leider konnte sie ihre Idee, die Eltern nach dem Umzug in die Stadt öfter zu sehen, trotz aller guten Vorsätze nicht umsetzen. Stets hatte sie Wichtigeres zu tun, und Katharina wusste, dass sie diese Geschäftigkeit eines Tages bitter bereuen würde – spätestens dann, wenn ihre kranke Mutter nicht mehr lebte. Schnell verdrängte sie den beklemmenden Gedanken und wandte sich Carl junior zu. »Und nun solltest du schnell aufessen und Hausaufgaben machen, damit wir so schnell wie möglich loskönnen.«

*

Amelies Herz vollführte einen Freudensprung, als sie erfuhr, dass eine Ausfahrt in der vornehmen Kutsche auf dem Plan stand. Nachmittags sollten erst die Eltern der gnädigen Dame besucht werden, bevor es dann in die Maschinenfabrik ging. Der Gedanke, mit Franz zu fahren, ließ ihr Herz schneller schlagen, auch wenn sie wusste, dass er tabu für sie war. Doch allein die Aussicht, in seiner Nähe zu sein, löste einen kleinen Glückstaumel in ihr aus.

»Kann ich denn so fahren?«, fragte sie aufgeregt, als sie Frieda in der Küche mit dem Abwasch zur Hand ging.

»Warum denn nicht?« Frieda unterbrach ihre Arbeit und betrachtete Amelie mit einem prüfenden Blick. »Deine Kleiderwahl ist ausgezeichnet, du siehst großartig aus.«

»Danke.« Amelie stellte sich auf die Fußspitzen und hauchte Frieda einen flüchtigen Kuss auf die Wange. Kaum dass sie das getan hatte, sah sie den verwunderten Blick der Haushälterin und schämte sich. Kleinlaut murmelte sie eine Entschuldigung.

»Deine Mutter fehlt dir sehr, nicht wahr?«

»Allerdings, ja.« Amelie seufzte. »Und ich bin sehr froh, dass ich dich kennengelernt habe und wir zusammenarbeiten dürfen.«

»Denkst du etwa, ich wäre deine Mutter?« Frieda machte große Augen und lachte. »Nein, oder?«

»Doch – ein ganz kleines bisschen schon.« Tatsächlich fühlte Amelie eine eigenartige Vertrautheit mit der guten Seele des Hauses, obwohl sie sich erst seit wenigen Stunden kannten. Frieda war ein wahrer Sonnenschein, immer hatte sie ein Lächeln auf den Lippen, immer wusste sie eine Antwort auf Amelies Fragen. Amelie war sicher, dass Frieda eine gute Mutter gewesen wäre.

»So«, mahnte Frieda, »jetzt musst du aber hoch ins Kinderzimmer. Carl junior muss seine Hausaufgaben machen, und du wirst ihn dabei beaufsichtigen.« Als sie Amelies Blick sah, fragte sie: »Traust du dir das alleine zu?«

»Aber selbstverständlich.« Amelie nickte und ließ die Haushälterin in der Küche zurück.

*

»Meinst du, wir sollten das Experiment wagen?« Carl und Katharina hatten sich nach dem Essen in sein Arbeitszimmer zurückgezogen, um über die geplante neue Sparte des Unternehmens zu sprechen.

»Mit einem erfahrenen Automobilkonstrukteur wie Paul Klamm sollte es gelingen«, überlegte Katharina. »Du hast doch schon immer von einem eigenen Motorwagen geträumt.«

»Ja«, nickte er versonnen, »damals, unser Gespräch, ich erinnere mich gut daran, Liebes. Aber offen gestanden hatte ich damals nicht daran gedacht, dass wir unsere Ideen in die Tat umsetzen werden.«

»Das war doch schon immer so.«

»Wie recht du hast.« Carl wurde ernst. »Aber meinst du, wir könnten das Thiele-Automobil gut verkaufen?«

»Frag Rudolf«, empfahl Katharina ihm. »Er ist der Verkaufsexperte, und ich glaube, er könnte alles an den Mann bringen, warum also kein Automobil?«

»So habe ich das noch nicht gesehen.« Carl wiegte nachdenklich den Kopf. »Das fühlt sich ein wenig so an, als würden wir eine neue Firma gründen.«

»Warum auch nicht?« Katharina zuckte unbekümmert die Schultern. »Du weißt doch: Thiele, besser geht immer!«

»Aber ist ein neues Automobil auch besser für uns?«

»Die Welt wird darauf warten«, versicherte Katharina ihm. »Und wie ich dich kenne, wird unser Automobil ein ganz besonderes sein. Es wird besser sein als die Modelle der Konkurrenz, und es wird Aufsehen erregen.« Sie überlegte. »Vielleicht solltet ihr, wenn es auf den Markt kommt, an einer Rallye teilnehmen, um der Öffentlichkeit zu beweisen, wie gut der Wagen ist. Jeder wird ihn haben wollen.«

Nun musste Carl lachen. »So weit sind wir aber noch lange nicht. Erst einmal muss Klamm das Auto nach unseren Wünschen bauen. Wenn Rudolf und ich zufrieden sind, werden wir einen Prototypen bauen, mit dem wir erste Erkundungsfahrten durchführen, um zu prüfen, wie robust der Wagen wirklich ist. Erst wenn wir zufrieden sind, geht das Modell in Serie.«

»Na siehst du«, nickte Katharina. »Das ist doch eigentlich genauso wie bei den Maschinen, die wir verkaufen.«

»Du meinst also, ich soll mich auf Rudolfs Vorschlag einlassen?«

»Aber selbstverständlich. Ihr seid ein gutes Gespann, und das schon seit vielen Jahren. Schau dir unsere Fabrik an, sie ist der Beweis für unseren Erfolg, Carl. Und warum sollte es mit dem Automobil anders sein?«

Carl seufzte, stierte kurz ins Leere. Offenbar sah er das Thiele-

Auto bereits vor sich. Er lächelte versonnen, dann nickte er. In diesem Augenblick wusste Katharina, dass sie auch seine letzten Zweifel ausgeräumt hatte.

»Gut«, sagte er entschlossen. »Wir werden einen eigenen *Thiele*-Motorwagen bauen. In Knallrot natürlich, denn das ist die Farbe unserer Firma, unser Markenzeichen. Und dann soll die ganze Welt sehen, wie gut unsere Erzeugnisse sind.«

»Das ist der Carl, den ich kenne«, jubelte Katharina. »Wild entschlossen, diese Welt mit seinen Erfindungen ein Stück weit besser zu machen. Dabei spielt es eigentlich gar keine Rolle, ob du Waschmaschinen erfindest oder Automobile.« Sie erhob sich von ihrem Sessel und trat zu ihm. Carl bedeutete ihr, sich auf seinen Schoß zu setzen. Sie tat ihm den Gefallen und schmiegte sich an ihren Mann. In diesem Moment war sie sicher, dass sie gemeinsam alles schaffen konnten, was sie sich vornahmen, und spürte, wie ein unbeschreibliches Glücksgefühl ihren Körper durchflutete.

Kapitel 10

Franz trug am Nachmittag eine Livree, und Amelie musste sich Mühe geben, ihn nicht anzustarren. *Er sieht so fesch aus*, dachte sie immer wieder und errötete, wenn er ihre Blicke erwiderte und sie charmant anlächelte.

Katharina Thiele hatte Wert darauf gelegt, dass Amelie sie zu den Großeltern begleitete. Überhaupt schien ihr die Familie sehr am Herzen zu liegen. »Sie sind sehr nett, du wirst sie mögen«, versicherte Katharina ihr immer wieder.

Carl junior nickte. »Und wie – immer wenn ich bei ihnen bin, bekomme ich eine große Eiscreme, und Großmutter backt Waffeln. Und das, obwohl sie todkrank ist.«

Amelie war geschockt, denn sie wusste nicht, wie sie mit dieser Nachricht umgehen sollte. Von einer Krankheit hatte die gnädige Frau nichts erwähnt.

»Meine Mutter hat eine unheilbare Lungenkrankheit, die mit der Zeit schlimmer geworden ist«, erklärte Katharina, als sie Amelies fragenden Blick sah. »Wir haben einen eigenen Hof in Clarholz gehabt, den Vater in der dritten Generation führte. Doch mit Mutters voranschreitender Krankheit war es meinen Eltern trotz Gesinde kaum noch möglich, den Hof zu bewirtschaften. Hinzu kam, dass der Arzt meiner Mutter dringend empfahl, in die Stadt zu ziehen, weil die Schufterei auf dem Hof ihr nicht guttue.«

»Aber sie hätten den Hof doch behalten können, auch wenn Ihre Mutter nicht mehr mitarbeitet«, meinte Amelie, der die Geschichte naheging.

»Leider nicht, es war einfach zu viel Arbeit. Deshalb hat sich mein Vater schweren Herzens von dem elterlichen Hof getrennt. Rudolf Zenker, der Kompagnon meines Mannes, hat ihm eine Wohnung besorgt, in der sie jetzt leben.«

Amelie nickte verstehend. »Das sind ja einschneidende Veränderungen, die Ihre Eltern verkraften mussten.«

»Nun ja, ich denke, inzwischen haben sie sich mit ihrem neuen Leben in der Stadt arrangiert – eine andere Wahl blieb den beiden ja nicht. Allerdings fällt es meinem Vater immer noch schwer, die Hände in den Schoß zu legen. Er ist das Nichtstun einfach nicht gewöhnt, und er wird sich wohl niemals damit abfinden.«

»Deshalb hatte ich die Idee, dass Großvater in unserem Garten helfen kann«, mischte sich Carl junior ein.

»Und das war eine gute Idee«, lobte ihn seine Mutter. »DU darfst ihn gleich selbst fragen, ob er Lust hat.«

»Das will ich gern machen.« Der Junge freute sich offensichtlich auf das Gespräch.

Die Fahrt zum Wohnhaus der Eltern dauerte eine knappe halbe Stunde, dann stoppte Franz das Gefährt am Bürgersteig. Mit einem eleganten Sprung hechtete er vom Kutschbock und eilte nach hinten, um ihnen die Tür aufzuhalten. Katharina

Thiele ließ sich von ihm helfen und Carl junior sprang mit Schwung vom Trittbrett. Als Amelie an der Reihe war, zögerte sie. Er streckte ihr die Hand entgegen, um ihr Halt zu bieten. Schließlich ergriff sie sie und stieg aus. Kurz nur trafen sich ihre Blicke, doch der Moment genügte schon, um ihr Herz rasen zu lassen.

Du darfst das nicht, hämmerte es in ihrem Kopf. *Er ist verheiratet.* Doch täuschte sie sich, oder genoss Franz ihre Gesellschaft genauso, wie sie es tat? Artig bedankte sie sich bei ihm für seine Hilfe, dann lösten sich ihre Hände voneinander. Dabei hatte sie die Wärme durch den dünnen Stoff seiner weißen Handschuhe gespürt. Es hatte sich so gut angefühlt.

Er ist verheiratet!, erinnerte sie sich immer wieder. Demütig senkte sie den Blick und war froh, dass ihr Gesicht im Schatten der breiten Hutkrempe lag. Es wäre fatal gewesen, wenn er gesehen hätte, dass sie rot angelaufen war.

»Da wären wir«, sagte Katharina Thiele, als sie vor dem großen Haus an der Berliner Straße standen. Gegenüber befand sich die Restauration »Schantenstube«, die zum Hotel der Familie Barkey gehörte. Um diese Zeit herrschte in der Gastwirtschaft kaum Betrieb.

Das Haus, in dem die Eltern der gnädigen Dame lebten, war zweistöckig und modern. Die Fassade hatte offenbar erst kürzlich einen neuen Anstrich erhalten und wirkte frisch und freundlich. Die meisten der braun gestrichenen Fensterläden standen offen, es roch nach Essen, jemand im Haus schien gerade zu kochen. Im obersten Geschoss standen die Fenster in der Gaube weit offen. Der Gesang einer Frau drang auf die

Straße herab und entlockte Katharina Thiele ein Schmunzeln. »Meine Mutter«, sagte sie. »Offensichtlich geht es ihr heute etwas besser als an den anderen Tagen.«

Carl junior ging voran. Ausgelassen hüpfte er die beiden breiten Stufen zur Haustür hinauf und stemmte sich mit seinem Gewicht gegen das dunkelbraun gebeizte Holz. »Kommt schon«, rief er den Erwachsenen zu. »Worauf wartet ihr denn?«

Franz blieb bei der Kutsche und kümmerte sich um die Pferde. Amelie folgte der gnädigen Dame und dem Jungen auf dem Weg zur Haustür. Carl junior stellte sich gerade auf die Zehenspitzen, um die Klingel zu betätigen. Oben schrillte eine Glocke.

Es dauerte nicht lange, bis die Tür geöffnet wurde. Amelie blickte in das freundliche Gesicht eines Mannes um die Sechzig. Sein dichtes Haar war wellig, die Augen graublau, seine Statur stämmig. Er trug einen einfachen Hausanzug und betrachtete seine Besucher überrascht. »Katharina«, sagte er und beugte sich vor, um seine Tochter zu umarmen.

»Großvater!«, rief Carl junior, während er sich an den Mann schmiegte, der ihm durch das Haar strich.

»Was für eine schöne Überraschung!«

»Carl hat eine Frage an dich«, sagte Katharina Thiele.

»Dann schieß mal los.« Die buschigen Augenbrauen des Mannes zogen sich zusammen.

»Kriegen wir etwa keinen Kaffee?«, fragte Katharina Thiele in gespielt vorwurfsvollem Ton.

»Natürlich bekommt ihr einen Kaffee. Und deine Mutter hat sogar einen Kuchen gebacken, fast so, als hätte sie mit euch gerechnet.« Er stutzte und schien Amelie zum ersten Mal bewusst wahrzunehmen. »Wen bringt ihr uns denn da mit?«

»Das ist Amelie, mein neues Kindermädchen«, antwortete Carl junior an der Stelle seiner Mutter. »Sie ist sehr nett.«

»Das ist schön.« Der Großvater des Jungen lächelte Amelie freundlich zu. »Das tut dem Jungen sicher gut, wenn sich jemand um ihn kümmert, während seine Eltern das große Geld verdienen.«

»Vater!«, rief Katharina Thiele. Nun schien ihr vorwurfsvoller Ton nicht scherzhaft zu sein.

»Schon gut, schon gut. Ich gönne Carl und dir den Erfolg mit der Fabrik von ganzem Herzen.«

»Dieser kauzige alte Mann ist übrigens mein Vater«, stellte Katharina Thiele Amelie nun vor. »Bernhard Zumwinkel. Meistens ist er nett.«

»Genug der Bauchpinselei«, grinste Bernhard und machte eine einladende Geste. »Lasst uns nach oben in die Wohnung gehen. Hier im Treppenhaus ist es nicht so gemütlich.«

»Nichts lieber als das«, nickte Katharina Thiele.

»Ja«, rief auch Carl. »Es gibt Kuchen!« Er rieb sich genießerisch über den kleinen Bauch und folgte seinem Großvater und der Mutter ins Halbdunkel des Hausflurs.

Amelie bildete das Schlusslicht. Bevor sie das Bürgerhaus betrat, wandte sie sich ein letztes Mal zur Kutsche um. Dort lehnte Frank lässig am Fuhrwerk. Als er bemerkte, dass Amelie ihn ansah, lächelte er und winkte ihr zu.

*

Der Duft nach frisch gebackenem Kuchen hing verführerisch in der Luft. Prompt verspürte Katharina Hunger. Sie sah sich in der Küche der Mietwohnung um. Ein Teil der Einrichtung stammte noch vom Zumwinkel-Hof; einige Möbelstücke hatten ihre Eltern neu anschaffen müssen. Der große Tisch vom Bauernhof, an dem die Bauernfamilie mit der Belegschaft ihre Mahlzeiten eingenommen hatte, passte, sehr zu Theresas Bedauern, nicht in den Raum und war auf dem Hof verblieben, wo er seinen neuen Besitzern gute Dienste erwies.

»Wie schön, dass ihr uns besuchen kommt!« Theresa Zumwinkel strahlte und machte sich daran, Kaffee aufzusetzen. Katharina saß auf der Bank in der Küche und beobachtete ihre Mutter. Schlecht sah sie aus, gezeichnet von Krankheit. Ihr Haar war inzwischen gänzlich ergraut, der Gang schlurfend mit nach vorn gebeugtem Oberkörper. *Sie ist eine alte Frau geworden*, dachte Katharina wehmütig. Jeder Schritt bereitete Theresa Mühe, sie keuchte, als sie an dem Küchenkabinett angekommen war, und stützte sich auf das schwere Möbel. Kaum zu glauben, dass sie gerade noch gesungen hatte. Als sie Katharinas besorgten Blick sah, winkte sie mit einem schwachen Lächeln auf den Lippen ab. »Es geht schon, ich habe gerade nur einen schwachen Moment.«

Carl war mit dem Großvater im Wohnzimmer verschwunden, durch die geschlossenen Türen drang das unbeschwerte Lachen ihres Sohnes. Amelie saß ein wenig eingeschüchtert auf ihrem Stuhl. Katharina erhob sich und gab ihr ein Zeichen. »Setz dich hin«, sagte sie zu ihrer Mutter. »Wir machen das schon.«

»Du kennst dich ja aus.« Theresa widersprach nicht und nahm Platz. Katharina zeigte Amelie, wo das Geschirr stand, und kümmerte sich selbst um den Kaffee. Während sie das tat, fragte sich Katharina, ob es klug war, ihren Vater zu bitten, die Gartenarbeit für die Villa Thiele zu übernehmen. Immerhin sorgte er hier für seine schwerkranke Frau und konnte im Notfall einen Arzt verständigen, damit dieser schnell zur Stelle war.

Bevor Katharina diesen Gedanken zu Ende denken konnte, flog die Küchentür auf. Carl junior stürzte in den Raum. »Großvater hilft uns«, platzte es aus ihm heraus. »Er macht uns den Garten!«

»Wie bitte?«, fragte Theresa verwundert.

»Wir brauchen jemanden, der uns bei der Gartenarbeit behilflich ist«, erklärte Katharina. »Und Carl junior hatte die Idee, seinen Großvater zu fragen, weil er sicher die Natur vermisst.«

Sekundenlang herrschte Stille in der großen Küche. Dann nickte Theresa. Sie blickte ins Leere und zupfte eine Falte aus dem Tischtuch. »Das ist gut«, sagte sie schließlich. »Sehr gut sogar. Dein Vater kann einem schon auf die Nerven gehen, weil ihm die Arbeit fehlt.«

»Das habe ich gehört«, brummte Bernhard Zumwinkel grinsend. Unbemerkt war er in die Küche gekommen und hatte sich mit verschränkten Armen im Türrahmen aufgebaut. »Du bist ganz schön vorlaut, Frau.«

»Ist doch wahr«, verteidigte sich Theresa. »Du brauchst eine Aufgabe.«

Katharinas Vater trat näher und setzte sich zu den Frauen an den Tisch. Carl junior trat ans Küchenfenster, um hinaus auf die Straße zu schauen. »Wann gibt es denn Kuchen?«, fragte er, ohne sich zu seiner Großmutter umzusehen.

»Gleich, mein Schatz«, antwortete Theresa ihrem Enkel. »Möchtest du vielleicht eine heiße Schokolade?«

»Ja, Schokolade!«, jubelte der Junge.

Amelie machte sich beim Decken des Tisches nützlich, und Katharina schnitt mit einem großen Messer den Kuchen an. Ein paar Minuten später saßen alle um den Tisch versammelt und genossen Theresas herrlichen Zupfkuchen. Fast fühlte sich Katharina wie in ihrer Kindheit auf dem Hof. Mutter hatte immer schon gern gekocht und gebacken.

»Du möchtest uns noch etwas mitteilen«, riss Theresa sie aus ihren Überlegungen.

»Ich?« Katharina sah sie mit fragendem Blick an. Ihre Mutter kannte sie gut genug, um zu wissen, dass sie etwas bewegte. »Stimmt«, gab sie zu. »Da ist noch etwas, was ihr beiden wissen solltet.« Sie spürte, dass ihr das Blut ins Gesicht schoss. Mit einem verlegenen Lächeln senkte sie den Blick.

»Nun sag es schon, Mutter«, forderte Carl sie kauend auf.

Als Katharina schwieg, ergriff Theresa wieder das Wort. »Du bekommst ein Kind«, stellte sie fest.

Um ein Haar hätte sich Katharina verschluckt. Rasch trank sie einen Schluck Kaffee und legte die Kuchengabel an den Tellerrand. »Woher …«, setzte sie an, wurde aber durch eine Geste von Theresa zum Schweigen gebracht.

»Du bist meine Tochter. Ich kenne dich, mein Kind.« Theresa lächelte wissend.

»Ist das wahr?« Bernhard Zumwinkel richtete sich im Stuhl auf. Das Holz knarrte vernehmlich. Er betrachtete seine Tochter mit prüfendem Blick. »Dann darf man wohl gratulieren.«

»Ja.« Katharina strahlte, als sie ihren Vater ansah. »Mutter hat recht, ich bin schwanger.«

»Wie schön für dich, für euch alle. Ich freue mich sehr über diese Nachricht«, rief ihre Mutter. »Bernhard«, forderte sie ihren Mann auf, »sag du doch auch mal was!«

»Herzlichen Glückwunsch, meine Tochter.« Bernhard nahm Katharinas Hand und drückte sie. »Ich freue mich für euch.«

»Ja«, rief Carl junior dazwischen, »ich werde ein großer Bruder, und ich bin sicher, dass ich ein hervorragender großer Bruder sein werde.«

»Davon bin ich überzeugt«, nickte Bernhard Zumwinkel und zwinkerte seinem Enkel zu.

»Und Amelie muss dann auf zwei Kinder aufpassen«, fügte der Junge mit einem Seitenblick auf das Kindermädchen hinzu.

Theresa wirkte plötzlich bedrückt. Gedankenverloren rührte sie in ihrem Tee. »Ich hoffe, dass ich meinen zweiten Enkel noch groß werden sehe«, sagte sie mit tränenerstickter Stimme. »Die Krankheit schreitet voran, und ich weiß nicht, wie viel Zeit mir noch verbleibt.«

»Red nicht so einen Unsinn«, wetterte Bernhard mit finsterem Blick. »Natürlich wirst du unseren Enkel aufwachsen sehen.«

»Vielleicht wird es ja auch eine Enkelin«, bemerkte Katharina, um die gedämpfte Stimmung etwas aufzulockern. »Dann bekommt Carl ein Schwesterchen.«

»Nein«, protestierte Carl. »Ich wünsche mir einen Bruder.«

»Das, mein Sohn, liegt nicht in unserer Hand.« Katharina wuschelte dem Jungen durch das Haar. Sie selbst hatte sich noch keine Gedanken darüber gemacht, ob wohl ein Knabe oder ein Mädchen demnächst das Licht der Welt erblicken würde. Ihr war es gleichgültig, sie würde sich so oder so freuen.

»Wer entscheidet das denn?« Carl junior schmollte.

»Der liebe Gott, mein Kind, der liebe Gott«, brummte sein Großvater.

»Dann werde ich ihm einen Brief schreiben«, beschloss Carl.

»Mach das«, lächelte Katharina. »Und nun iss deinen Kuchen.«

Widerwillig kam der Junge der Aufforderung nach. Immer wieder schielte er zu seinem Großvater, dessen tellergroße Hände auf dem Tisch ruhten. »Stimmt das auch wirklich?«, fragte er ihn. »Hilfst du uns im Garten?«

Ein Grinsen huschte um Bernhards Mundwinkel. »Selbstverständlich«, sagte er nickend. »Versprochen ist versprochen. Und von deiner Mutter können wir nicht verlangen, dass sie sich um den Garten kümmert, neben all der Arbeit.« Er warf Katharina einen vielsagenden Blick zu. »Wann darf ich denn kommen?«

»Jederzeit«, antwortete Katharina. »Du bist immer willkommen.« Dann wurde sie nachdenklich und betrachtete ihre Mutter, die schweigend ihren Kuchen aß. »Aber eines bereitet mir Sorge: Was ist, wenn Vater bei uns ist und du hier dringend Hilfe benötigst?«

»Mach dir um mich keine Sorgen«, entgegnete Theresa. »Meine alte Küchenmagd vom Hof wohnt einen Stock über uns.«

»Lina?« Katharina war überrascht. »Sie kümmert sich um dich?«

Theresa nickte. »Das macht sie gern und oft«, eröffnete ihre Mutter ihr. »Sie schaut jeden Morgen nach mir und hilft mir in der Küche – fast so wie früher auf dem Hof.«

Katharina fand die Vorstellung beruhigend, dass ihre Mutter von der ehemaligen Küchenmagd betreut wurde, gleichwohl wunderte sie sich darüber, dass Lina ihr bislang nichts davon erzählt hatte. Sie beschloss, ihre Freundin bei Gelegenheit darauf anzusprechen.

Ein wenig schämte sich Katharina, dass sie so wenig Zeit bei ihrer Mutter verbrachte. Aber ihre Aufgaben in der Fabrik, zahlreiche wohltätige Projekte und nicht zuletzt die Erziehung von Carl junior sorgten dafür, dass die Tage wie im Fluge vergingen und ihre Zeit knapp war. »Du bist natürlich auch herzlich willkommen bei uns«, sagte sie an Theresa gewandt. »Unser Haus steht dir jederzeit offen.«

Bevor Theresa etwas erwidern konnte, wurde sie von einem Hustenanfall geschüttelt. Ohne dass Katharina sie darum bitten musste, sprang Amelie von ihrem Platz auf und reichte Theresa ein Glas Wasser. Dankbar trank sie, dann lächelte sie ihrer Tochter zu. Ihr Gesicht hatte eine puterrote Färbung angenommen. »Soll ich bei euch den Rasen mähen?«, fragte sie heiser.

»Unsinn«, lachte Katharina, die sich freute, dass ihre Mutter den Humor nicht verloren hatte. »Ich freue mich schon auf deine Gesellschaft, Mutter.«

Theresa nickte. »Vielleicht hast du recht, und ich sollte öfter mal vor die Tür gehen. So schön die neue Wohnung auch ist, sosehr fällt auch mir manchmal die Decke auf den Kopf.«

»Wenn du bei uns bist, kannst du wunderschöne Spaziergänge in den Stadtpark unternehmen. Die gute Luft wird dir guttun.«

»Das will ich gerne machen.« Theresa warf ihrem Mann einen ernsten Blick zu. »Dann wollen wir der Aufforderung unserer einzigen Tochter Folge leisten und uns öfter mal im Villenviertel blicken lassen.«

⋆

Amelie und Carl junior hatten das Haus zuerst verlassen, die gnädige Frau verabschiedete sich noch von ihren Eltern. Bernhard und Theresa Zumwinkel waren dem Mädchen sympathisch. Sie wirkten bodenständig und waren sehr herzlich gewesen. So wie es aussah, würde sie die beiden von nun an öfter zu Gesicht bekommen. Nachdem Carl in die Kutsche geklettert war, ging Amelie nach vor. Franz wartete geduldig auf dem Kutschbock. Wahrscheinlich hatte er zwischenzeitlich die Pferde versorgt, jedenfalls schienen sie bereit für die Heimfahrt zu sein.

»Und?«, fragte Franz so leise, dass der wartende Junge ihn nicht hören konnte. »Sind die alten Herrschaften nett zu dir?«

»Aber ja.« Amelie nickte. »Sehr sogar. Übrigens bekommst du bald Unterstützung.«

Franz legte fragend den Kopf schräg und zupfte an seiner weißen Krawatte herum. »Wie muss ich das verstehen?«

»Der alte Herr soll dir bei der Gartenarbeit behilflich sein.«

»Ach was.«

»Ja, als ehemaliger Bauer fehlt ihm die Arbeit in der Natur.«

»Na«, machte Franz, »da bin ich aber mal gespannt. Ich hoffe nur, er macht mir keine Vorschriften.«

»Das könnte passieren.« Amelie musste lachen, als sie die säuerliche Miene des Kutschers sah. »Immerhin ist der Vater der gnädigen Frau erfahren in Ackerbau und Viehzucht. Da wird er sich mit den Pflanzen gut auskennen.«

»Du machst mir ja Mut«, brummte Franz. »Und wann …«

»Morgen«, raunte Amelie ihm zu, als sich die Haustür öffnete und die gnädige Frau in das warme Licht der Nachmittagssonne trat. Die breite Krempe ihres Hutes bot ihrem Gesicht Schatten. »Er kommt morgen.«

»So bald schon?« Franz seufzte. »Sind die Herrschaften denn unzufrieden mit mir?«

»Nein, den Grund erzähl ich dir später.« Amelie zwinkerte ihm zu und wandte sich zu Katharina Thiele um. Franz sprang vom Bock und half der gnädigen Frau in die Kutsche.

»Wo warst du denn noch so lange?«, quengelte Carl junior. »Ich möchte nach Hause. Will noch mit Amelie spielen.«

»Das sehen wir, wenn wir zu Hause sind«, erwidere Katharina Thiele mit bestimmtem Tonfall. »Es ist schon spät, und morgen musst du wieder in die Schule.«

Der Junge brummte etwas Unverständliches.

»Na los«, wisperte Franz Amelie ins Ohr, hielt ihr seine Hand hin und half ihr in die Kutsche. Als sie seine Berührungen spürte, wurde ihr wieder ganz warm ums Herz. Wie gerne hätte Amelie den Augenblick der vertrauten Nähe noch länger genossen.

Kapitel 11

Carl tüftelte am Nachmittag in seiner Werkstatt. Mit verschränkten Armen stand er vor der neuesten Waschmaschine und überlegte fieberhaft, wie er dafür sorgen konnte, dass fortan warmes Wasser in den Kübel lief, um den Frauen das lästige Heizen des Wassers und damit das Schleppen der unzähligen Kessel ersparen zu können. Auch dem Antrieb an der Seite schenkte er seine Aufmerksamkeit. Streng genommen war er veraltet, denn so war die erste Thiele-Waschmaschine vor einigen Jahren schon angetrieben worden. Die Welt erfuhr gerade die große Elektrifizierung, in nahezu allen Städten gab es bereits elektrischen Strom. Wenn er jetzt nicht die Möglichkeit nutzte, seine Maschine mit einem elektrifizierten Antrieb auszustatten, würde es die Konkurrenz vor ihm tun. Und diesen Vorteil wollte er niemandem lassen. Erneut nahm er Rudolfs Motor aus dem Regal und hielt ihn noch einmal an die Maschine. Schnell hatte er einen geeigneten Platz für das Aggregat gefunden. Dafür musste der Handantrieb weichen. Das ergab Sinn, denn so waren keine weiteren Veränderungen am aktuellen Modell vonnöten. Und mehr noch: Die Kunden konnten wählen, ob sie eine manuell betriebene Waschmaschine oder eine elektrisch angetriebene kaufen wollten. Und so machte er sich daran, den schweren Hebel an der Seite des Kübels abzumontieren. Zurück blieben eiserne Haltebböcke und Schrauben, an denen man den elektrischen Antrieb montieren konnte. Wenn er es geschickt anstellte, würde er auch den Wringer elektrisch antreiben.

Gut gelaunt ging Carl ans Werk. Er nahm Maß und bereitete neue Halterungen für den Elektromotor vor. Die Funken flogen, und Carl duckte sich unter das Schutzschild, um keine Verbrennungen zu erleiden.

»Hier steckst du also!«

Carl erschrak, als er die Stimme hinter sich vernahm. Er schaltete die zischende Flamme ab und legte den Brenner zur Seite. »Rudolf«, sagte er. »Was führt dich zu mir?«

»Es gibt Neuigkeiten«, antwortete sein Kompagnon. Er wirkte besorgt. »Bedauerlicherweise keine guten Neuigkeiten«, fügte er hinzu. »Hast du einen Moment Zeit?«

»Es scheint dringend zu sein.« Carl schmunzelte. »Also – was liegt dir auf dem Herzen?«

»Ich komme gerade von der Behörde, um die Genehmigung für den Bau eines Kraftwagens zu beantragen.«

»Und?«

»Sie haben abgelehnt.«

»Warum das?« Carl runzelte die Stirn. »Klamm hat uns doch gesagt, was zu tun ist.«

»Stimmt, aber zuerst benötigen die Beamten ein fertiges Konzept zum Bau eines Motorkraftwagens.«

»Klamm hat uns doch Skizzen vorgelegt.«

»Sie reichen nicht aus. Die Prüfer wollen detaillierte Unterlagen, wie wir das Automobil bauen wollen.«

Carl schnaubte. »Das ist ja schwieriger als damals beim Kaiserlichen Patentamt in Berlin.« Er erinnerte sich an seinen ersten vergeblichen Versuch, die Holzbottich-Waschmaschine patentieren zu lassen. Erst beim zweiten Versuch hatten sich die Prüfer gnädig gezeigt und ihm das Patent erteilt. »Und was machen wir jetzt?«

»Sollten wir Klamm einbestellen und ihn bitten, einen vollständigen Plan zu entwerfen, der klarmacht, was wir vorhaben?«

»Das wiederum bedeutet, dass uns Kosten entstehen, bevor wir begonnen haben.« Carl seufzte. Er lehnte sich mit vor der Brust verschränkten Armen an die Werkbank und dachte angestrengt nach. Er betrachtete seinen Kompagnon, der für die Finanzen verantwortlich war. »Wollen wir das Risiko eingehen?«

Rudolf zuckte die Schultern. »Sind wir das nicht schon längst? Ich meine, wir haben Klamm den Auftrag zur Entwicklung eines Automobils nach unseren Vorstellungen gegeben.«

Carl nickte nachdenklich. »Dann sollten wir ihn genau instruieren, was unser Automobil alles können sollte.«

»Und dann, mein lieber Freund«, sagte Rudolf gedehnt, »gibt es kein Zurück mehr. Wir werden das Thiele-Automobil zur Serienreife bringen.«

Carl grinste. Nach anfänglichem Zweifel hatte er seinen Kampfgeist zurückgefunden. »Wenn *Thiele und Cie.* alles bauen kann, warum also keinen Kraftwagen?«

»Exakt.« Rudolf schlug dem Freund jovial auf die Schulter. »Genau das wollte ich hören. Wir können alles. Höchste Zeit, es der Welt zu beweisen.«

★

Katharina empfing Carl mit einem Kuss, als er am Abend heimkehrte. Vor einer halben Stunde hatte sie das Kindermädchen nach Hause geschickt. Carl junior lag bereits in seinem Bett und schlief. Zufrieden nach einem aufregenden Tag war er schnell eingeschlafen. Gegen Abend hatten sich schwere Gewitterwolken vor die Sonne geschoben, es hatte geblitzt und gedonnert. Das Frühlingsgewitter war jedoch nur von kurzer Dauer gewesen, denn der Regen hatte schnell nachgelassen. In den Bäumen entlang der Straße zwitscherten die Amseln. Der Duft des frischen Regens hing noch in der Luft, als Katharina Carl an der Haustür mit einem Kuss begrüßte.

»Mein Vater wird uns künftig bei der Gartenarbeit helfen.«

»Das ist großartig.« Carl streifte sich den schwarzen Mantel von den Schultern und zog den Bowler vom Kopf. Katharina nahm ihm beides ab. »Dann hat Bernhard wieder eine Aufgabe, die ihn hoffentlich erfüllt.« Er sah Katharina nach, wie sie Mantel und Hut zur Garderobe brachte, und schloss die schwere Haustür. »Wie geht es deiner Mutter?«

»Sie hat ein neues Medikament vom Arzt bekommen, das den Verlauf ihrer Krankheit ein wenig verzögern soll. Ob es aber wirkt, bleibt abzuwarten.

»Drücken wir ihr die Daumen.«

»Ja.«

»Wer wird sich um deine Mutter kümmern, während dein Vater Zeit bei uns verbringt?« Carl schien noch etwas vorzuhaben, denn sein Weg führte direkt in das Arbeitszimmer. Er schaltete das Licht an und setzte sich an den Schreibtisch.

»Sie wird ihn ab und zu begleiten. Es ist sicher auch gut für Carl junior, wenn seine Großmutter öfter hier ist. Er liebt sie sehr. Und wenn sie sich nicht gut fühlt, wird Lina nach ihr sehen.«

»Lina?« Carl sah überrascht auf.

»Ja«, nickte Katharina. »Sie schaut bereits jetzt öfter nach dem Rechten bei den beiden.«

»Das ist sehr nett von ihr.«

»Ich wusste gar nichts davon. Auch vorgestern Abend hat sie mir nichts davon erzählt, warum auch immer.« Katharina zog sich einen Stuhl heran und setzte sich.

»Vermutlich will sie dir kein schlechtes Gewissen machen«, vermutete Carl. »Oder sie möchte nicht, dass du dir Sorgen um deine Mutter machst.«

»Möglich. Ich werde sie fragen, sobald ich sie sehe.« Katharina atmete tief durch. »Das Kindermädchen ist übrigens großartig. Sie hat ein geschicktes Händchen im Umgang mit unserem Sohn, und er mag sie schon jetzt sehr.«

»Also behalten wir Amelie?«

Katharina nickte. »Auf jeden Fall. Sie hat ein gutes Herz, glaube ich, sie ist fleißig, und sie scheint zuverlässig zu sein.«

»Wo schläft sie?«

»In der Wohnung ihres Vaters.«

»Also nicht im Haus?«

»Nein, vorerst nicht.«

Carl hatte keine Bedenken. »Ich komme übrigens mit der neuen Waschmaschine gut voran. Ich denke, dass ich schon morgen einen ersten Probelauf machen kann.«

»Das ging aber schnell«, staunte Katharina.

Carl nickte. »Ich habe einfach auf Vorhandenes zurückgegriffen und die Vorrichtung für den Motor so gebaut, dass wir alles beim Alten lassen können. Das spart viel Geld und Entwicklungszeit.«

»Werden wir uns die Kraftwaschmaschine patentieren lassen?«

»Natürlich, bevor es die Konkurrenz tut, nachdem sie unsere Neuheit kopiert hat.« Carl nickte. Er legte die Fingerspitzen beider Hände gegeneinander. »Schließlich will ich es der Konkurrenz nicht so leicht machen. Das wäre fatal.«

Katharina musste ihm recht geben. »Dann werden wir wohl bald wieder nach Berlin zum Kaiserlichen Patentamt reisen müssen, nicht wahr?«

»Ich weiß nicht, ob es gut ist, wenn du mitkommst, Liebes. In deinem Zustand solltest du auf weite Reisen verzichten.«

»Auf gar keinen Fall«, entgegnete Katharina entrüstet. »Ich fühle mich nicht krank, auch die Übelkeit am Morgen ist überwunden.«

Carl lächelte ihr zu. »So leicht lässt du dich offenbar nicht unterkriegen.«

»So ist es.« Katharina strich sich kopfschüttelnd über den noch flachen Bauch. »Es geht mir gut.«

»Einverstanden.« Carl seufzte und unterdrückte ein Gähnen. Inzwischen hatte sich die Dunkelheit über das Villenviertel gesenkt. »Wir sollten eine Kleinigkeit zu uns nehmen und dann zu Bett gehen, morgen wird wieder ein langer Tag.«

⋆

Nach einem anstrengenden ersten Arbeitstag in der Villa Thiele erreichte Amelie spätabends das Haus ihrer Familie. Plötzlich erschien ihr die kleine Wohnung eng und schäbig. Die Unterkunft war bescheiden und im Gegensatz zum prächtigen Haus der Thieles fast schon armselig eingerichtet. Und trotzdem fühlte sich Amelie hier wohl, denn in dieser Wohnung war sie gemeinsam mit ihren Geschwistern und den Eltern aufgewachsen. Einmal mehr wurde ihr bewusst, wie sehr sie ihre Mutter vermisste.

Ihr Vater wartete bei einem Bier in der Küche auf sie. Natürlich wollte er wissen, wie es ihr am ersten Arbeitstag als Kindermädchen ergangen war. Amelie nahm sich einen Stuhl und setzte sich zu ihm. Sie erzählte ihm von den Herrschaften und dem großen Haus, in dem sie jetzt arbeitete. »Die gnädige Frau ist in anderen Umständen«, schloss sie ihre Ausführungen, »bald habe ich zwei Kinder zu hüten.«

Ihr Vater lächelte sie an. »Ich bin froh, dass du es mit den Thieles so gut getroffen hast.«

»Das habe ich wirklich. Auch die anderen Bediensteten sind sehr freundlich zu mir.« Als sie an Franz, den Kutscher, Gärtner und Diener in Personalunion dachte, klopfte ihr Herz ein paar

Takte schneller. »Ich fühle mich sehr wohl in meiner neuen Anstellung.«

»Das ist gut, Mädchen.« Der Vater drehte die Bierflasche in den großen Händen und starrte auf die Tischplatte. Etwas schien ihn zu beschäftigen. »Ich werde darüber nachdenken, wie es hier weitergeht«, eröffnete er ihr schließlich. »Der Haushalt muss gemacht werden, deine Geschwister brauchen jemanden, der sich um sie kümmert ...« Er legte eine kurze Pause ein, bevor er fortfuhr. »Du wirst von nun an keine Zeit mehr haben, dich um zwei Haushalte zu kümmern.«

»Ich kann hier in der Früh schon ...«, setzte Amelie an, wurde aber durch das Kopfschütteln ihres Vaters unterbrochen.

»Nein«, sagte er bestimmend. »Du führst jetzt dein eigenes Leben, und das ist auch gut so. Du bist in einem Alter, wo du die Weichen für deine Zukunft stellst, Mädchen. Es ist meine Aufgabe, unser Leben hier zu organisieren.« Sein Lächeln war matt, seine Trauer kaum zu übersehen.

»Aber ich ...«, wagte Amelie einen zweiten Versuch, ihre Hilfe anzubieten, wurde aber erneut durch eine Geste ihres Vaters unterbrochen.

»Es gibt da jemanden in meinem Leben, Amelie. Ich wollte es dir längst sagen, habe mich aber nicht getraut.« Seine Gesichtszüge entspannten sich. »Eine sehr nette Frau, die mir viel bedeutet. Ich habe sie auf der Arbeit kennengelernt.«

»Was macht sie beruflich?«

Hermann Wadersloh lächelte versonnen. »Sie ist das Fräulein vom Amt.«

»Sie ist Telefonistin?«

»Ja.« Amelies Vater nickte. »Die Anstellung ist gut bezahlt, sie kann sich über geregelte Arbeitszeiten freuen. Und wir verstehen uns gut.«

»Ich weiß gar nicht, was ich sagen soll. Das kommt so überraschend.« Amelies Gedanken fuhren in ihrem Kopf Karussell. Es fiel ihr schwer, sich ihren Vater an der Seite einer anderen Frau vorzustellen. Trotzdem freute sie sich für ihn. Und Mutter hätte es sicher auch gutgeheißen, dass er sich eine neue Frau suchte, um nicht einsam alt werden zu müssen.

»Das Leben geht weiter«, sagte Hermann Wadersloh, der ihre Gedanken zu erraten schien. »Und ich kann schlecht allein sein. Ihr Kinder werdet langsam alle erwachsen und geht eure eigenen Wege. Ich fühle mich zu jung, um alleine alt zu werden, und du verlässt sicher bald das Haus.«

»Ich freue mich für dich, Vater.« Sie ergriff seine Hand und drückte sie. »Sehr sogar, wenngleich sich der Gedanke auch noch ungewohnt anfühlt.«

»Mutter fehlt dir sehr.«

»Natürlich.« Amelie seufzte. »Aber wie du schon sagst, das Leben geht weiter, und ich bin sicher, dass Mutter auch nicht gewollt hätte, dass du allein durchs Leben gehst.«

»Meinst du?«

»Ganz sicher sogar.«

»Gut.« Er nickte und nahm einen tiefen Schluck von seinem Bier. »Sie heißt Käthe. Käthe Meier. Sie liebt es, zu kochen und sie tanzt gern.«

»Oje.«

»Wie bitte?«

»Ich sagte oje.« Amelie musste lachen. Sie wusste, dass ihr Vater alles andere als ein guter Tänzer war. »Das ist nicht gerade deine Stärke, Vater.«

Hermann Wadersloh lachte leise. »Ich werde das Tanzen wohl lernen müssen.«

»Ja«, nickte Amelie, »das wirst du, wenn du sie nicht verlieren willst.«

Ihr Vater lachte. »Ich bin bereit dazu. Versteh mich nicht falsch, Kind, ich werde deine Mutter niemals im Leben vergessen. Sie war immer die Liebe meines Lebens, und sie ist die Mutter meiner Kinder.«

»Aber Käthe liebst du auch?«

Er zuckte die Schultern. »Das kann ich dir noch nicht sagen, dazu ist es zu früh. Aber ja … ich kann sie gut leiden, und ich könnte mir vorstellen, dass Liebe daraus wird.« Ihr Vater zwinkerte Amelie verschwörerisch zu. »Oder meinst du, dass ich zu alt für so was bin?«

»Nein. Wenn ihr euch gut versteht, ist das in Ordnung. Aber warum hast du mir noch nie von Käthe erzählt?«

»Ich wollte euch nicht mit meinen Dingen behelligen. Aber jetzt, wo du eine Anstellung in gutem Hause hast, muss ich mich um meine Belange kümmern.« Er machte eine ausladende Geste. »Der Haushalt muss geführt werden, und wenn ich von morgens bis spätabends unterwegs bin, wird das schwer.«

»Hat Käthe auch Kinder?«

»Nein. Bisher ist ihr noch nicht der richtige Mann begegnet.«

»Und du – bist du der Richtige?«

»Na klar.« Hermann Wadersloh lachte leise. »Ob ich mit ihr

Kinder haben werde, meinst du?« Als Amelie schwieg, schüttelte er den Kopf. »Dazu bin ich, glaube ich, zu alt.«

Amelie gähnte herzhaft. Es war längst nach elf Uhr. »Es ist Zeit, dass ich mich hinlege«, sagte sie und erhob sich. »Und du solltest auch zu Bett gehen und dir keine Gedanken machen. Wir schaffen das schon alles.«

»Selbstverständlich.« Hermann Wadersloh leerte seine Bierflasche, unterdrückte einen Rülpser und streckte sich. »Dann schlaf gut.«

»Gute Nacht, Vater. Und alles Gute für dich und Käthe.«

Amelie betrat ihre bescheidene Kammer und schaltete die kleine Lampe ein. Der gelbliche Schein tauchte das Mobiliar in ein sanftes Licht. Im Raum hing ein muffiger Geruch. Sie trat an das Fenster, um es zu öffnen. Tief sog sie die frische Abendluft ein und blickte über die Dächer der umliegenden Häuser. In den wenigsten Fenstern brannte zu dieser späten Stunde noch Licht. Irgendwo wurde lautstark gestritten. Es folgte das Scheppern von Geschirr, ein Mann brüllte durch die Nacht. Schnell schloss Amelie das Fenster wieder. Der Streit anderer Menschen ging sie nichts an.

Während sie sich wusch und entkleidete, geisterte ihr die neue Frau im Leben ihres Vaters durch den Kopf. Sie war neugierig auf diese Käthe und konnte es kaum erwarten, sie kennenzulernen. Amelie streifte das Nachthemd über, löschte das Licht und schlüpfte fröstelnd unter die Bettdecke. Das altmodische Kastenbett knarrte vernehmlich. Als sie die Augen schloss, kreisten ihre Gedanken um den ersten, aufregenden Arbeitstag in der Villa Thiele. Sie hatte es gut getroffen, wenngleich der gnädige Herr ein wenig distanziert auf sie gewirkt hatte. Vermutlich musste sie ihn noch von sich überzeugen, doch Amelie war sicher, dass ihr das bald gelingen würde. Auch mit den anderen beiden Bediensteten verstand sie sich gut. Frieda war die gute Seele des Hauses, freundlich und unerwartet mütterlich, und Franz … Ein Jammer, dass er vergeben war.

Es war nicht klug, sich mit Kollegen einzulassen, dennoch konnte Amelie sich seinem Charme nicht entziehen. Ihr Herz schlug immer dann schneller, wenn Franz sich in ihrer Nähe aufhielt, und auch er schien ein Auge auf sie geworfen zu haben. Amelie seufzte ins Dunkel der Kammer und zog die Bettdecke bis zum Kinn. Vielleicht sollte sie ihn ansprechen, ihn fragen, ob es tatsächlich eine Frau in seinem Leben gab. Als sie die Augen schloss, sah sie sein Gesicht vor sich, glaubte, seinen Duft zu riechen und seinen Atem auf ihrer Haut zu spüren. In diesem Blick lag Verlangen. Das Gesicht kam näher, langsam senkten sich Lippen auf ihren Mund, berührten sie sanft, fast schon zaghaft, aber dennoch voller Leidenschaft. Bei der Vorstellung durchflutete Amelie eine Welle der Sehnsucht, die sie in den Schlaf begleitete.

Kapitel 12

Lorenz Adlon staunte an diesem Morgen nicht schlecht, als er aus der Kutsche stieg, die ihn von seinem Haus in Wannsee zum *Hotel Adlon* an der Prachtstraße Unter den Linden gebracht hatte. Wie an jedem Morgen blickte der erfolgreiche Hotelier mit stolzgeschwellter Brust an der Fassade des Hotels *Adlon* empor. An manchen Tagen konnte er selbst nicht glauben, was er hier erschaffen hatte. Das Hotel glich einem Palast inmitten der Hauptstadt des Deutschen Reiches. Adelige sowie reiche Unternehmer kehrten hier ein, um zu übernachten oder in einem der Restaurants zu speisen. Seit der feierlichen Eröffnung vor drei Jahren in Anwesenheit von Kaiser Wilhelm II. und seiner Gattin Viktoria Luise war das *Adlon* nicht mehr aus Berlin wegzudenken.

Doch an diesem Morgen störte etwas das nahezu perfekte Bild der schlichten Eleganz. Eine Menschenmenge hatte sich vor dem prächtigen Gebäude versammelt. Es waren ausschließlich Frauen in einfachen Gewändern und mit Schürzen. Sie riefen für Lorenz Adlon unverständliche Parolen und schwangen die Fäuste in der Luft.

Das sieht nicht gut aus, dachte Lorenz Adlon besorgt. Eine steile Sorgenfalte stand auf seiner Stirn. Er hatte keine Lust auf Scherereien.

»Gnädiger Herr«, riss ihn die Stimme des Kutschers aus den Beobachtungen, »es scheint Probleme zu geben.«

»Ich sehe es, Gustav, ich sehe es.« Adlon pflegte ein gutes Verhältnis zu seinem Kutscher, stand der alte Gustav doch seit vielen Jahren schon in seinen Diensten. »Sie demonstrieren.«

»Wer sind diese Frauen?« Gustav zog die Bremse des Gespanns an und hielt die nervös schnaubenden Pferde im Zaum. Sie schienen zu spüren, dass etwas nicht stimmte.

»Offenbar Frauen, die für ihre Rechte kämpfen«, sagte Adlon.

»Warum werden sie nicht vom Sicherheitspersonal des Platzes verwiesen?«, wunderte sich der grauhaarige Mann auf dem Kutschbock.

»Ich weiß es nicht, Gustav, ich weiß es nicht. Ich werde mir erst einmal einen Überblick verschaffen«, murmelte Lorenz Adlon, während er über das Trottoir schritt. »Warten Sie hier, und falls Sie einen Wachtmeister sehen, bitten Sie ihn um Hilfe.«

»Wird erledigt, mein Herr.« Gustav salutierte wie ein pensionierter Soldat und beobachtete seinen Herrn mit wachsamem Blick.

Lorenz Adlon hielt auf die Versammlung zu. Immer wieder war in den letzten Wochen von den Protesten der Arbeiterinnen in Berliner Fabriken zu hören gewesen. Oft waren es einfache Frauen aus Moabit. Dort, aber auch in anderen Teilen der Stadt, wohnten sie mit ihren Familien unter ärmlichen Bedingungen in sogenannten Mietskasernen. Die meisten Bewohner waren so arm, dass sie in ihren sowieso schon zu engen Wohnungen Schlafplätze an Arbeiter, Tagelöhner und Handwerksburschen vermieteten. Jetzt fragte sich der Hotelier, ob es sich bei den aufgebrachten Frauen um die Mitglieder einer organisierten Arbeiterbewegung handelte oder ob sie sich aus eigenem Antrieb zusammengefunden hatten. Warum sie aber ausgerechnet vor seinem Hotel demonstrierten, um für ihre Rechte zu kämpfen, erklärte sich ihm nicht. Adlon war sich keiner Schuld bewusst, stets war er bemüht, sein Personal angemessen zu bezahlen und gute Arbeitsbedingungen zu schaffen.

Eine beängstigende Unruhe lag über der Szene, die sich ihm bot. Lorenz Adlon dachte an die Worte des Berliner Polizeipräsidenten Traugott Achatz von Jagow angesichts der zahlreichen Proteste in der Stadt. »Die Straße dient lediglich dem Verkehr«, hatte er vor wenigen Wochen gesagt und schärfere Maßnahmen gegen die Demonstranten verkündet. »Bei Widerstand gegen die Staatsgewalt erfolgt Waffengebrauch.«

Adlon rieselte ein Schauer über den Rücken, als er sich eine solche Szene vor seinem Haus ausmalte. Kurz überlegte er, Gustav zu bitten, keine Polizei einzuschalten, entschied sich aber im Sinne der Sicherheit dagegen.

Als er sich der Versammlung näherte, erkannte er, dass es sich bei den Frauen um seine Angestellten handelte. Sie standen vor dem prächtigen Eingangsportal und hielten Gäste davon ab, das Hotel zu betreten oder es zu verlassen. Der livrierte Portier, der üblicherweise am Eingang stand, um die Gäste zu begrüßen oder sie zu verabschieden, war nicht zu sehen. Vermutlich hatte er sich von den aufgebrachten Frauen vertreiben lassen und in Sicherheit gebracht.

Die Sprechgesänge der Frauen wurden lauter. »Wir wollen keine Maschinen mehr, wir wollen keine Maschinen mehr!«

»Guten Tag meine Damen«, sagte Lorenz Adlon mit erhobener Stimme. Auf der Stelle kehrte Stille ein.

»Darf man erfahren, was der Auflauf vor meinem Hotel soll?« Lorenz Adlon gab sich Mühe, seine Angst zu verbergen.

»Wir wollen keine Maschinen mehr!«, rief eine junge Frau in der Dienstkleidung einer Haushälterin. Offenbar führte sie die Gruppe an. »Sie nehmen uns die Arbeit weg.«

»Das müssen Sie mir erklären, fürchte ich.«

»Was gibt es da zu erklären?«, fragte die Sprecherin angriffslustig. »Sie kaufen Maschinen, die uns die Arbeit erleichtern sollen – und reduzieren gleichzeitig das Personal. Sie haben ein gutes Dutzend Waschfrauen entlassen, und deren Arbeit machen jetzt die Zimmermädchen mit.«

Lorenz Adlon stockte der Atem. Natürlich wusste er, wovon die Frau sprach. In der jüngsten Vergangenheit hatte er zusätzliche Waschmaschinen mit großen Holztrommeln angeschafft. Darin wurde die Wäsche, die im Hotel und in seinen Restaurants anfiel, schnell und effektiv gereinigt. In den letzten Jahren waren die Maschinen, die er ausnahmslos von *Thiele & Cie.* bezog, besser und leistungsfähiger geworden. Und tatsächlich war es zu Entlassungen in der Hauswirtschaft gekommen. Allerdings hatte Adlon den gekündigten Frauen die Wohnungsmiete für einen bestimmten Zeitraum bezahlt oder versucht, die Betroffenen in eine andere Arbeit zu bringen. Er versuchte, das den versammelten Frauen zu erklären. »Ich habe durch den Einsatz der Maschinen niemanden in Armut gestürzt«, betonte er.

»Noch nicht«, rief eine stämmige Mittvierzigerin. Ihre Augen funkelten ihn angriffslustig an. »Aber es ist doch eine Frage der Zeit. Und in der Zeitung stand gestern, dass es bald noch bessere Waschmaschinen geben soll, die Arbeitszeit und Kraft sparen. Was dann passiert, können wir uns heute schon vorstellen.« Zuspruch brandete auf. »Und das wollen wir verhindern!«

Einen Artikel über eine neue Generation von Waschmaschinen hatte er in der Zeitung nicht gelesen, und so fragte sich Lorenz Adlon, woher seine Angestellten die Informationen hatten. Doch darauf ging er nicht ein. Tatsächlich stand er mit Rudolf Zenker, dem Prokuristen von Thiele, im Gespräch. Zenker hatte ihm modernere und größere Waschmaschinen in Aussicht gestellt, und Adlon hatte gleich fünf Exemplare in Auftrag gegeben.

Er erinnerte sich noch gut an den ersten Besuch des Ehepaars Thiele in seinem Hotel vor wenigen Jahren. Sie waren in die Hauptstadt gekommen, um ihre Waschmaschine beim Kaiserlichen Patentamt eintragen zu lassen. Während Carl Thiele sich mit den strengen Prüfern auf dem Amt herumgeärgert hatte, war seine geschäftstüchtige Frau Katharina zu ihm gekommen, um ihm von den neuartigen Waschmaschinen zu erzählen. In einem großen Hotel wie dem *Adlon* fiel täglich ein gigantischer Wäscheberg an, den es zu beseitigen galt. Sie hatte ihn überzeugen können, und so hatte er gleich mehrere große Maschinen bei *Thiele & Cie.* bestellt. Seitdem wurden die Waschfrauen schneller mit der Arbeit fertig, daran gab es nichts zu rütteln.

»Ich werde mir von Ihnen nicht vorschreiben lassen, wie ich meinen Betrieb zu führen habe«, wetterte Adlon. »Und nun lassen Sie mich durch, sonst rufe ich die Polizei.«

Kurz steckten die Demonstrantinnen die Köpfe zusammen. Ihr Raunen drang an Adlons Ohren, doch er verstand kein Wort von dem, was sie sagten.

»Wir werden Sie passieren lassen«, eröffnete ihm die hochgewachsene Frau, die zuerst mit ihm gesprochen hatte, schließlich. »Doch wir werden unsere Mahnwache nicht auflösen.«

»Sie haben Ihren Dienst zu verrichten«, stellte Adlon klar und stampfte mit dem Gehstock auf das Pflaster des Trottoirs. »Schließlich bezahle ich Sie alle dafür!«

»Wir streiken.«

»Wie bitte?« Adlon verengte seine Augen zu schmalen Schlitzen. Er hoffte, sich verhört zu haben.

»Wir treten in den Streik und arbeiten heute nicht«, schaltete sich eine andere Frau in einem tiefroten Arbeitskleid ein.

»Wie lange soll das anhalten?«, wollte Adlon wissen, dessen Gedanken sich in seinem Kopf überschlugen.

»So lange, bis Sie uns versichern, keine weiteren Waschmaschinen zu kaufen, die unsere Arbeitskraft überflüssig machen.«

Adlon dachte kurz nach. Schnell kam er zu dem Schluss, dass es sinnlos war, die Diskussion hier auf der Straße zu führen. Schlimm genug, dass sie die Mahnwache an der Straße Unter den Linden vor seinem Haus führten. Er würde sich mit der Polizei und dem Vorstand beraten müssen, um das weitere Vorgehen abzustimmen. Es galt, den Ruf des Hotel Adlon zu wahren.

»Lassen Sie mich durch!«, forderte er die Frauen erneut auf und setzte sich rasch in Bewegung. Dass ihm einige die Zunge herausstreckten und mit den Fäusten drohten, ignorierte er. Erst als er in der lichtdurchfluteten Hotellobby stand, atmete er tief durch. Es versprach ein außergewöhnlicher Tag zu werden, und in solchen Momenten wünsche er sich an einen anderen Ort. Doch dieser fromme Wunsch wurde dem Hotelier nicht erfüllt, und so musste er sich seinem Schicksal fügen.

»Guten Morgen, gnädiger Herr.« Fritz, der eifrige Chefconcierge, trat hinter der Rezeption in die Halle, deutete eine Verbeugung an und nahm Adlon Hut, Mantel und Handschuhe ab.

*

An diesem Morgen fühlte sich Katharina nicht gut. Das Unwohlsein der letzten Wochen war wieder da und bremste ihren Tatendrang. Von der Schwangerschaft mit Carl junior wusste sie noch, dass die morgendliche Übelkeit nach einer Zeit nachließ, doch das half ihr heute nicht.

»Bleib im Bett«, riet Carl ihr, nachdem er sich angekleidet hatte. Er setzte sich kurz zu ihr auf die Bettkante und strich ihr liebevoll über das Gesicht. Katharina widersprach ihm nicht. »Sicher geht es mir bald wieder gut.«

»Ganz bestimmt.« Er nickte und warf einen Blick auf die Uhr. »Leider muss ich los, werde aber Frieda bitten, ab und zu nach dir zu sehen.«

»Ich kann läuten, wenn es mir an etwas fehlt«, erinnerte Katharina ihn mit einem sanften Lächeln. Sie richtete sich im Bett auf und stopfte sich das Kissen in den Rücken. »Entschuldige, dass ich heute nicht beim Frühstück dabei bin.«

»Das ist doch selbstverständlich. Schon dich etwas«, sagte Carl mit besorgter Miene, hauchte ihr einen Kuss auf die Lippen und erhob sich. Er zupfte sein Jackett zurecht und blieb an der Schlafzimmertür stehen. »Das Kindermädchen ist schon da. Sie wird sich heute um Carl kümmern.«

»Das wird Amelie schaffen«, versicherte Katharina ihm.

»Dein Wort in Gottes Ohr.« Carl grinste schief, dann war er verschwunden. Katharina wusste, dass in der Fabrik viel Arbeit auf ihn wartete. Die Entwicklung der neuen Waschmaschine trieb ihn um. Er wollte keine Zeit verlieren, die Weiterentwicklung der guten alten *Satellit*-Maschinen patentieren zu lassen – bevor es ein anderer tat. Katharina ärgerte sich ein wenig, dass sie nicht für ihren Mann da sein konnte. So blieb die Hoffnung, nach ein paar Stunden Bettruhe wieder bei Kräften zu sein. Seufzend sank sie ins Laken und schloss die Augen. Vergeblich versuchte sie, das mulmige Gefühl in der Magengegend zu ignorieren, war aber doch nach ein paar Minuten eingeschlafen.

★

Amelie erstarrte für einen Moment, als Franz ihr in der Halle begegnete. Wie gestern schon, trug er wieder die Livree. Auf der Stelle errötete sie bei seinem Anblick. Sie hoffte, dass ihr nicht ins Gesicht geschrieben stand, was sie in der letzten Nacht geträumt hatte.

»Guten Morgen, Amelie.« Wie immer lächelte er sie freundlich an. »Hast du deinen ersten Tag gestern gut überstanden?«

Beim Klang seiner warmen Stimme rieselte ein Schauer ihren Rücken hinab. »Ja«, sagte sie leise. »Sehr gut sogar. Ich freue mich, hier sein zu dürfen.« Das war nicht einmal gelogen.

»Das freut mich.« Franz sah zur Tür. »Ich muss los, den gnädigen Herrn zur Fabrik fahren. Die Pferde habe ich bereits angespannt.«

»In Ordnung.« Sie nickte. »Bis später vielleicht.«

»Bis später vielleicht.«

Kurz ordnete Amelie ihre Gedanken, mahnte sich zur Ruhe und nahm die Stufen ins erste Stockwerk der Villa. Frieda war gerade damit beschäftigt, die großen Ölgemälde an der Wand mit einem Staubwedel abzuwischen. Sie lächelte wissend, als Katharina ihr begegnete. »Franz ist ein Charmeur«, bemerkte sie. »Ein Jammer, dass er vergeben ist, nicht wahr?«

»Ja.« Amelie senkte den Blick. »Das ist es.« Bevor Frieda etwas erwidern konnte, betrat Amelie das Zimmer von Carl junior. Es war höchste Zeit für den Gang zur Schule.

*

»Sie leben ganz schön mondän.« Bernhard Zumwinkel hatte die Hände hinter dem Rücken verschränkt, während er das Anwesen von Carl und Katharina in Augenschein nahm, als wäre er das erste Mal hier zu Besuch. Die Frühlingssonne blitzte durch die tiefhängenden Zweige der alten Kastanien, Vogelgezwitscher lag in der Luft.

»Die Kinder haben es sich verdient.« Theresa stand neben ihm und folgte Bernhards Blick. Immer wenn sie hier war, überkam sie Stolz. Carl und Katharina arbeiteten unermüdlich, und ihrem Erfindergeist war es zu verdanken, dass das Leben für viele Menschen leichter wurde. Die Buttermaschinen, die Zentrifugen und sogar die Waschmaschinen waren Ideen, die auf ihrem Hof in Clarholz das Licht der Welt erblickt hatten. Wehmütig dachte sie an ihr altes Leben zurück. Auch ihr fehlte der Zumwinkel-Hof, die Arbeit, die Tiere, die Weite des Landes und die Ruhe des Dorfes. Jetzt waren sie schon seit geraumer Zeit Stadtmenschen, und trotzdem sehnte sie sich immer wieder zurück nach Clarholz.

»Du hast recht«, brummte Bernhard neben ihr und riss sie aus den trüben Gedanken. »Katharina und Carl haben Großes geschaffen. Und wir können stolz auf sie sein.«

»So ist es.« Seite an Seite durchschritten sie die Einfahrt und standen schließlich vor dem Portal, das eher an einen Palast als an ein Wohnhaus in Gütersloh erinnerte. Carl nahm Theresas Hand und half ihr die breiten Stufen hinauf. Sie atmete flach und ging langsam. Oben angekommen, blieb sie erst einmal stehen und rang nach Luft. Erst als sich ihr Atem beruhigt hatte, nickte sie Bernhard zu.

»Geht es wieder?«

»Ja.«

»Gut.« Er drückte den vergoldeten Klingelknopf neben dem Eingang. Drinnen schlug ein vornehmer Gong an. Es dauerte nicht lange, bis ein junges Mädchen die Tür öffnete.

»Guten Tag, Amelie.« Theresa mochte das Kindermädchen.

»Guten Tag, gnädige Frau.« Amelie nickte Bernhard zu. »Guten Tag, gnädiger Herr.«

Bernhard lupfte den Bowler und erwiderte den Gruß.

Das Kindermädchen gab den Eingang frei. Offenbar hatte Katharina ihr Kommen angekündigt. »Die gnädige Frau ist bedauerlicherweise unpässlich heute.«

Theresa stutzte. »Was fehlt ihr denn?«

»Sie klagt über Übelkeit und Schwäche.«

»Ich werde nach ihr sehen.« Das Mädchen wagte keinen Widerspruch. Es nahm ihr den Mantel und den Hut ab, dann machte sich Theresa auf den Weg ins obere Stockwerk der Villa. Der Weg bereitete ihr große Mühe, doch sie hielt sich am geschwungenen Holzgeländer fest und erklomm die Treppe langsam. Unten in der Halle hörte sie Bernhard mit Amelie sprechen. Offenbar war Franz, der sich sonst um die Gartenarbeit kümmerte, nicht da. Schwer atmend setzte Theresa ihren Weg über den Flur fort. Der weinrote Läufer dämpfte ihre Schritte. Schließlich stand sie vor der Schlafzimmertür von Carl und Katharina. Kurz hielt Theresa inne und lauschte. Als sie kein Geräusch von jenseits der Tür vernahm, klopfte sie zaghaft an. Es dauerte einen Moment, bis ein leises »Herein« ertönte. Sie legte die Hand auf die Türklinke und hielt den Kopf in den Raum.

»Katharina, Kind«, sagte sie sanft, »was ist los mit dir?«

»Mutter, wie schön, dass du Vater begleitest.« Katharina richtete sich im Bett auf. »Die Übelkeit macht mir immer wieder mal zu schaffen. Carl hat mir Bettruhe verordnet, und ich habe noch ein wenig geschlafen.« Katharina rieb sich ihre Schläfen und lächelte. »Aber ich glaube, der Schlaf hat geholfen. Es geht mir bereits besser.«

»Das freut mich sehr.« Theresa schloss die Tür hinter sich und trat ans Bett. Sie zog sich einen Hocker heran und setzte sich zu ihrer Tochter.

»Und du hast dich die lange Treppe hier hochgequält«, stellte Katharina fest.

»Ich musste doch nach meinem Kind sehen«, verteidigte sich Theresa mit einem mütterlichen Lächeln auf den Lippen.

»Dem es schon wieder besser geht.« Katharina zwinkerte ihr verschwörerisch zu. »Ich muss doch gleich in die Fabrik. Carl arbeitet an einer Weiterentwicklung unserer Waschmaschine.«

»Du solltest jetzt auf deine Gesundheit achtgeben, Liebes.« Theresa verschluckte sich und musste husten.

»Du aber auch«, erwiderte Katharina. Sie stieß die Bettdecke fort und stand auf. Als Theresa ihr helfen wollte, schüttelte sie den Kopf. »Bleib sitzen und erhol dich.« Rasch kleidete sie sich an, bürstete ihr Haar und betrachte sich mit einem prüfenden Blick im Spiegel.

»Es ist kaum zu glauben, dass du eigentlich ein Mädchen vom Lande bist«, sagte Theresa. »So elegant, wie du aussiehst.«

»Im Herzen werde ich immer ein Mädchen vom Land bleiben«, lachte ihre Tochter. Insgeheim gab Theresa ihr recht. Obwohl Carl und sie jetzt wohlhabend waren, hatte sich Katharina doch immer ihre herzliche und natürliche Art behalten. Sie und Carl waren liebevolle Eltern geworden, und bald würden sie ihr zweites Kind bekommen.

»Ich kann deinen Vater doch nicht allein lassen«, erklärte Theresa ein wenig verlegen, als sie sich von ihrem Hocker erhob. »Und da dachte ich, dass ich dir ein wenig Gesellschaft leiste.«

Katharina nickte. Sie schien sich nicht recht über ihren Besuch zu freuen. »Ich werde Frieda bitten, dir einen Tee zuzubereiten«, sagte sie.

»Das kann ich doch selbst machen.«

»Auf gar keinen Fall. Du erholst dich jetzt erst einmal.«

»Das klingt, als wären wir zwei alte Weiber, die gegenseitig aufeinander achten müssten.« Theresa musste lachen.

»Dabei bin ich doch nur schwanger.« Katharina stimmte in das Lachen ihrer Mutter ein. »Dann komm, gehen wir nach unten und sehen, was Vater im Garten macht. Frische Luft wird uns beiden guttun.«

*

Carl betrachtete sein Werk zufrieden. Die Halteböcke für den neuen Elektromotor hatte er angepasst. Jetzt saß das Aggregat an der Seite der Waschmaschine, als würde es dort hingehören. Er hatte von Böker ein paar Teile fertigen lassen, die eine Übersetzung des elektrischen Antriebes auf die Welle des Bottichs ermöglichten. Somit war der Antrieb fertig und wartete auf seinen ersten Probelauf. Damit wollte Carl aber warten, bis Katharina bei ihm eintraf. Bestimmt hatte sie noch Verbesserungsvorschläge für ihn. Sie waren ein gutes Gespann, und er schätzte den Ideenreichtum seiner Frau, die ohne technische Vorkenntnisse an die Dinge heranging und vorbehaltlos Verbesserungsvorschläge mit in die Arbeit einbrachte.

Gerade ließ Carl das ummantelte Stromkabel durch seine Finger gleiten, strich fast liebevoll über den glänzenden Bakelit-Stecker und schielte zur Steckdose an der Wand. Zu gern hätte er die Maschine in Gang gesetzt, doch er geduldete sich.

Seufzend legte Carl das Kabel über den Kübel und trat einen Schritt zurück, um sein Werk zu betrachten. Erst wenn es so gut funktionierte, wie es aussah, war er zufrieden. Um die Heizung des Wassers würde er sich am Nachmittag kümmern. Ein paar Ideen hatte er bereits, doch es gab noch viele Fragen, um die er sich kümmern musste. Sicher würde die Heizung besser funktionieren, wenn es in den Haushalten einen Anschluss gab, der das Wasser direkt in die Maschine führte, anstatt es mit einem Schlauch von einem herkömmlichen Wasserhahn aus in die Waschmaschine zu befördern. Dazu brauchte es noch ein paar Vorbereitungen, um die er sich später kümmern würde.

Kapitel 13

Lorenz Adlon hatte sich, gefolgt von Chefconcierge Franz, in sein Büro begeben. Das Rattern der Wählscheibe malträtierte seine Ohren, bis er die Stimme des Fräuleins vom Amt hörte. Er lehnte sich in dem bequemen Schreibtischstuhl zurück und nannte der Dame sein Anliegen. Es knackte geräuschvoll in der Leitung. Nervös fuhr Adlon mit dem rechten Zeigefinger über den Holzkasten des Fernsprechers, um imaginäre Staubkörner wegzuwischen, und betrachtete die floralen Intarsien im Holz. Der Hörer in seiner linken Hand wurde schwer. Nach einer gefühlten Ewigkeit war die Verbindung hergestellt. Am anderen Ende der Leitung meldete sich jemand.

»*Maschinenfabrik Thiele & Cie.*, Sie sprechen mit Herrn Zenker, was kann ich für Sie tun?«

»Zenker, ich grüße Sie, mein Herr.« Adlons Miene erhellte sich, als er die Stimme des Geschäftsführers erkannte. »Hier spricht Lorenz Adlon.«

»Ich bin hocherfreut«, erwiderte Zenker.

»Hören Sie, es ist dringend. Ich muss die gnädige Frau Thiele sprechen.«

Ein unwilliges Brummen war zu vernehmen. »Ich bedaure sehr, gnädiger Herr, aber Frau Thiele weilt derzeit nicht im Büro. Vielleicht kann ich etwas ausrichten, sobald sie kommt?«

Adlon schüttelte den Kopf, was der Mann am anderen Ende der Leitung natürlich nicht sehen konnte. »Richten Sie der gnädigen Frau aus, dass ich auf ihren Rückruf warte. Sie muss nach Berlin kommen, und zwar umgehend. Guten Tag!« Adlon schnaubte aufgebracht, und ohne die Antwort Zenkers abzuwarten, warf er den schweren Hörer auf die vermessingte Gabel des Fernsprechers.

»Und jetzt?« Fritz sah Adlon fragend an. Als Chefconcierge war er dessen Assistent und hatte die Prokura. Er war Ende fünfzig, hochgewachsen und perfekt gekleidet. Wenn er mit wachsamem Blick durch das Hotel lief, wurde er fast unterwürfig von den Angestellten gegrüßt. Er war eine Autoritätsperson und erledigte auch unangenehme Dinge. Doch die Demonstration vor dem Eingang des Hotels aufzulösen, war selbst ihm nicht gelungen. Das Gefühl der Machtlosigkeit war ihm völlig fremd. Entsprechend aufgebracht war Lorenz Adlon nun.

»Ich weiß es nicht«, seufzte Adlon. Nervös trommelte er auf der Platte seines wuchtigen Mahagonischreibtisches herum. »Ich weiß es nicht, Fritz. All meine Hoffnungen liegen jetzt auf Katharina Thiele. Wenn jemand die Frauen mit vernünftigen Argumenten überzeugen kann, dann ist sie es.« Er seufzte schwer. »Doch bis es so weit ist, müssen wir abwarten.«

»Und die anfallende Hotelwäsche selbst erledigen, weil die Frauen in den Streik getreten sind?«

Lorenz Adlon sah zu seinem Assistenten auf. »Notfalls auch das, Fritz, notfalls auch das.«

*

Katharina fühlte sich mittags besser, und so beschloss sie, sich von Franz zur Fabrik bringen zu lassen. Sie war gespannt auf die neue Waschmaschine und hoffte, noch die eine oder andere Idee zur Neuentwicklung beitragen zu können.

Kaum hatte sie das »Weiße Haus« betreten, eilte Rudolf aufgeregt zu ihr. »Da bist du ja endlich!«, rief er mit ausgebreiteten Armen. »Wir warten schon auf dich.«

»Du wirkst ja ganz außer dir«, bemerkte Katharina.

»Adlon hat angerufen.«

»Und?«, fragte sie grinsend. »Hat er noch ein paar Maschinen bestellt?«

»Ganz im Gegenteil.« Rudolfs Gesicht hatte eine tiefrote Färbung angenommen. »Er will dich sprechen.«

»Mich?« Katharina machte große Augen.

»Ja, dich. Er hat gesagt, dass du ihn umgehend anrufen sollst, sobald du eintriffst. Es sei dringend.«

»Warum hat er nicht mit dir gesprochen?«

»Was weiß ich?« Rudolf zuckte mit den Schultern. »Er schien sehr aufgebracht zu sein, so habe ich ihn noch nie erlebt.« Carls Partner seufzte. »Und er hat gesagt, dass du sofort nach Berlin kommen sollst.«

»Ich verstehe das nicht, aber wenn er es wünscht, sollte ich mich auf den Weg machen.«

»Nicht in deinem Zustand«, erwiderte Rudolf kopfschüttelnd. »Carl wird das nicht zulassen.«

»Was meinst du damit?«

»Nicht so. Du bekommst ein Kind, Katharina, hast du das etwa schon vergessen?«

»Natürlich nicht, aber ich bin schwanger, nicht krank.«

»Lange Reisen mit der Bahn sind zu vermeiden.« Er legte seine Hände auf ihre Schultern und sah ihr tief in die Augen. »Ihr solltet nichts riskieren.«

»Du wirst auf keinen Fall verreisen«, rief Carl, der in diesem Moment aus seiner Werkstatt kam. Wie es schien, hatte er die letzten Sätze mitgehört.

Katharina war ratlos. »Was sollen wir denn machen? Einen wichtigen Kunden wie Lorenz Adlon will ich nicht enttäuschen.«

»Ich werde dich begleiten«, sagte Carl. Den Seitenblick, mit dem Rudolf ihn bedachte, ignorierte er. »Und wir werden nicht mit der Bahn fahren, sondern mit unserer Kutsche.«

»Wenn es jetzt schon ein Thiele-Automobil gäbe«, schwärmte Rudolf mit einem Leuchten in den Augen, »dann wärt ihr schneller unterwegs.«

»So warte doch, Carl«, sagte Katharina. »Ich werde erst mit Hoteldirektor Adlon telefonieren und ihn fragen, was er auf dem Herzen hat. Vielleicht müssen wir die weite Reise auch gar nicht antreten.«

»In Ordnung, versuch dein Glück.« Zu dritt gingen sie in Rudolfs Büro, wo ein Telefon stand. Wie selbstverständlich nahm Katharina am Schreibtisch Platz, griff zum Hörer und ließ die Verbindung herstellen. Sie war gespannt, was Lorenz Adlon ihr mitzuteilen hatte.

Die Männer blieben stehen und hörten zu.

»Das tut mir sehr leid, Herr Adlon, ich fürchte, wir müssen mit verständlichen Argumenten arbeiten, um die Menge zu beruhigen.« Sie warf Carl einen Blick zu, den er nicht recht zu deuten wusste.

»Es tut mir leid, aber das wird nicht gehen«, sagte Katharina nun. »Selbst wenn wir heute noch losfahren, könnten wir frühestens in zwei Tagen bei Ihnen sein.«

Wieder lauschte sie, was Lorenz Adlon ihr mitzuteilen hatte. »Ich melde mich, sobald mir etwas Brauchbares eingefallen ist«, sagte sie. Dann verabschiedete sie sich und legte auf.

»Und?«, wollte Rudolf wissen. »Was war so wichtig, dass er es nicht mit mir besprechen wollte?«

»Unsere Waschmaschinen sorgen bei Adlons Belegschaft für Proteste«, erklärte Katharina den Männern. »Sie fürchten, dass Arbeitsplatze in Gefahr sind.«

»Und dabei hat Adlon erst fünf neue Großmaschinen in Auftrag gegeben«, murmelte Rudolf. »Will er den Auftrag etwa stornieren?«

»Davon hat er nichts gesagt.« Katharina schüttelte den Kopf. »Allerdings fürchtet er um den Ruf seines Hauses. In Berlin kommt es in vielen Stadtteilen zu Protesten der Arbeiter. Sie verlangen mehr Lohn, andere kürzere Arbeitszeiten, viele beides.«

»Und was haben wir damit zu tun?« Nachdenklich und mit gesenktem Kopf marschierte Carl im Zimmer auf und ab.

»Unsere Maschinen gefährden nach Ansicht der Haushälterinnen die Arbeitsplätze«, erklärte Katharina. »Sie demonstrieren in Berlin genauso, wie sie es neulich vor unserem Werkstor getan haben. Mit dem Unterschied, dass es sich in Berlin um Adlons Mitarbeiterinnen handelt und dass die Frauen jetzt in einen Streik getreten sind.«

»Aber die Maschinen wird Adlon trotzdem kaufen?«, vergewisserte sich Rudolf noch einmal.

»Davon können wir ausgehen. Er hat noch einmal deutlich gemacht, dass er sich auf die elektrisch angetriebenen und beheizten Waschmaschinen freut.«

»Wenn es sie denn schon gäbe«, brummte Carl.

»Wir müssen schnell liefern, bevor er den Auftrag zurückzieht«, forderte Rudolf.

»Wir sollten die Entwicklung der neuen Maschinen-Generation vorantreiben und dafür das Projekt Automobil hintanstellen«, meinte Carl.

»Die beiden Themen dürften sich nicht überschneiden«, entgegnete Katharina. »Paul Klamm hat doch gestern die ersten Skizzen vorgestellt, wenn ich nicht irre.« Katharinas Blick abwechselnd zu Rudolf und zu Carl. Sie sank auf einen Stuhl und dachte nach. »Ihr erarbeitet ein Aufgabenheft, in dem ihr alle Anforderungen an einen Thiele-Kraftwagen zusammenfasst, und dann kann Klamm erst einmal arbeiten. Ich denke, die Entwicklung des Wagens wird ein paar Wochen, vielleicht auch Monate, in Anspruch nehmen.«

»Das reicht mir schon für die neuen Waschmaschinen, um die ich mich kümmern werde«, sagte Carl.

»Böker«, warf Rudolf ein. »Böker muss dich unterstützen.«

»Nein.« Carl schüttelte den Kopf. »Er soll sich um die Arbeiter in der Fabrik kümmern, er muss Sorge tragen, dass genügend Material für die Produktion der Waschmaschinen vorhanden ist. Wir dürfen damit keine Zeit verlieren.«

Katharina hatte sich vom Schreibtischstuhl erhoben. »Und ich mache mir Gedanken, wie wir den Streik der Frauen in Berlin beenden können.«

Kapitel 14

Amelie freute sich, als Frieda sie in die Küche rief. Die Mutter der gnädigen Frau hockte wie selbstverständlich auf der hölzernen Bank und schälte Kartoffeln.

»Bringst du den Männern etwas von dem kalten Tee?«, fragte Frieda und deutete auf einen bereits gepackten Korb auf dem Tisch. Darin befanden sich eine Flasche und zwei Becher. »Sie sind sicher durstig.«

»Gern«. Amelie ergriff den Korb und verabschiedete sich. Sie nahm den Hintereingang des Hauses, der gleich in den weitläufigen Garten führte. Es war ein angenehm warmer Tag. Für einen Moment blieb Amelie auf dem Treppenabsatz stehen, um das Gesicht in die wärmende Sonne zu recken.

In der idyllischen Stille vernahm sie das Geräusch einer eisernen Heckenschere. Entlang eines gekiesten Weges folgte sie dem ratternden Geräusch der Klingen. Kurz hielt sie inne, als sie Franz erblickte. Hemdsärmelig bearbeitete er die Zweige einer Eibe. Dabei hatte er ihr den Rücken zugedreht. Sie blieb hinter ihm stehen und genoss den Anblick seiner breiten Schultern und der muskulösen Arme.

Er ist vergeben, hämmerte es in ihrem Kopf, als sie wahrnahm, dass sich ihr Puls beschleunigte. Kurz dachte sie an ihren Traum letzte Nacht und daran, wie nah sie sich darin gewesen waren. Jetzt schämte sie sich ein wenig für diese verrückten Gedanken.

»Träumst du mit offenen Augen?« Franz' Stimme riss sie aus ihren Überlegungen. Nun hatte er sie doch bemerkt. Peinlich berührt stand Amelie mit dem Korb da und fühlte sich ein wenig wie Rotkäppchen, das sich plötzlich dem Wolf gegenübersah. Nur dass es sich hier nicht um den bösen Wolf, sondern um den äußerst attraktiven Franz handelte. »Ich …«, stammelte sie, »ich wollte dich nicht erschrecken.«

Er lachte auf. »Schon gut, ist nichts passiert.« Kurz trafen sich ihre Blicke. Zögernd trat Amelie näher. »Wo … wo ist der Vater der gnädigen Frau?« Suchend sah sie sich um.

»Er ist kurz ins Haus gegangen, um eine kleine Pause einzulegen.« Franz lachte. »Offenbar ist Herr Zumwinkel körperliche Arbeit nicht mehr gewohnt.«

»Möglich.« Amelie stimmte in sein Lachen ein.

»Was bringst du uns denn da Gutes?« Franz deutete mit dem Kinn auf den Korb an ihrem Arm und warf die Heckenschere ins Gras. Der Duft der frisch geschnittenen Zweige drang in Amelies Nase.

»Eine kleine Erfrischung«, erwiderte sie. »Frieda hat kalten Tee gemacht.«

»Großartig!« Franz nahm ihr den schweren Korb ab und stellte ihn auf den Boden. Für einen kurzen Moment war sein Gesicht dem ihren ganz nahe. Er hielt inne, schien in ihrem Blick forschen zu wollen, ohne zu ahnen, was er damit in Amelie auslöste.

»Geht es dir gut?« Offenbar hatte er bemerkt, dass Amelie mit der Situation überfordert war.

»Ja«, sagte sie heiser. »Es … es geht mir gut.« Sie trat einen Schritt zurück und atmete tief durch.

In diesem Moment erschien Bernhard Zumwinkel auf der Bildfläche.

»Da bin ich wieder«, rief er ihnen schon von Weitem zu. Neugierig blickte er in den Korb.

»Was bringst du uns Gutes, Amelie?«

»Tee«, sagte sie leise und spürte, wie ihr das Blut in den Kopf schoss. »Es gibt kalten Tee als Erfrischung.« Dann wandte sie sich ab und rannte zurück ins Haus.

*

»Ich habe einen Geschäftsfreund in Berlin, vielleicht kann der zwischen den Frauen und Adlon vermitteln.« Rudolf hatte seinen Platz am Schreibtisch eingenommen und sah zu Carl und Katharina hoch, die vor ihm standen.

»Nein, lieber nicht.« Katharina winkte ab. »Ich glaube, dass Adlon Wert darauf legt, dass ich mich um die Sache kümmere.«

»Streng genommen hast du nichts mit seinem Personal zu tun«, stellte Carl klar. »Wir sind nicht schuld daran, dass die Frauen in den Streik getreten sind.«

»Indirekt schon«, entgegnete Katharina. »Sie verlangen von Lorenz Adlon eine Garantie, dass es zu keinen weiteren Entlassungen kommt, wenn unsere neuen Waschmaschinen bei ihm in Betrieb gehen.«

»Und?« Rudolf verschränkte die Hände hinter dem Kopf.

»Adlon weigert sich. Er ist nicht gewillt, sich unter Druck setzen zu lassen, und lässt es nicht zu, dass die Frauen Bedingungen an ihn stellen.«

»Das ist nachvollziehbar«, überlegte Rudolf. »Wo kämen wir als Unternehmer denn hin, wenn unsere Belegschaft uns unser Handeln diktiert?«

»Wie dem auch sei«, sagte Katharina. »Ich denke, dass Adlon erfahren hat, dass ich mich in der Vergangenheit für die Interessen der Arbeiterinnen eingesetzt habe.«

»Du als Frau eines Fabrikanten willst als Vertreterin der Frauenrechtlerinnen auftreten?« Rudolf legte die Stirn in Falten.

»Ja, das stelle ich mir so vor.« Katharina warf Carl einen fragenden Blick zu. »Wann könnten wir in Berlin sein?«

Carl stöhnte auf. »Den Antrag auf das Patent der neuen Waschmaschine kann ich noch nicht einreichen, es fehlt noch die Heizung. Wie lange die Entwicklung dauert, kann ich schwer abschätzen.«

»Dann könntet ihr die Reise zum Kaiserlichen Patentamt verbinden mit einem Besuch bei Adlon«, schlug Rudolf vor.

»Das ist unmöglich zu schaffen«, brummte Carl kopfschüttelnd.

»Dann muss ich alleine nach Berlin.«

»Auf gar keinen Fall.«

»Es geht nicht anders, Carl. Du wirst hier in der Fabrik gebraucht, ich in Berlin.«

Nervös marschierte Carl im Büro auf und ab. »Dann nimm die Kutsche«, schlug er nach einer Weile vor. »Und das Kindermädchen soll dich begleiten.«

»Carl junior hat Schule«, gab Katharina zu bedenken.

»Er bleibt bei Frieda und mir in Gütersloh. Ich will aber nicht, dass du mit Franz allein verreist. Wenn es dir schlecht geht, ist Amelie sicher eine wertvolle Unterstützung.«

Katharina dachte kurz nach und nickte schließlich. »Einverstanden«, sagte sie schweren Herzens. Die Vorstellung, ohne Carl nach Berlin reisen zu müssen, gefiel ihr nicht, doch die Situation in Berlin duldete keinen Aufschub. »Dann sollten wir alles Nötige veranlassen.«

Carl wechselte einen Blick mit Rudolf, der keine Bedenken hatte. »Bevor wir die Reisevorbereitungen treffen, solltest du Lorenz Adlon anrufen und dein Kommen ankündigen.« Er lächelte Katharina aufmunternd zu. »Außerdem muss ich dir noch etwas zeigen.«

Kapitel 15

»Sie sieht großartig aus«, schwärmte Katharina, als Carl sie in seine kleine Werkstatt führte und mit feierlicher Miene das schwarze Tuch von der Waschmaschine zog. Der Geruch nach frischer Farbe drang in ihre Nase. Staunend stand Katharina vor der ersten elektrischen Thiele-Maschine und betrachtete Carls neuestes Meisterwerk. Für den Antrieb sorgte jetzt ein Elektromotor seitlich am Fuß der Maschine. Dieser drehte einen Treibriemen, der letztendlich das Getriebe in Bewegung setzte. Dazu gab es zwei große, schwarz lackierte Zahnräder, die von einer schwarz glänzenden Blechabdeckung geschützt wurden. Ein langer Hebel, dessen Funktion sich Katharina noch nicht erschloss, bildete den Abschluss der Neuerungen. Voller Bewunderung stand sie vor der Waschmaschine.

»Die eisernen Halteböcke habe ich provisorisch zusammengeschweißt. Sie werden später durch massives Gusseisen aus unserer eigenen Gießerei ersetzt. Gefällt sie dir?«

Katharina strahlte. »Sie ist wunderschön.« Ihre Hände fuhren über den glänzenden Holzbottich und den Elektromotor an der Fuß der Konstruktion. »Es sieht aus, als wäre an dieser Stelle nie etwas anderes gewesen als der Motor.«

»Ich habe die vorhandene Maschine einfach umgerüstet und durch Elektrifizierung zeitgemäß gemacht.«

»Das ist großartig. Und es funktioniert auch bei den großen Maschinen?«

Carl lachte leise. »Genau genommen weiß ich nicht einmal, ob es bei der kleinen hier funktioniert.«

»Was bedeutet das?« Eine Sorgenfalte erschien auf Katharinas Stirn.

»Es bedeutet, dass ich sie noch nicht in Betrieb genommen habe.« Carl nahm das Stromkabel in die Hand und hielt den Stecker hoch. »Ich wollte mit dem Probelauf warten, bis du dabei sein kannst.«

Katharina verstand. »Deshalb musstest du mir die Maschine auch unbedingt noch vor meiner Abreise zeigen.« Sie trat einen Schritt zurück und zögerte einen Moment, als Carl ihr das Kabel reichte. Schließlich griff sie zu und steckte den Stecker in die rabenschwarze Bakelit-Steckdose an der Wand. »Ist das spannend«, entfuhr es ihr in fiebriger Aufregung.

»Wenn es funktioniert, ist das der Beginn einer neuen Ära von Waschmaschinen, Liebes.«

Katharina nickte stumm. Vor ihr stand also eine neue Generation, die sie Carls Erfindungsreichtum zu verdanken hatten.

Carl winkte sie zu sich und zeigte ihr den Schalter. »Wenn du den betätigst, kann es losgehen.«

»Und das Wasser?«

Carl schmunzelte. »Das habe ich bereits eingefüllt. Natürlich ist es jetzt kalt, aber es geht ja nur darum, die Funktion des Antriebs auszuprobieren.«

»Was ist das hier für ein Hebel?«, fragte Katharina.

»Damit kann das Wringergetriebe vom Antrieb getrennt werden, damit der Wringer nicht ununterbrochen mitläuft.«

»Das hatte ich auch im Hinterkopf, denn der Wringer wird ja erst am Ende der Wäsche benötigt.« Katharina war stolz auf ihren Mann. »Dann los. Nehmen wir sie in Betrieb.« Sie betätigte den Schalter. Ein leises Summen ertönte, dann lief der Motor an. Das größere der beiden Zahnräder am unteren Ende rotierte langsam, der Riemen flatterte leicht und brachte eine Antriebswelle zum Rotieren, die wiederum das hölzerne Rührwerk in der Holztrommel bewegte. Die Waschlauge im Innern der Maschine rauschte, alles schien reibungslos zu funktionieren.

Katharina schmiegte sich stolz an Carls Schulter. »Sie funktioniert«, rief sie immer wieder begeistert aus.

»Ja«, nickte er. »Ich bin so froh, dass alles läuft.« Carl war erleichtert, und Katharina bemerkte, dass die Anspannung der letzten Tage von ihm abfiel.

»Daran habe ich keine Sekunde gezweifelt«, sagte Katherina. Arm in Arm sahen sie der Waschmaschine bei der Arbeit zu. Sie lief ungewöhnlich leise. »Und?«, fragte Katharina. »Bist du zufrieden?«

Er nickte. »Bis jetzt habe ich nichts auszusetzen.«

»Ach Carl«, seufzte Katharina froh, »wenn sie so robust ist wie unsere gute alte *Satellit*, dann ist das hier das Modell der Zukunft.«

Er nickte, ohne den Blick von der Waschmaschine zu nehmen. »Damit sind wir der Konkurrenz weit voraus. Niemand muss sich mehr neben die Waschmaschine stellen, um sie zu betätigen.«

»Und damit ist die Angst der Waschfrauen in Berlin begründet.« Katharina spürte, wie sich ein ungutes Gefühl in ihr ausbreitete. »Ich muss Argumente finden, die das Arbeiten mit unserem neuesten Modell interessant machen, muss die Vorteile aufzählen und die Nachteile und Bedenken wegwischen.«

»Ich bin sicher, dass du überzeugen kannst.«

Wieder seufzte Katharina. Die Last der Verantwortung lag auf ihren Schultern. »Ich hoffe es so sehr, Carl.« Sie ahnte, dass ihre Aufgabe in Berlin nicht leicht werden würde.

»Du wirst die Frauen von den Vorteilen der elektrischen Waschmaschine überzeugen können«, versicherte Carl, als er ihr besorgtes Gesicht sah. Für ihn bestand tatsächlich kein Zweifel daran, dass sie die aufgebrachten Gemüter beruhigen konnte.

»Der Waschgang ist abgeschlossen«, bemerkte er, als das Rauschen im Waschkübel verebbte und der Motor verstummte. »Jetzt könnte man die gewaschene Wäsche entnehmen und sie über den Wringer trocknen.« Er betätigte den Handhebel und zeigte Katharina, wie sich die kleinen Walzen des Wringers drehten, wie von Geisterhand bewegt.

»Das ist ein Meisterstück«, lobte Katharina. »Du hast alles umgesetzt, was ich mir gewünscht habe!«

»Natürlich, Liebes.« Er hauchte ihr einen Kuss auf die Lippen, und Katharina genoss den kurzen Augenblick der trauten Zweisamkeit. Jetzt wusste sie wieder, dass sie an Carls Seite alles schaffen konnte, was sie sich vorgenommen hatten. Dieses Gefühl verlieh ihr eine ungeahnte Stärke, die sie morgen mit nach

Berlin nehmen würde, um ihre Verhandlungen mit den Waschfrauen des Hotels Adlon zu führen.

★

»Wo bleiben denn Mutter und Vater?« Gelangweilt stand Carl junior am Fenster seines Zimmers und blickte hinab auf die verlassen daliegende Thesings Allee. Inzwischen hatte sich die Dunkelheit wie ein schwarzes Samttuch über das Villenviertel am Stadtpark gesenkt. Franz hatte die Großeltern vor einer Stunde nach Hause gefahren und danach Feierabend gemacht.

»Wenn du noch Hilfe benötigst, dann ruf mich gern«, hatte er Amelie mit auf den Weg gegeben, bevor er sich in seine Kammer zurückgezogen hatte. Seitdem war Stille in der Villa eingekehrt.

Amelie, die dem Jungen gerade etwas aus *Hans Martin – tierfreundliche Erzählung für die Jugend* vorgelesen hatte, ließ das in feines Leinen gebundene Buch sinken. Sie selbst hatte nicht bemerkt, dass es inzwischen dunkel geworden war. Sie hatte die Zeit völlig vergessen, und der Junge hätte längst ins Bett gehört. »Ich könnte mir gut vorstellen, dass deine Eltern noch arbeiten.«

»Warum denn?«, fragte Carl junior traurig.

»Vielleicht weil es viel Arbeit gibt.« Amelie, die im Schneidersitz auf dem Boden des Spielzimmers gesessen hatte, legte das Buch zur Seite und erhob sich. Sie schaltete das Licht ein und half dem Jungen beim Aufräumen. »Hast du noch Hunger?«

»Nein.« Carl räumte den Kreisel in das Regal und schüttelte den Kopf. »Ich bin so oft allein, weil sie manchmal bis spätabends in der Fabrik sind.«

»Frieda ist doch auch da.« Amelie lächelte ihm zu. »Dann bist du doch nicht allein. Und Franz schläft unter der Woche auch im Haus.«

»Aber Mutter und Vater fehlen mir.« Als er zu Amelie aufblickte, schmolz ihr Herz dahin. Dann lächelte er. »Aber das ist ja jetzt nicht mehr schlimm, jetzt bis du ja für mich da.«

»Ja.« Amelie nickte. »Jetzt bin ich für dich da. Und wenn wir fertig aufgeräumt haben, gehen wir runter und sehen in der Küche nach, was es zu essen gibt.«

»Einverstanden.« Carl junior strahlte. »Ich habe jetzt einen richtigen Bärenhunger.«

»Na dann wird es ja höchste Zeit.«

Als sie wenig später die Küche betraten, saß Frieda am großen Tisch und bereitete das Essen für den nächsten Tag vor. »Franz musste noch einmal mit der Kutsche los, die Herrschaften abholen«, berichtete sie. »Sie dürften also bald hier eintreffen.«

»Siehst du«, sagte Amelie an den Jungen gewandt, der ihr brav bis in die Küche gefolgt war, »deine Eltern kommen gleich nach Hause.«

»Dann muss ich schnell ins Bett.«

»Stimmt.« Amelie musste sich an die im Hause üblichen Zeiten noch gewöhnen. »Und ich werde dir noch eine Geschichte vorlesen, wenn du magst.«

»Au ja!« Er strahlte vor Begeisterung und setzte sich wie selbstverständlich an den Tisch. Frieda schob ihm ein Glas warme Milch hin, dazu ein Brot mit Wurst. Der Junge machte sich wie ausgehungert über das einfache Abendessen her. Auch Amelie bekam ein Brot serviert. Sie bedankte sich bei der Haushälterin.

»Kannst ja nicht zugucken, wie der Junge futtert«, lächelte sie und setzte sich zu ihnen. »Wie war denn euer Tag?«

»Großartig!«, rief Carl junior und strahlte Amelie glücklich an. »Mit dir ist es viel besser.«

»Das freut mich.« Amelie war zufrieden. Allerdings spürte sie, dass der lange Arbeitstag sie ermüdet hatte. Sie sehnte sich nach ihrem Bett und war froh, in Kürze nach Hause gehen zu dürfen. Doch noch war es nicht so weit. Nachdem Carl junior gegessen hatte, spülte er seinen Durst mit der warmen Milch herunter. »Jetzt bin ich sehr müde«, stellte er gähnend fest und verabschiedete sich von Frieda. »Komm«, sagte er und nahm Amelie an der Hand. »Du musst mich noch ins Bett bringen.«

»Ja«, nickte sie. »Das werde ich gern tun.« Sie zwinkerte der Haushälterin zu und folgte dem Jungen, der bereits wieder an der Treppe ins Obergeschoss angelangt war. Gleich würde Ruhe einkehren.

*

Katharina und Carl hatten dem Jungen schnell eine gute Nacht gewünscht und sich entschuldigt, dass es so spät geworden war. Amelie hatten sie ins Arbeitszimmer gebeten.

»Wir würden gern mit Ihnen sprechen«, sagte Carl Thiele und klang dabei ein wenig reserviert.

An ihrem Gesicht sah Katharina, dass dem Kindermädchen die Situation unangenehm war. »Wir sind sehr glücklich, dass du bei uns bist«, sagte sie mit einem warmen Lächeln auf den Lippen. »Carl junior mag dich sehr, und im Alltag bist du uns innerhalb kurzer Zeit eine wertvolle Hilfe geworden.«

Amelie errötete. »Vielen Dank.«

Carl kam auf den Grund ihrer Unterhaltung zu sprechen. »Für morgen steht eine weite Reise auf dem Programm. Meine Frau muss schnellstmöglich nach Berlin fahren, um dort geschäftliche Dinge zu besprechen.«

»Und du wirst mich begleiten«, sprach Katharina weiter. »In meinem jetzigen Zustand kann es sein, dass ich Hilfe benötige, sollte es mir unterwegs nicht gut gehen.«

»Ich fürchte, dass ich für solche Fälle keine gute Hilfe bin«, sagte Amelie.

»Warum nicht?« Carl Thiele hob eine Augenbraue.

»Weil ich keine Hebamme bin und im Notfall nicht wüsste, was zu tun ist, wenn die gnädige Frau …«

»Erst einmal geht es darum, mir Gesellschaft zu leisten und Hilfe zu holen«, erklärte Katharina.

»Ich verstehe«, sagte Amelie, obwohl sich ihr nach wie vor nicht erschloss, wofür genau sie auf der Reise benötigt wurde. »Was möchten Sie, dass ich jetzt tue?«

»Dass du zu Hause deinen Koffer packst.« Katharina lächelte. »Wir werden ein paar Tage unterwegs sein.« Sie sah Amelie ihren Zweifel an. »Die Zeit wird schnell vergehen«, versicherte sie ihr. »Und außerdem soll Berlin im Frühling wunderschön sein.«

Amelie kaute nachdenklich auf ihrer Unterlippe und nickte schließlich. »Nehmen wir Carl junior mit?«

»Nein.« Katharina schüttelte den Kopf. »Er bleibt in Gütersloh, wo sich mein Mann, meine Eltern und Frieda um ihn kümmern werden.« Sie wartete einen Augenblick, bis Amelie die Nachricht verarbeitet hatte, bevor sie fortfuhr. »Wir reisen mit der Kutsche, um Zeit zu sparen.«

»Franz fährt uns?« Amelies Augen wurden groß.

»Ja.« Katharina wechselte einen Blick mit Carl, der unmerklich mit den Schultern zuckte. »Warum fragst du?«

»Nur so.« Amelie senkte den Blick. »Ich freue mich auf Berlin.«

»Gut. Dann geh schnell nach Hause, pack deine Sachen und leg dich ein paar Stunden hin. Wir werden dich morgen in der Früh um fünf Uhr abholen, also sei pünktlich an der Straße.«

»Jawohl, gnädige Frau. Gute Nacht zusammen.« Amelie nickte und deutete einen Knicks an, bevor sie den Raum verließ.

»Gute Nacht, Amelie.« Katharina sah zu der Stelle, an der Amelie soeben noch gestanden hatte.

»Was hältst du von ihr?« Carl legte die Füße auf den Schreibtisch und betrachtete seine Frau nachdenklich.

»Sie ist jung und unerfahren. Eine Fahrt nach Berlin erscheint ihr wie eine Weltreise.«

Katharina gähnte. »Es ist spät geworden, auch ich muss noch ein paar Reisevorbereitungen treffen.«

»Ich komme gleich nach oben«, versicherte Carl ihr und warf ihr einen Luftkuss zu.

Kapitel 16

Es war dunkel und kalt am nächsten Morgen. Vor ihrem Mund lagen Atemwölkchen. Immerhin regnete es nicht, als Amelie mit dem alten Lederkoffer in der Hand vor das Haus trat. Fröstelnd zog sie den Schal, der um ihren Hals lag, strammer. Er erinnerte sie an ihre Mutter, die ihr das gute Stück vor zwei Jahren zu Weihnachten geschenkt hatte.

Amelie war aufgeregt. Noch nie hatte sie eine weite Reise unternommen, Berlin kannte sie nur vom Hörensagen. Als Kind war sie einmal in Münster gewesen, ansonsten war Gütersloh ihr Lebensmittelpunkt. Der Vater hatte ihr gestern Abend noch alles Gute gewünscht. Er sei stolz auf sie, denn dass sie schon nach wenigen Tagen im Dienst mit der gnädigen Frau verreisen dürfe, setze ein großes Vertrauen in Amelie voraus. Darüber hatte sie sich gar keine Gedanken gemacht. Und so hatte sie eilig ein paar geeignete Kleidungsstücke in den Koffer gelegt und in aller Frühe in der Küche ein Päckchen mit Proviant für die lange Fahrt zusammengestellt. Jetzt war es also endlich so weit, sie wartete auf die Ankunft der Thiele-Kutsche. Nebelschwaden krochen im Dunst des Morgens über die Straße und ließen Amelie erschaudern. Im matten Licht der

Straßenlaternen wirkte die Umgebung beinahe gespenstisch. Nur in wenigen Fenstern der umliegenden Häuser brannte schon Licht.

Als die Glocke von Sankt Pankratius fünfmal läutete, drang der Hufschlag von zwei Pferden gedämpft an ihre Ohren, begleitet vom Scharren der Wagenräder auf dem Kopfsteinpflaster. Das Gespann schien sich recht flott zu nähern, und Amelies Aufregung stieg. Als sie sich ein letztes Mal umsah, erkannte sie ihren Vater, der am Küchenfenster stand. Er winkte ihr zu, dann wandte er sich ab und entschwand aus ihrem Sichtfeld. Im nächsten Moment bog die vornehme Kutsche der Familie Thiele um die Ecke.

Franz trug einen schweren Mantel über der Uniform des Fuhrmanns und einen Zylinder auf dem Kopf. Auch zu dieser frühen Stunde gab er ein elegantes Erscheinungsbild ab, Er brachte die Pferde zum Stehen und schwang sich vom Bock.

»Guten Morgen, Amelie.« Er tippte zum Gruß an den Hutrand und nickte ihr zu. »Bist du ausgeschlafen?«

»Das wäre übertrieben«, erwiderte Amelie wahrheitsgemäß. Sie hatte nur wenige Stunden geschlafen, bis sie der Wecker um vier Uhr aus den Träumen gerissen hatte. »Aber ich freue mich schon auf Berlin.«

»Warst du noch niemals dort?«

»Nein.«

»Na dann wird es aber höchste Zeit.«

Wie selbstverständlich nahm Franz ihr den Koffer ab und verfrachtete ihn zu den anderen Gepäckstücken. »Auf geht's.« Galant hielt er ihr die Wagentür auf und bedeutete ihr, einzusteigen. Auf der Bank in Fahrtrichtung saß Katharina Thiele. Sie trug ein zweckmäßiges Kleid in Mintgrün, dazu einen Mantel und einen flachen Hut.

»Guten Morgen, gnädige Frau.« Amelie nahm ihr gegenüber Platz.

»Guten Morgen, Amelie, schön, dass du mich begleitest.« Katharina Thiele reichte ihr eine Decke. »Nimm sie, es ist noch frisch, und wir sollten zusehen, dass wir nicht krank werden.«

»Ja.« Amelie faltete die Decke auseinander und wickelte sich darin ein. Franz stand noch immer auf dem Trittbrett. »Wenn du so weit bist, kann es losgehen.« Er lächelte freundlich.

»Ich bin so weit.«

»Gut, dann machen wir uns auf den Weg.« Franz nickte den Frauen zu, schwang sich vom Trittbrett und verschloss die Tür. Wenig später ließ er das Gefährt anrollen.

»Auf ins Abenteuer«, sagte Katharina Thiele mit feierlichem Unterton in der Stimme.

»Ja«, nickte Amelie nur. »Auf ins Abenteuer.« Sie war gespannt, was sie auf der langen Reise erwartete, und hoffte, dass sie reibungslos verlaufen würde. »Geht es Ihnen gut, gnädige Frau?«

»Aber ja.« Katharina Thiele nickte. »Im Gegensatz zu gestern fühle ich mich gut. Hoffen wir, dass es so bleibt.«

*

Am Vormittag bekam Carl Besuch von Paul Klamm. Der Ingenieur hatte sich Gedanken zum Thiele-Automobil gemacht und wollte seinen Auftraggebern die Pläne für den Kraftwagen präsentieren.

»Eines gefällt mir gut an Ihnen«, bemerkte Carl, während Klamm Hut und Mantel ablegte. »Sie arbeiten genau so schnell wie ich, wenn Sie von einer Idee besessen sind.«

»Ich kann nicht aus meiner Haut und muss meine Einfälle immer gleich zu Papier bringen. Außerdem sollten wir keine Zeit verlieren, wenn Sie die Genehmigung für den Bau unseres Automobils schnell beantragen wollen.«

»In der Tat.« Carl erhob sich von seinem Schreibtischstuhl und bat Klamm um einen Augenblick Geduld. Er wollte Rudolf bei dem Gespräch dabeihaben, klopfte kurz an die Tür des angrenzenden Büros und trat ein. Rudolf hatte eben ein Ferngespräch beendet und sah ihn fragend an.

»Paul Klamm ist da, um uns die ersten Pläne zu präsentieren.«

»Und ich habe gerade mit Lorenz Adlon telefoniert. Die Lage in Berlin wird ernst – seit heute früh beteiligen sich weitere Frauen an dem Streik. In seinem Hotel herrscht der Ausnahmezustand.«

»Das ist tragisch. Ich kann nur hoffen, dass Katharinas Reise von Erfolg gekrönt sein wird.«

Rudolf nickte und sprang von seinem Bürostuhl auf, um Carl in dessen Zimmer zu folgen.

Paul Klamm hatte die Pläne des Thiele-Kraftwagens bereits auf dem großen Konferenztisch ausgebreitet. Obwohl sich Carl über den raschen Fortgang der Automobil-Entwicklung freute, hatte er doch Mühe, sich auf das nun folgende Gespräch zu konzentrieren. Immer wieder schweiften seine Gedanken zu

Katharina ab. Er fragte sich, wo die kleine Reisegesellschaft wohl gerade war und ob es seiner Frau gut ging.

*

»Es wird schlimmer.« Mit einem besorgten Gesichtsausdruck sah Fritz in der Hotellobby aus dem Fenster. »Es sind jetzt bestimmt hundert, hundertfünfzig Frauen, die sich vor dem Hotel versammelt haben.«

Lorenz Adlon, der ruhelos neben ihm auf und ab schritt, hielt inne und warf ebenfalls einen Blick nach draußen. »Es sind Frauen dabei, die nicht auf unserer Lohnliste stehen«, stellte er fest. »Sie zeigen sich solidarisch mit unseren Angestellten.«

»Vermutlich, weil sie das gleiche Schicksal fürchten«, bemerkte der Chefconcierge nachdenklich. »Heute Morgen schon berichtete die Zeitung, vor unserem Haus demonstriere eine ganze Meute aufgebrachter Frauen gegen den ›Fluch der Maschinen‹.«

»Das Ganze wird zu einer Propaganda-Veranstaltung, zu einem Machtspiel der Arbeiterinnen gegen unser Haus.« Lorenz Adlon schüttelte den Kopf. »Aber ich werde nicht abweichen von meinem Vorhaben, stets die neuesten Maschinen anzuschaffen. Schließlich erleichtern sie den Frauen die Arbeit.«

Fritz lachte humorlos auf und deutete mit dem Daumen nach draußen. »Sagen Sie das denen mal.«

»Ich weiß, Fritz, ich weiß.« Adlon setzte seinen Marsch durch das Foyer fort. Der dicke Teppich dämpfte seine Schritte. »Uns werden die Gäste ausbleiben, weil sie fürchten, in unserem

Hause nicht mehr beherbergt zu werden. Weil sie Angst haben, dass es keine frische Bettwäsche gibt, solange die Frauen sich im Streik befinden.«

»Wollen Sie den Aufstand beenden?« Fritz betrachtete ihn.

»Wie denn? Indem ich Zugeständnisse mache?« Adlon schüttelte energisch den Kopf. »Auf gar keinen Fall. Ich erwarte die Ankunft von Katharina Thiele, die sich in der Vergangenheit als eine geschickte Vermittlerin erwiesen hat.« Er zog die Taschenuhr hervor, klappte sie auf und warf mit zusammengekniffenen Augen einen Blick auf das Ziffernblatt. Es war Mittagszeit, unter normalen Umständen wären seine Restaurants um diese Zeit bis auf den letzten Tisch besetzt. Jetzt herrschte gähnende Leere in den Räumlichkeiten, die an das eigentliche Hotel grenzten. Lorenz Adlon überlegte, ob er dem Kaiser einen Brief schreiben und ihn um Hilfe bitten sollte. Doch auch die kaiserliche Polizei schien machtlos zu sein gegen die Streiks, die in Berlin wüteten und das Leben in der Hauptstadt immer wieder zu großen Teilen lahmlegten. Zwar liefen die Kundgebungen der Arbeiter zumeist friedlich ab, doch der volkswirtschaftliche Schaden würde in die Millionen gehen, schätzte der Hotelier. Nicht nur sein Betrieb war geschäftsunfähig, auch die großen Fabriken wie AEG und Löwe waren seit Wochen betroffen. Angefangen hatte alles mit einem Streik der Kohlekutscher, die sich weigerten, weiterhin für einen Hungerlohn, wie sie es nannten, zu fahren. In der Allgemeinen Electricitäts-Gesellschaft standen die Maschinen still, und längst hatten sich andere Gewerke dem Streik angeschlossen. In Moabit hatten Straßenkämpfer nachts das Pflaster entfernt, um Streikbrechern den Transport von Waren zu erschweren.

Die Lage war beunruhigend, und nun war auch das *Hotel Adlon* betroffen, ein Ort, der sonst eine elegante Unnahbarkeit ausstrahlte und über allem Dunklen der Stadt erhaben zu sein schien.

»Wir sollten dringend um die Bereitstellung polizeilichen Schutzes bitten«, meinte Fritz, als die Sprechgesänge vor dem Hotel einen bedrohlichen Unterton annahmen. »Wenn das so weitergeht, werden sie uns die Fenster mit Steinen einwerfen und Feuer im Haus legen.«

Lorenz Adlon bemerkte, dass sein Assistent seine geheimsten Befürchtungen aussprach. Niemals hatte er gedacht, dass die in der Zeitung als ›Moabiter Unruhen‹ bezeichneten Streiks auch das Hotel betreffen würden.

»Das werden sie nicht wagen«, entgegnete Lorenz Adlon, obwohl er sich nicht sicher war, dass die Lage vor dem Haus nicht schon in den nächsten Stunden eskalierte.

*

Katharina erwachte aus ihrem Traum, als sie wahrnahm, dass die Kutsche stand. Die letzte Nacht hatten sie in einem einfachen Gasthof verbracht, in dem bis spät in die Nacht Betrieb geherrscht hatte. So hatte Katharina kaum Schlaf gefunden, auch die Qualität der viel zu weichen Matratze hatte zu wünschen übrig gelassen. Gleich nach dem Frühstück hatten sie die Weiterfahrt nach Berlin angetreten. Sicher wurden sie von Lorenz

Adlon sehnsüchtig erwartet. Das gleichmäßige Schaukeln und das monotone Klappern der Hufe hatten sie rasch in einen tiefen Schlaf gewiegt, der nun abrupt beendet worden war. Mit klopfendem Herzen setzte sie sich aufrecht. Sie war allein in der Kutsche. Rasch warf sie die Wolldecke, in die sie gehüllt war, zur Seite und beugte sich zum Fenster hinaus. »Ist etwas geschehen?«

Amelies Gesicht erschien neben dem Wagen. »Nein, gnädige Frau, die Pferde mussten versorgt werden. Franz hat eine kleine Pause eingelegt. Und ich habe mir währenddessen ein wenig die Beine vertreten, wollte Sie aber nicht wecken, und ich …«

»Schon gut, schon gut«, sagte Katharina erleichtert. »Ich habe mir nur Sorgen gemacht.«

Jetzt trat auch Franz an das Fenster der Kutsche. »Es ist alles in Ordnung, gnädige Frau, die Fahrt kann in wenigen Minuten weitergehen.«

Das zufriedene Schnaufen der Pferde drang an Katharinas Ohren. »Dann bin ich beruhigt.« Sie öffnete die Tür der Kutsche, um draußen ein paar Schritte zu gehen. Franz eilte herbei und half ihr beim Aussteigen. Mantel und Jacke hatte er abgelegt, denn inzwischen hatte sich die Sonne ihren Weg durch die Wolken gebahnt. Katharinas Gedanken kreisten um Carl. Sie war es nicht gewohnt, über einen längeren Zeitraum von ihm getrennt zu sein, und sie vermisste seine Gesellschaft.

Wie schön wäre es, wenn er jetzt bei mir sein könnte, dachte sie sehnsuchtsvoll. Sie hoffte, dass sie ihre Mission in Berlin schnell und erfolgreich zu einem guten Ende bringen würde, um baldmöglichst den Heimweg nach Gütersloh antreten zu können. Doch noch war es nicht so weit.

»Übrigens habe ich unterwegs eine Zeitung erstanden«, sagte Franz und reichte ihr das Papier. Schon auf der ersten Seite wurde über die Streiks im fernen Berlin berichtet. Die Buchstaben verschwammen vor Katharinas Augen zu einer breiigen Masse, sie kämpfte gegen den Schwindel an, der sie befiel, und überflog den Artikel, der von schweren Unruhen in den Straßen der Hauptstadt berichtete. Hätte Carl das gewusst, hätte er die Reise sicher nicht befürwortet. Doch jetzt war sie unterwegs und musste zusehen, dass sie zwischen Lorenz Adlon und den Arbeiterinnen vermitteln konnte. Zum ersten Mal wurde ihr bewusst, welch schwere Aufgabe sie sich mit dem Vorsatz, eine friedliche Lösung herbeizuführen, gestellt hatte.

»Lassen Sie uns schnell weiterfahren«, sagte sie mit belegter Stimme und faltete die Zeitung mit lautem Rascheln zusammen. »Ich möchte keine Zeit verlieren.«

»Sehr wohl, gnädige Frau.« Franz salutierte und geleitete die Frauen zurück zum Wagen. Auch er schien es plötzlich eilig zu haben.

*

»Robust und sicher sollte es sein«, bemerkte Carl, ohne zu zögern. »Robuster als die Automobile der Konkurrenz – und ebenso robust wie unsere Maschinen, denn dafür steht unser Name.«

Paul Klamm schrieb mit.

»Und rot lackiert«, fuhr Carl fort und fing sich einen missbilligenden Blick von Rudolf ein, den er großzügig ignorierte.

»Rot ist die Farbe unseres Unternehmens, sie hat einen hohen Wiedererkennungswert. Außerdem ist Rot Katharinas Lieblingsfarbe.«

»Sollen wir das Automobil nach ihr benennen?«, fragte Rudolf sarkastisch.

»Das ginge zu weit«, lachte Carl und lehnte sich zurück. »Aber wie wäre es mit ›Tourenwagen Typ K1‹?«

Als Rudolf und Klamm schwiegen, erläuterte Carl seinen Namenswunsch: »Der Buchstabe K steht natürlich für Katharina, Männer. Und die Eins für unser erstes Modell. Einverstanden?«

»Von mir aus – wenn wir die nächste Waschmaschine nach meiner Frau benennen«, feixte Rudolf, bevor er wieder ernst wurde und sich an Klamm wandte. »Ich wünsche mir Bordwerkzeug, damit sich die Besitzer unterwegs selbst helfen können.«

»Steht das nicht im Gegenspruch zur Robustheit?«, wagte Klamm einen Einspruch.

»Nein«, erwiderte Carl, »das Werkzeug soll nicht zum Einsatz kommen, den Fahrern aber ein Gefühl von Sicherheit vermitteln.«

»Das klingt plausibel«, räumte der Ingenieur ein.

»Um bei jedem Wetter fahren zu können, würde ich unseren Kunden gern zwei Karosserievarianten anbieten – eine geschlossene und eine offene«, fügte Rudolf hinzu. Carl erinnerte sich an das Gespräch, das er mit Katharina vor einigen Jahren geführt hatte, als sie sich zum ersten Mal über einen Kraftwagen unterhalten hatten.

»Und ich möchte unseren Kundendienst mit eigenen Fahrzeugen ausstatten«, sagte er. »Dafür benötigen wir eine dritte Variante, die Lasten transportieren kann, weil die Techniker viel Werkzeug und Ersatzteile mit sich führen müssen.«

»Dann schlage ich ein Chassis in zwei unterschiedlichen Längen vor.« Klamm schrieb eifrig mit. »Ich tendiere übrigens zu einem Vierzylindermotor, also einem, bei dem alle Zylinder in Reihe angeordnet sind«, schlug er vor.

»Das dürfen Sie entscheiden, Sie sind der Experte«, erwiderte Carl, nachdem er einen Blick mit Rudolf gewechselt hatte. »Uns ist noch wichtig, dass der Wagen einfach zu bedienen ist.«

Klamm überlegte kurz, dann nickte er. »Für die Kraftübertragung sollten wir eine Lamellenkupplung einsetzen, die für ein leichtes Umschalten der Gänge und ein stoß- und ruckfreies Anfahren sorgt.« Er sah erst Carl, dann Rudolf an. »Ich habe mir in den letzten Tagen schon Gedanken über die Konstruktionsdetails gemacht«, eröffnete er den Freunden und erläuterte im Folgenden zahlreiche Details zu Antrieb und Motor.

Carl musste sich eingestehen, dass er Paul Klamm in diesen Punkten nicht mehr folgen konnte. Ein Blick zu Rudolf bestätigte, dass es ihm ähnlich erging.

»Wir verlassen uns ganz auf Ihre Expertise«, sagte er deshalb an Klamm gewandt. »Also enttäuschen Sie uns nicht.«

»Worauf Sie sich verlassen können, meine Herren.« Klamm grinste jovial. »So, meine Herren, welche Merkmale darf ich noch ins Lastenheft aufnehmen?« Er spielte mit seinem Stift und betrachtete die Thiele-Gründer erwartungsvoll. »Bauen Sie unseren Kraftwagen elegant, robust, sicher und zuverlässig, einfach in der Bedienung und mit einem leisen Motor«, fasste Rudolf noch einmal zusammen. »Wenn Sie diese Punkte berücksichtigen, dann sind wir auf einem guten Weg.« Er wandte sich an Carl. »Und sobald Katharina zurück ist, kann sie sich Gedanken darüber machen, wie die Reklame aussehen könnte, die unser Firmenautomobil schmücken soll.«

Carl nickte. »Das macht sie sicher gern.« Die Männer lösten die Runde auf. Klamm packte die Unterlagen in seine Ledertasche und erhob sich. »Wir hören voneinander«, versprach er und verabschiedete sich von den Freunden. Als er gegangen war, beschloss Carl, Lorenz Adlon ein Telegramm zu schicken, in dem er Katharina bat, ihn in der Fabrik anzurufen, sobald sie Berlin erreicht hatte. Das Bedürfnis, kurz ihre Stimme zu hören, wurde seit ihrer Abreise am frühen Morgen immer stärker. Er vermisste sie sehr und konnte ihre Heimkehr schon jetzt kaum erwarten.

Kapitel 17

Am späten Abend des zweiten Reisetages erreichten sie die Straße Unter den Linden. Katharina war aufgeregt. »Wir sind gleich da«, rief Franz vom Bock in das Innere des Wagens.

Amelie, die im Polster ein wenig gedöst hatte, richtete sich auf. »Berlin?«, fragte sie verschlafen. »Sind wir da?«

»Ja.« Katharina nickte. Mit verzerrter Miene rieb sie sich den schmerzenden Rücken. »Das wurde auch Zeit. Und Franz muss auch dringend ein paar Stunden schlafen, er muss hundemüde von der Fahrt sein und hat sich die Nacht in einem ordentlichen Bett mehr als verdient.«

»Keine Ursache, gnädige Frau«, rief Franz von vorn, der offenbar die Unterhaltung mitgehört hatte. Plötzlich stieß er einen wilden Fluch aus.

»Was ist los?« Katharina beugte sich halb aus dem Fenster und ahnte, was sie erwartete. In Berlin herrschte Tag und Nacht reges Treiben auf den Straßen. Doch diesmal waren dafür kriegsähnliche Verhältnisse und nicht etwa ausgelassenes Nachtleben verantwortlich.

»Es ist schlimmer, als ich es mir vorgestellt habe«, rief Franz.

Stimmengewirr drang in das Innere des Wagens. Katharina

sah im Widerschein der Straßenbeleuchtung, dass Amelie kreidebleich geworden war. Wie gern hätte sie ihr gesagt, dass sie sich nicht fürchten müsse. Doch das wäre unpassend gewesen, denn die Stimmung draußen war aufgeheizt.

Unterwegs hatte Katharina dem Kindermädchen erklärt, warum sie auf den Weg in die Hauptstadt waren. Sie war froh, dass Amelie mitgekommen war, so fühlte sie sich ein wenig sicherer. Jetzt allerdings verließ sie sich auf die Geschicke des Kutschers. Immer wieder marschierten Demonstranten an der Kutsche vorbei. Sie grölten Parolen und drohten mit den Fäusten. »Sie sind nicht auf uns wütend, deshalb können sie uns nichts anhaben.«

»Ihr Wort in Gottes Ohr«, erwiderte Amelie ein wenig kleinlaut. Katharina sah ihr an, dass sie Angst hatte, und sprach beruhigend auf sie ein.

»Wir sind am Ziel«, rief Franz von vorne, während er das Tempo drosselte. »Das sieht, mit Verlaub gesagt, nicht gut aus, gnädige Frau.«

Katharina beugte sich wieder aus dem Fenster, dann sah sie die Bescherung. Das *Hotel Adlon* erhob sich majestätisch in den Nachthimmel, doch es schien seinen Glanz seit ihrem letzten Besuch verloren zu haben. Es wirkte wie die Kulisse in einem skurrilen Theaterstück. Unzählige der Fenster des Hauses waren dunkel, und die Menschenmenge vor dem Portal wirkte bedrohlich. Doch Katharina hatte keine Wahl. Sie bat Franz, die Kutsche ein wenig abseits abzustellen.

»Was soll ich tun, gnädige Frau?«, fragte Franz, nachdem er das Fuhrwerk zum Stillstand gebracht hatte.

»Halten Sie sich zurück, ich versuche, das zu regeln.«

»Wie Sie wünschen, gnädige Frau.«

Katharinas Herz klopfte heftig vor Aufregung. Ihr war nicht danach, sich mit den aufgebrachten Frauen vor dem Hotel zu streiten. Allein der Umstand, dass sie trotz später Stunde an diesem Ort ausharrten, stellte ihren verbitterten Kampfgeist unter Beweis. Katharina stieg aus und streckte sich, bevor die Demonstrantinnen sie wahrnahmen. Sie wandte sich um und suchte vergebens nach einem Wachtmeister, der sie im Ernstfall schützen konnte, doch offensichtlich war sie auf sich selbst gestellt. Franz und Amelie wollte sie aus einer möglichen Konfrontation heraushalten, solange es ging. Die streitsüchtigen Frauen wandten sich zu ihr um und tuschelten. Es mochten zehn, zwanzig Frauen sein, die hier die Stellung hielten. Katharina nahm allen Mut zusammen, als sie ihr Wort an die Frauen.

»Guten Abend, die Damen.«

»Sagt wer?«, fragte eine von ihnen barsch. Katharina schätzte sie auf Ende vierzig, sie war groß und stämmig und blickte Katharina feindselig entgegen.

»Mein Name ist Katharina Thiele.«

Für einen Moment herrschte Stille. Die Frauen steckten die Köpfe zusammen und schienen sich zu beraten.

»Sie haben das also zu verschulden«, rief die Sprecherin.

»Was habe ich zu verschulden?«

»Sie haben uns den Untergang gebracht, indem Adlon diese Teufelsdinger angeschafft hat.« Zustimmendes Grölen machte sich breit und Vorwürfe flogen ihr entgegen. »Unsere Arbeitsplätze sind in Gefahr.« »Wir werden in der Gosse landen wegen Ihnen!«

Bevor Katharina etwas entgegnen konnte, wurden die Schreie der Frauen lauter.

»Weg mit Thiele, nieder mit den Waschmaschinen!«

Vor dem Werkstor in Gütersloh war es Katharina gelungen, die Frauen zu besänftigen und sie zum Gehen zu bewegen. Sie bezweifelte aber, dass ihr das hier gelingen würde. Die Fronten zwischen den Frauen und Lorenz Adlon schienen sich verhärtet zu haben.

In einem angemessenen Abstand war sie stehen geblieben. Sie spürte, dass Franz sich hinter ihr aufgebaut hatte.

Katharina betrachtete die Frauen im Schein der Straßenlaternen. Sie trugen einfache Kleider und Schürzen, ihr Schuhwerk war grob, und sie schienen von schwerer körperlicher Arbeit gezeichnet zu sein. Kurz dachte Katharina an ihre eigene Vergangenheit. Bis sie Carl kennengelernt hatte, hatte sie auf dem Bauernhof ihrer Eltern gelebt und jeden Tag von früh bis spät geschuftet. Sie wusste durchaus, was es bedeutete, hart anzupacken.

»Was machen Sie hier, meine Damen?« Katharina stellte sich dumm.

»Was wir hier machen?« Die Sprecherin von vorhin löste sich aus der Menschenmenge. »Wir fordern, dass Adlon diese Höllendinger aus seinem Hotel verbannt.«

»Höllendinger?« Katharina runzelte die Stirn.

»Ja, Höllendinger. Diese Waschmaschine ist unser Untergang.« Die Frau nickte. »Niemals mussten wir um unsere Existenz bangen, wir wurden als Haushälterinnen, Zimmerdamen und als Waschfrauen eingestellt. Jetzt, wo sich die Wäsche wie von selbst erledigt, sind viele von uns überflüssig geworden.«

Kurz dachte Katharina an die neueste Errungenschaft im Programm von Thiele & Cie. Wenn die Frauen Wind bekamen von dem neuartigen elektrischen Antrieb, würde es ihr kaum gelingen, sie zu besänftigen.

»Die Waschmaschine soll Ihnen allen eine Arbeitserleichterung sein, mehr nicht.« Katharina spürte, wie ihr das Herz bis zum Halse klopfte. »Nicht aber für Arbeitslosigkeit sorgen.«

»Das tut sie aber!«, rief eine jüngere Frau und schüttelte die Fäuste. »Sie nimmt uns die Existenz!«

»Das ist Unsinn.« Katharina wunderte sich insgeheim über den Mut, den sie aufbrachte.

»Unsinn?« Die Frauen wechselten Blicke miteinander. »Hat sie Unsinn gesagt?«

»Ja, das hat sie.«

Katharina nahm wahr, dass Lorenz Adlon sich am Eingang des Hotels aufgebaut hatte. Breitbeinig stand er da und ließ seinen Blick über die aufgebrachte Menge schweifen. »Und deshalb sollten Sie Frau Thiele jetzt unbehelligt passieren lassen«, rief er mit kräftiger Stimme. Die Frauen wandten sich ihm zu.

»Und was, wenn wir uns weigern?«

»Dann wird es keine zufriedenstellende Lösung geben. Frau Thiele hat den weiten Weg aus Westfalen angetreten, um zu vermitteln.«

Wieder berieten sich die Frauen.

»Und Ihre Dienstboten werden Sie auch unbehelligt passieren lassen«, riet Adlon den Frauen.

Katharina warf dem Hotelier einen dankbaren Blick zu. Der lächelte schwach. Im nächsten Moment traten die Frauen beiseite und bildeten eine schmale Gasse, durch die Katharina und Amelie unbehelligt ins Hotel gelangen konnten.

»Ich schicke gleich jemanden, der Ihnen behilflich ist«, rief Adlon in Richtung Franz. Dann wandte er sich an die beiden Frauen und geleitete sie ins Foyer.

»Herzlich willkommen in Berlin, meine Damen. Auch wenn der Anlass Ihrer Reise und die hier vorgefundenen Umstände alles andere als erfreulich sind.«

Amelie erschien beeindruckt von der imposanten Eingangshalle des Adlon. Staunend und ehrfürchtig zugleich sah sie sich um. Die Halle glich einer Kathedrale, mit massiven Säulen aus prächtigem Marmor, die nach oben hin zu einem Lichthof führten. Das bunte Glas der Kuppel schien sogar bei gedämpfter Beleuchtung zu glänzen.

»Wir sind froh, hier zu sein«, sagte Katharina.

»Ich danke Ihnen sehr, Frau Thiele, dass Sie gekommen sind, um mir in einer misslichen Situation beizustehen. Ich hoffe, Sie hatten eine gute Reise.«

»Die Reise verlief ohne Zwischenfälle, nur die letzten Kilometer waren beschwerlich«, erwiderte Katharina. »Darf ich Ihnen Amelie vorstellen? Sie arbeitet als Kindermädchen bei uns und unterstützt mich auf dieser Reise.«

»Ich habe Zimmer für Sie und Ihre Begleiter vorbereiten lassen«, erklärte Adlon. »Sicher sind Sie erschöpft und wollen sich ausruhen. Und morgen beraten wir uns, wie wir gegen die streikenden Frauen vorgehen.« Ihm schien noch etwas einzufallen. »Ach so«, sagte er mit gedämpfter Stimme, so dass Amelie es nicht hören konnte. »Ihr Mann hat mir ein Telegramm geschickt. Ich soll Ihnen ausrichten, Sie mögen ihn anrufen.« Lorenz Adlon zwinkerte ihr zu. »Wahrscheinlich macht er sich Sorgen und möchte wissen, ob alles in Ordnung ist.«

Katherina errötete. »Danke«, sagte sie. »Darf ich Ihren Fernsprecher nutzen?«

»Selbstverständlich.« Adlon nickte. »Bitte folgen Sie mir in mein Büro.«

Katharina bat Amelie, im Foyer zu warten. Diese sank auf einen der bequemen Sessel und schien sich nicht sattsehen zu können an der prunkvollen Einrichtung des Foyers.

Lorenz Adlon bat einen Bediensteten, sich um den Kutscher zu kümmern. »Helfen Sie ihm beim Gepäck der Herrschaften, beim Abspannen und Versorgen der Pferde. Die Tiere werden sicherlich erschöpft sein.« Anschließend machte er eine einladende Geste. Katharina folgte ihm ins Büro, das sie schon von ihren vorigen Besuchen in Berlin kannte. Adlon deutete auf den Fernsprecher auf seinem Schreibtisch. »Nehmen Sie Platz.« Katharina bedankte sich. Der Hörer des Fernsprechers lag schwer in ihrer Hand. Sie ließ sich mit dem Anschluss der Firma *Thiele & Cie.* verbinden, und Carl meldete sich nach dem ersten Tuten im Hörer.

»Katharina«, rief er erleichtert. »Geht es dir gut?«

»Ja«, antwortete sie. »Die Fahrt war sehr anstrengend, aber Amelie hat mir vorbildlich Gesellschaft geleistet und war stets bemüht, mir die Reise so angenehm wie möglich zu gestalten. Und Franz ist ein hervorragender Kutscher. Trotzdem schmerzt mein Rücken jetzt, und wir sind alle am Ende unserer Kräfte.« Sie seufzte und unterdrückte ein Gähnen. Lorenz Adlon zog sich dezent aus seinem Büro zurück. Jetzt konnten sie ungestört reden.

»Es ist schlimm hier«, flüsterte sie in den Hörer und berichtete Carl von den Streiks, die Berlin offenbar fest im Griff hatten. »Das grenzt schon an einen Aufstand des Volkes. Ich muss überlegen, was ich den Frauen morgen sage, um sie zu besänftigen. Wenn sie weiter streiken, kann Lorenz Adlon keine Gäste beherbergen und muss schließen – dann wird er auch keine Waschmaschinen mehr benötigen.«

»Pass bitte auf dich auf.« Carl klang besorgt um seine Frau, das Geschäftliche schien ihm egal zu sein.

»Das werde ich tun. Doch erzähl, wie ist es dir ergangen? Ich hatte offen gestanden nicht damit gerechnet, dich noch im Büro anzutreffen.«

Carl lachte leise. »Ich arbeite noch. Habe mir die Zeit vertrieben und an der Wasserheizung gearbeitet.«

»Was ist mit Carl junior?«

»Deine Eltern sind in der Villa Thiele und kümmern sich um den Jungen.«

»Das ist gut, bei ihnen ist er in den besten Händen.«

»Das scheint mir auch so.«

Katharina glaubte zu hören, wie er am anderen Ende der Leitung nickte. »Ich vermisse dich, Liebes.«

»Und ich vermisse dich.« Sie seufzte sehnsüchtig. »Schlaf gut und geh nach Hause, damit du morgen ausgeruht bist. Und drück Carl junior von mir.«

»Das werde ich tun. Gute Nacht, Liebes.« Ein Knacken in der Leitung kündete davon, dass er aufgelegt hatte. Einen Moment lang hielt Katharina den Hörer in der Hand, bevor sie ihn auf die vergoldete Gabel zurücklegte und sich von Adlons Stuhl, der an einen Thron erinnerte, erhob. Carl fehlte ihr, und sie hoffte, heute Nacht gut schlafen zu können. Katharina verließ das Büro und traf im Foyer auf Adlon, der an der Rezeption stand. »Vielen Dank für das Telefonat.«

Adlon winkte weltmännisch ab. »Gern geschehen.« Er legte drei Schlüssel auf den Tresen. »Hier«, sagte er, »das sind die Zimmer, die ich Ihnen habe herrichten lassen. Schlafen Sie gut und erholen Sie sich von den Strapazen der Reise. Wir sehen uns morgen früh.«

Wieder bedankte sich Katharina. Als sie sich im Foyer umblickte, fiel ihr auf, dass Franz noch nicht aufgetaucht war.

»Ich werde auf Ihren Kutscher« warten, versprach Adlon. »Sehen Sie zu, dass Sie Schlaf bekommen!«

»Das mache ich.« Katharina ergriff die Schlüssel und nickte Amelie zu, die sich erhob. Langsam fiel die Anspannung von Katharina ab, und sie freute sich auf das Bett in ihrem Hotelzimmer.

*

Carl lag in dieser Nacht lange wach. Er hatte sich vor dem Schlafengehen noch einen edlen schottischen Whisky genehmigt, der ihn schläfrig machen sollte. Doch weit nach Mitternacht lag er immer noch wach. Er lag mit hinter dem Kopf verschränkten Armen im viel zu großen Bett und starrte an die Zimmerdecke. Katharina fehlte ihm sehr. Sie war begeistert gewesen von der elektrifizierten Waschmaschine. Sobald sie zurück war, würde sie sich Gedanken über die Reklame machen müssen. Das neueste Modell musste angemessen beworben werden, um viele Käufer zu finden. Doch das bereitete ihm keine Sorgen. Seine Frau war einfallsreich und gewitzt, wenn es darum ging, die breite Öffentlichkeit für Thiele-Produkte zu interessieren, sei es in Form von Zeitungsannoncen oder Plakaten.

Jetzt ging es erst einmal darum, die Lage in Berlin zu klären. Wenn es gut lief, würde Adlon den Auftrag für die neuen Maschinen nicht zurückziehen. Und er würde mehr bestellen, das hatte er vor einiger Zeit bereits angekündigt. Lorenz Adlon war ein einflussreicher Mann in der Hauptstadt, und es würde Carl nicht wundern, wenn bald der Kaiser auf Adlons Empfehlung bei ihm eine Waschmaschine bestellte.

So wie Carl die Lage einschätzte, hing jetzt alles von Katharinas Verhandlungsgeschick ab. Er seufzte sehnsüchtig, als seine Hand über das leere Kopfkissen an seiner Seite fuhr. Er glaubte, ihren Geruch in der Bettdecke wahrnehmen zu können, und atmete genießerisch ein. Doch das Bett neben ihm blieb leer. Die Nächte, die sie getrennt voneinander verbracht hatten, konnte er an einer Hand abzählen, denn wann immer es ging, verreisten sie gemeinsam.

Diesmal war es anders. Erschwerend kam hinzu, dass Katharina ein Kind bekam und auf sich aufpassen musste. Als Carl die

Augen schloss, sah er sich, Katharina, Carl junior und ein kleines Mädchen über eine üppig blühende Blumenwiese laufen. In den Bäumen zwitscherten die Vögel, im Gras summten Bienen, und die Blumen dufteten nach Frühling. Es dauerte nur wenige Minuten, bis er eingeschlafen war.

*

Da waren Schüsse. Abgefeuert in weiter Ferne. Und Stimmen, die etwas riefen, das sie nicht gleich verstand. Immer wieder diese Schüsse.

Unruhig wälzte sich Amelie im weichen Bett ihres kleinen Hotelzimmers herum. Irgendwann wurde ihr Name gerufen.

»Amelie, bist du wach?«

Langsam nur registrierte sie, dass es keine Schüsse waren, von denen sie geträumt hatte. Jemand klopfte zaghaft an der Tür. Immer wieder hörte sie ihren Namen. Amelie schüttelte den Schlaf ab und richtete sich im Dunkel ihres Zimmers auf. Die Bettwäsche raschelte vernehmlich. Sie brauchte einen Moment, bis sie begriff, dass sie nicht in ihrem einfachen Kastenbett in der kleinen Wohnung in Gütersloh lag, sondern im Hotel Adlon in Berlin. Erschöpft von der langen Reise, hatte sie, kaum dass sie im Bett gelegen hatte, tiefer Schlaf übermannt. Langsam wichen die Schleier ihres Traumes in den Hintergrund ihres Bewusstseins.

»Wer ist da?«, fragte sie, nachdem es erneut geklopft hatte.

»Na, ich bin es.«

Amelie war versucht, sich wieder in die Laken sinken zu lassen. Sie halluzinierte schon. Wer, um Himmels willen, kannte sie hier in Berlin und begehrte nachts im Hotel Einlass in ihr Dienstbotenzimmer?

»Mach schon auf, Amelie, ich will nicht ewig hier stehen.« Die flüsternde Stimme klang jetzt eindringlich.

Amelie schob die Bettdecke zur Seite und erhob sich. Sie warf die einfache Strickjacke, die über der Stuhllehne hing, über und stapfte barfuß zu der Stelle, wo sie den schmalen Lichtbalken unter der Tür in den Raum dringen sah. Schlaftrunken zog sie den Riegel zur Seite und öffnete die Tür einen Spaltbreit – um in das Gesicht von Franz zu sehen. »Na endlich«, raunte er. »Ich dachte schon, ich krieg dich gar nicht wach.«

»Franz!« Jetzt war Amelie schlagartig wach. Ihr Herz vollführte einen Freudensprung. »Was tust du denn hier?« Sie zog die Tür auf.

Franz warf einen hastigen Blick über die Schulter, wohl um sich zu vergewissern, dass ihn niemand sah, und huschte in ihr Zimmer. Eilig drückte er die Tür ins Schloss und schob wie selbstverständlich auch den Riegel wieder vor.

»Ich konnte nicht schlafen.«

Schemenhaft erkannte Amelie seine hochgewachsene Gestalt und war versucht, die Hände nach ihm auszustrecken.

»Du kannst nicht schlafen?«, sagte sie, heiser vor Aufregung. »Aber du musst müde sein von der langen Reise.«

»Ich habe Rückenschmerzen.«

Amelie glaubte zu erkennen, dass er in der Dunkelheit das Gesicht schmerzhaft verzerrte.

»Ganze zwei Tage habe ich in einer unbequemen Haltung auf

dem harten Kutschbock verbracht, und jetzt finde ich keinen Schlaf.«

»Ach so ist das. Was kann ich denn für dich tun?« Aus einem ihr unerfindlichen Grund beschloss Amelie, das Licht nicht einzuschalten. Sie glaubte zu spüren, dass die Luft um sie herum flirrte.

»Ich weiß es nicht«, gestand Franz. »Ich hatte einfach gehofft, dass du noch nicht schläfst und dass wir plaudern können. Das würde mich sicher von den Schmerzen ablenken. Nun ist es mir fast ein wenig unangenehm, dich geweckt zu haben.« Er lächelte entschuldigend.

Amelie kam eine Idee. Früher hatte sie ihren Vater oft massiert, wenn er über Rückenbeschwerden klagte.

»Leg dich auf das Bett.«

»Wie bitte?«, fragte Franz überrascht.

»Du sollst dich auf das Bett legen«, wiederholte sie amüsiert. »Keine Angst, ich werde nichts tun, was du nicht möchtest.«

»Aber … was hast du vor?« Zögernd kam er der Aufforderung nach.

Sie setzte sich zu ihm auf die Bettkante, um sich über ihn zu beugen. »Mein Vater«, begann sie, »ist Zimmermann. Er klagt oft über Schmerzen. Und von meiner Mutter habe ich gelernt, was dagegen zu tun ist. Leg dich auf den Bauch.«

»Wie bitte?«

»Nicht fragen, einfach machen.« Insgeheim wunderte sie sich über ihre Selbstsicherheit.

Franz drehte sich auf den Bauch und verschränkte die Arme so, dass er das Kinn darauf aufstützen konnte. Amelie beugte sich zu ihm herab, legte ihre Hände auf seinen Rücken und begann mit einer Massage.

»Aua, willst du mir den Rücken brechen?«

Amelie lachte auf. »Hast wohl nicht damit gerechnet, dass meine Hände so fest zupacken können, was?«

»Wirklich nicht.« Franz schüttelte den Kopf und stöhnte unter ihren Berührungen auf. »Das tut gut«, keuchte er schließlich. »Wenn du das eine Stunde lang machst, fühle ich mich gleich zehn Jahre jünger.«

»Ich glaube, eine ganze Stunde halte ich das nicht durch«, stöhnte Amelie. »Es könnte helfen, wenn du dein Hemd ausziehst.« Kaum ausgesprochen, schämte sie sich für den Vorstoß. In ihrem Hals kratzte etwas, und sie räusperte sich verlegen.

Ohne ihr zu antworten, zog Franz sich das Hemd über den Kopf. »Besser?«

Sie legte beide Hände auf seinen Rücken und erschauderte. Seine Haut fühlte sich unglaublich gut an. »Viel besser, ja.«

Sie knetete und massierte Franz, der den Kopf auf die Seite legte. Nach ein paar Minuten drückte er ihre Hände mit sanftem Druck zur Seite und drehte sich auf den Rücken. Im Dunkel des Zimmers konnte sie seine Gestalt nur erahnen. »Na los«, flüstere er. »Mach weiter.«

Zögernd strich Amelie über seinen muskulösen Oberkörper und spürte, wie er erschauderte. Plötzlich richtete Franz sich halb auf, legte seine Hände um sie und zog sie zu sich herab.

»Eigentlich«, flüsterte er, »bist du es, die mich nicht schlafen lässt.«

»Wie bitte?«

»Du bereitest mir schlaflose Nächte, Amelie, schon seitdem wir uns das erste Mal gesehen haben.« Er richtete sich weiter auf. Ihre Gesichter näherten sich einander, sie spürte seinen Atem auf ihrer Haut.

»Wir beide gehören zueinander, das fühle ich«, flüsterte er dann und legte seine Lippen auf ihren Mund. Erst zögernd und zaghaft, dann mit rasch wachsender Leidenschaft küssten sie sich und erkundeten mit Lippen und Händen gegenseitig ihre Körper. Amelie spürte eine angenehme Gänsehaut, als Franz an ihrem Nachthemd zu nesteln begann. Sie fühlte sich nicht nackt und schutzlos in seinen starken Armen, ganz im Gegenteil. Er gab ihr den Halt, nach dem sie sich schon lange gesehnt hatte. Fest umschlungen gaben sie sich einander hin.

»Franz«, keuchte sie, als er sich ihrem Schoß näherte, »wir dürfen das nicht.«

»Wir dürfen das«, entgegnete er mit rauer Stimme und küsste sie sanft. »Heute Nacht dürfen wir alles.« Bevor sie etwas erwidern konnte, spürte sie seine Haut auf ihrem Körper. Innerhalb weniger Augenblicke küsste er ihr all ihre Bedenken fort, und sie ließ sich in seinen Armen fallen.

*

Obwohl das Bett, in dem sie lag, sehr bequem war und ihr schon vorhin in der Kutsche beinahe die Augen zugefallen waren, fand Katharina in dieser Nacht keinen Schlaf. Sie starrte zur Zimmerdecke hinauf, die sich als graues Rechteck vom Schwarz des Raumes abhob.

Als sie den Kopf nach rechts wandte, sah sie durch einen Spalt zwischen den bodenlangen Brokatvorhängen die Lichter der Stadt. Sie konnte nicht fassen, was in Berlin geschehen war. Alle probten den Aufstand und wehrten sich gegen ungerechte Arbeitsbedingungen und geringen Lohn. Eigentlich nachvollziehbar, dachte Katharina. Als sie begonnen hatte, sich für die Rechte der Frauen einzusetzen, war sie vielen Menschen begegnet, die ihr von Armut und Krankheit berichtet hatten. Sie waren die Opfer der rasant voranschreitenden Industrialisierung in den Städten. Stellten ihre Arbeitskraft für zwölf Stunden zur Verfügung und konnten sich kaum eine viel zu kleine Wohnung leisten. Oft genug lebten mehr als zehn Personen eingepfercht in einem einzigen Zimmer, das Küche, Wohn- und Schlafraum in einem war. Viele fürchteten durch die neuen Maschinen um ihren Arbeitsplatz und um ihre Existenz. Kein Wunder, dass auch die Frauen vom Adlon sich am Streik beteiligten. Sie hatten ganz einfach Angst vor dem, was kam.

Und Katharina sah es als ihre Aufgabe, den Menschen ihre Ängste zu nehmen und trotzdem den Fortschritt voranzubringen. Sie war sicher, dass sich beides sinnvoll für alle Seiten verbinden ließ. Ihre Gedanken schweiften ab zu dem riesigen Waschhaus den Hotels, das sich an der Rückseite des palastähnlichen Gebäudes befand. Seit drei Jahren nutzte Lorenz Adlon die großen Thiele-Waschmaschinen, um die Unmengen der täglich anfallenden Wäscheberge zu bewältigen. Und den Waschfrauen erging es seit der Einführung der neuen Maschinen besser, denn die körperlich schwere Arbeit wurde dadurch um ein Vielfaches leichter. Trotzdem durften die Arbeiterinnen ihre Arbeitsplätze nicht verlieren, so viel stand fest.

Katharina seufzte und wälzte sich im Bett herum. Schließlich stieß sie die Decke zur Seite und setzte sich auf die Bettkante, um besser nachdenken zu können. Die Maschinen mussten noch effektiver werden, um die Waschfrauen zu entlasten. Wenn das gelang, konnte Adlon sie, während die Wäsche lief, für andere Aufgaben in seinem Haus einsetzen. Das durfte kein Hexenwerk sein bei einem Haus dieser Größe. Arbeit gab es sicher genug.

Wie aber sollten die Maschinen noch effektiver arbeiten können? Von dieser Frage angetrieben, schlüpfte Katharina in die Pantoffeln und trat an das Fenster. Sie zog die Vorhänge zur Seite.

Von hier aus war das Brandenburger Tor zu sehen, das sich majestätisch in den grauen Nachthimmel über Berlin erhob. Noch immer standen Trauben von Menschen überall auf der Straße, teils in hitzige Gespräche verwickelt. Wo war die Leichtigkeit, die Berlin immer ausgestrahlt hatte, geblieben?

Katharina öffnete den großen Koffer. Sie war froh, dass sie sich einen Zeichenblock und Stifte mitgenommen hatte. Beides nahm sie heraus und setzte sich an den Sekretär am Fenster. Dazu schaltete sie die kleine Lampe ein. Kurz war sie geblendet vom Licht, dann klappte sie den Block auf und begann zu zeichnen. Erst skizzierte sie Waschmaschinen, die in einer Reihe standen. Dann überlegte sie, was zu tun war, um die Arbeitsgänge zu vereinfachen.

»Ich muss die Waschmaschinen miteinander verbinden«, murmelte sie nachdenklich. Plötzlich kam ihr eine Idee. Carl hatte ihr die neue elektrifizierte Waschmaschine gezeigt. Sie war von einem Motor betrieben, der wiederum das Rührwerk im Innern des Bottichs über einen Riemen antrieb. In Fabriken war es üblich, die großen Maschinen über Transmissionsriemen miteinander zu verbinden, die unter den hohen Decken verliefen und surrend ganze Produktionsstraßen antrieben.

So etwas musste doch auch funktionieren, wenn man die neuen, großen Waschmaschinen in einer Linie aufstellte und sie über einen Antrieb in Gang setzte anstatt jeweils einzeln. Nur die warme Waschlauge musste noch von Hand in den Bottich gefüllt werden – den Rest erledigten die Maschinen dann von allein.

Dazu brauchte es keine Menschenhand mehr.

Katharina skizzierte die Riemen unter der Decke, die fünf Waschmaschinen gleichzeitig antrieben. Wenn man bedachte, dass eine Wäsche mindestens eine Stunde lief, konnten die Waschfrauen in der Zwischenzeit die saubere Wäsche mangeln, bügeln und falten. Oder man setzte sie in der Küche ein, wo sie das Geschirr spülten, bis die Waschmaschinen fertig waren. So schwer konnte es nicht sein, andere, sinnvolle Aufgaben für die Frauen zu finden. Sie strahlte, als ihr diese Gedanken kamen, und betrachtete zufrieden ihre Skizze. Morgen würde sie im Gespräch gute Argumente finden. Sie musste mit Carl sprechen und ihn fragen, ob ihre Idee, viele Maschinen über einen einzigen Riemen anzutreiben, technisch umzusetzen war. Ein schwerer Seufzer kam über ihre Lippen, als sie an ihren geliebten Mann im fernen Gütersloh dachte. Ob er schon schlief?

Sie warf einen Blick auf den kleinen Reisewecker, der leise auf dem Nachtschrank tickte. Der neue Tag war zwei Stunden alt, jetzt war es höchste Zeit, zu schlafen. Katharina erhob sich vom Sekretär, löschte das Licht und sah zu, dass sie ins Bett kam. Sie rollte sich in die weiche Decke ein und schloss die Augen. Lange dauerte es nicht, bis sie eingeschlafen war. Im Herüberdämmern glaubte sie das gleichmäßige Schaukeln der Kutsche zu spüren und das Hufgeklapper der braven Pferde zu hören. Dann umfing sie die Dunkelheit, und ihr Körper wurde leicht.

Kapitel 18

Danke.« Geistesabwesend lächelte Lorenz Adlon dem Dienstmädchen Elsa zu, das ihm den Kaffee gebracht hatte. Sie war eine der wenigen Mitarbeiterinnen im Hotel, die sich nicht am Streik der Waschfrauen beteiligten. Adlon hatte in der Zeitung gelesen, dass drüben in Moabit nicht zimperlich mit Streikbrechern umgegangen wurde. Sie wurden wüst beschimpft und mit Steinen beworfen, einige Arbeiter waren sogar verprügelt worden. Lorenz Adlon hoffte, dass Elsa dieses Schicksal erspart blieb. Obwohl sie noch nicht lange im Hotel arbeitete und wohl kaum sechzehn Jahre jung war, zeigte sie sich sehr loyal.

»Wie sieht es draußen aus?«, fragte er an das Mädchen gewandt.

Elsa zuckte die Schultern. »Es sind wieder ein paar mehr Frauen da, die demonstrieren. Doch die Lage ist ruhig. Ich hatte Angst, dass man mich heute vor dem Dienstboteneingang abfängt und von der Arbeit abhalten will.« Sie lächelte. »Das ist nicht passiert, deshalb freue mich, hier zu sein.«

Adlon bedachte sie mit einem dankbaren Blick. »Dann wollen wir hoffen, dass sie uns das Haus nicht in Brand stecken in ihrer blinden Wut.«

»Das wäre töricht, gnädiger Herr. Sie würden damit auch ihre eigene Existenz vernichten.«

»Ich fürchte, dass die Frauen so aufgebracht sind, dass sie das in ihrer Wut übersehen könnten.« Auf Adlons Stirn lag eine steile Sorgenfalte.

»Kann ich noch etwas für Sie tun, mein Herr?«

»Ist das Frühstück für unsere Gäste fertig?«

»Schon seit einer Stunde.«

»Sehr gut.« Adlon bedankte sich. »Dann können die Friedensgespräche ja in Kürze beginnen.« Ungeduldig blickte er zur Uhr auf seinem Schreibtisch. Es war gleich acht Uhr, und die Lage drohte sich stündlich zu verändern. Der Hotelier war gespannt, was Katharina Thiele vorhatte. Sicherlich hatte sie sich bereits eine Strategie zurechtgelegt. Es lag schließlich auf der Hand, dass die Firma Thiele & Cie. ihn nicht als Abnehmer der Großwaschmaschinen verlieren wollte. Also setzte er alle Hoffnungen in die Gespräche.

*

Katharina wusch sich rasch mit kaltem Wasser, um die restliche Müdigkeit an diesem Morgen abzuschütteln. Sie war froh, dass ihr die schwangerschaftsbedingte Übelkeit heute Morgen keine Probleme machte. An manchen Tagen vergaß sie glatt, dass ein Kind in ihrem Leib heranwuchs. Wenn die Schwangerschaft weiterhin so ruhig verlief, konnte sie sich glücklich schätzen.

Allerdings klagte sie an diesem Morgen über einen stechenden Kopfschmerz. Sie hoffte, dass der Schmerz gleich nachließ, denn sonst würden die anstehenden Verhandlungen noch schwerer fallen als befürchtet. Sie massierte sich die Schläfen.

Draußen vor dem Hotel herrschte wieder eine beunruhigende Stimmung. Mit einem Blick aus dem Fenster hatte sie gesehen, dass sich die Anzahl der Frauen vor dem Haus nahezu verdoppelt hatte seit ihrer Ankunft in der letzten Nacht. Keine gute Ausgangslage, denn gemeinsam fühlten sich die Frauen stark. Sie belagerten einen Teil der breiten Straße, so dass Fuhrwerke und die knatternden Doppeldeckerbusse einen Bogen um die Frauen machen mussten. Es war eine Frage der Zeit, bis jemand unter die Räder kam. Die Mienen der Frauen drückten wilde Entschlossenheit aus, wussten sie doch, dass heute eine Entscheidung fallen würde, wie es mit ihnen und dem Hotel weiterging.

Eilig machte sich Katharina fertig, denn sie wollte keine Zeit verlieren. Nachdem sie sich das Haar gebürstet und zusammengebunden hatte, schlüpfte sie in ihr weinrotes Lieblingskleid, das sie gestern Abend schon bereitgelegt hatte. Hastig zog sie die halbhohen Lederstiefel an und machte sich auf den Weg zum Frühstücksraum des Hotels. Auf den Korridoren herrschte auffallend wenig Betrieb. Es hatte den Anschein, als wären zahlreiche Gäste bereits abgereist oder hätten ihren Aufenthalt im *Hotel Adlon* gar nicht erst angetreten. Auch im Erdgeschoss herrschte eine beklemmende Stille. Ein junger Portier verrichtete seinen Dienst an der Rezeption, ein anderer stand neben dem Ausgang Spalier und sorgte dafür, dass die Streikenden das Hotel nicht betraten und Ärger machten.

»Guten Morgen, Frau Thiele.« Lorenz Adlon war lautlos aus

einem Nebenraum ins Foyer getreten. Er lächelte freundlich und rückte sich die dünne Silberbrille zurecht. »Ich hoffe, Sie haben trotz aller Unannehmlichkeiten gut geschlafen?«

»Danke, ja.« Sie versuchte, die Kopfschmerzen zu ignorieren, so gut es ging, und rang sich ein freundliches Lächeln ab.

»Dann frühstücken Sie jetzt in Ruhe, bevor es ans Werk geht.« Er zeigte auf den Frühstücksraum, der an die Empfangshalle grenzte. Auch dort hielten sich nur wenige Gäste auf. Das gewohnte Stimmengewirr und das Klappern von Geschirr fehlte an diesem Morgen.

»Wir sehen uns gleich.« Adlon wandte sich ab und zog sich in sein Büro zurück. Katharina atmete tief ein und begab sich in den Frühstücksraum, um sich für den Tag zu stärken. Sicher würden danach auch die Kopfschmerzen nachlassen.

*

Wo befand sie sich hier? Dies war nicht die gewohnte Umgebung ihrer kleinen Kammer zu Hause. Amelie hatte bis jetzt tief und fest geschlafen, doch damit war es nun vorbei. Von draußen drang Stimmengewirr an ihre Ohren. Erst glaubte sie, zu träumen, doch die Sprechchöre wurden immer lauter.

Langsam kehrte die Erinnerung zurück. Dies war ein Dienstbotenzimmer im vornehmen *Hotel Adlon* mitten in Berlin, direkt am berühmten Brandenburger Tor, das sie bisher nur von Bildern gekannt hatte. Der Lärm schien von der Straße Unter den Linden zu kommen, über die sie gestern hierhergekommen waren.

Als sie das gleichmäßige Atmen neben sich wahrnahm, war sie auf der Stelle hellwach. Neben ihr lag Franz. Die Erinnerung an die vergangene Nacht bohrte sich in ihr Bewusstsein und löste schlagartig ein schlechtes Gewissen aus.

»O mein Gott«, wisperte sie. Sie linste auf den Wecker auf dem Nachtschränkchen und erschrak. Es war nach sieben Uhr! Sie hatten beide verschlafen.

Es grenzte an ein Wunder, dass die gnädige Frau sie noch nicht geweckt hatte. Amelie nahm sich einen kurzen Moment, um Franz mit einem verliebten Blick zu betrachten. Seine Gesichtszüge wirkten entspannt, gleichmäßig hob und senkte sich sein Oberkörper. Amelie streckte eine Hand aus, um an seiner Schulter zu rütteln. »Franz«, zischte sie, »werd' wach! Wir haben verschlafen!«

Ein unwilliges Brummen kam über seine Lippen, doch Amelie ließ nicht locker und rüttelte weiter an ihm. »Komm schon!«

»Was?« Erschrocken riss er die Augen auf. »Verschlafen?« Erst im zweiten Moment schien er zu begreifen, wo er sich befand. Als er Amelie sah, entspannten sich seine Gesichtszüge wieder. »Guten Morgen«, flüsterte er und hauchte ihr einen Kuss auf die Nasenspitze. »Hast du gut geschlafen?«

»Franz«, sagte sie nachdringlich, »wir haben verschlafen, es ist nach sieben Uhr!«

»Ach herrje.« Franz entledigte sich der Bettdecke und setzte sich auf. Mit der flachen Hand fuhr er sich durch das Gesicht, um die Müdigkeit abzuschütteln. »Sieben Uhr.«

»Und wir liegen zusammen in einem Bett.«

Franz nickte und schien kurz nachzudenken. Dann lächelte

er. »Es war wunderschön mit dir.« Rasch beugte er sich zu ihr herunter und hauchte ihr einen Kuss auf die Lippen.

»Ja, das war es.« Sie nickte und strich sich eine widerspenstige Haarsträhne aus der Stirn. »Aber das darf sich nicht wiederholen.« Das schlechte Gewissen ergriff Besitz von ihr. Vielleicht hätte sie letzte Nacht nicht schwach werden dürfen.

»Nicht?« Er runzelte die Stirn und machte ein entsetztes Gesicht. »Ja, hat es dir denn nicht auch gefallen?«

»Doch schon, aber diese Nacht darf sich nicht wiederholen.« Sie streckte die Hand nach ihm aus und strich ihm über das Gesicht. Sie spürte seine Bartstoppeln. »Franz, ich liebe dich«, gestand sie ihm, »aber das hätte nicht passieren dürfen, nicht, solange du verheiratet bist.«

Franz schien irritiert. »Wovon redest du?«

»Von deiner Frau. Und von deinen Kindern.«

»Wie bitte?« Er betrachtete Amelie, als sei sie von allen guten Geistern verlassen worden, dann lachte er. »Ich und verheiratet? Ich und Kinder?« Er schüttelte den Kopf. »Wie kommst du denn darauf?«

Amelie dachte an Frieda, die sie vor Franz gewarnt und ihr gesagt hatte, dass er vergeben sei. »Aber – stimmt das denn nicht?«

Franz lachte auf. »Nein, ich bin nicht vergeben.«

»Bist du sicher?«

»Meinst du, ich würde dich anlügen?«

»Männer haben schon ganz andere Geschichten erfunden, um die Gunst einer Frau zu erlangen.«

Franz schüttelte energisch den Kopf. »Für was für eine Art Mann hältst du mich eigentlich?«

Amelie betrachtete ihn nachdenklich. Bevor sie ihm antworten konnte, zog er sie mit seinen starken Armen an seine Brust und küsste ihr Haar.

»So einer bin ich nicht«, flüsterte er, und als die den Kopf hob und ihm in die Augen blickte, wusste sie, dass er sie nicht anlog. So wehrte sie sich auch nicht, als er Anstalten machte, sie zu küssen. Zärtlich bedeckte er ihr Gesicht mit seinen Küssen.

»Aber warum hat Frieda behauptet, dass du in festen Händen bist?« Amelie verstand die Welt nicht mehr.

»Das ist der älteste Trick, um unbequeme Liebschaften zu vermeiden.« Franz lachte. »Ich werde ein Hühnchen mit ihr rupfen, sobald wir zu Hause sind.«

»Warum sollte unsere Liebe unerwünscht sein?« Amelie verstand die Welt nicht mehr. Fragend sah sie zu ihm auf.

»Weil es oft Scherereien mit sich bringt, wenn Angestellte eines Hauses ein Verhältnis miteinander beginnen«, erklärte Franz ihr ruhig. »Man hört immer wieder von Problemen bei der Arbeit, sobald Liebe im Spiel ist. Wenn es ans Licht kommt, dass wir … ein Verhältnis haben, könnte es sein, dass die Herrschaften uns entlassen.« Franz' Miene wurde ernst. »So etwas wird in guten Häusern in der Regel nicht toleriert, Amelie.«

»Sie brauchen dich. Du bist nicht nur Kutscher, du bist Dienstbote, Pferdewirt, Hausmeister und Gärtner in einer Person, es wäre töricht, wenn sie dir die Kündigung schreiben.«

Franz schüttelte den Kopf. »Ich wäre mir da nicht so sicher.«

»Ach Franz, ist es nicht schrecklich? Am liebsten würde ich der ganzen Welt davon erzählen, wie glücklich wir sind.« Amelie war verzweifelt und den Tränen nah.

Franz schloss sie wortlos in seine Arme. Amelie schmiegte sich an ihn. »Wie lange müssen wir es geheim halten?«

»Ich weiß es nicht.«

Amelie sah zu ihm auf. »Wie wäre es, wenn ich kündige?«

»Das wirst du nicht tun«, erwiderte Franz. »Warum auch?«

»Weil ich noch nicht so lange für die Herrschaften arbeite wie du. Und weil ich nur ein kleines Kindermädchen bin und nicht viel zu verlieren habe. Sicher kann ich woanders auch arbeiten, Franz.« Nun kullerte doch eine Träne über ihre Wange.

Franz beugte sich herab und küsste sie weg. »Das ist keine Option, Amelie.« Er schüttelte den Kopf. »Uns wird schon etwas einfallen, denn ich habe auch keine Lust auf dieses Versteckspiel.«

Amelie holte tief Luft. Die Gedanken rasten durch ihren Kopf. In seinen starken Armen fühlte sie sich stark und sicher, fast so, als könne ihnen nichts und niemand auf der ganzen Welt etwas antun. Und sie schenkte seinen Worten Glauben. Wenn er es sagte, würde es schon stimmen.

In diesem Moment klopfte es an der Tür. »Fräulein Amelie?« Es war die Stimme von Katharina Thiele. »Bist du wach?« Sie klang zaghaft.

»Gerade aufgewacht, gnädige Frau.« Amelie vollführte einen Hechtsprung an Franz vorbei. Sie zupfte das Nachthemd aus dem Bett und sprang hinein. Hastig wandte sie sich zu Franz um, legte den Finger auf die Lippen und zog ihm die Bettdecke über den Kopf. »Leise«, sagte sie nur, dann tappte sie barfuß zur Tür. Ihre Finger zitterten, als sie den Riegel zurückzog und die Tür einen Spaltbreit öffnete.

Katharina Thiele stand auf dem Korridor. Sie trug ein weinrotes, elegantes Kleid und schien besorgt zu sein.

»Entschuldigen Sie, gnädige Frau«, sagte Amelie schnell. »Aber der Wecker hat nicht geklingelt und ich …«

»Schon gut, schon gut.« Katharina Thiele winkte ab. »Ich suche Franz, es scheint, als wäre er vom Erdboden verschwunden.«

»Ist er denn nicht in seinem Zimmer?«

»Nein, sein Bett hat er nicht benutzt, so hat es den Anschein.«

»Oje, ihm wird doch nichts zugestoßen sein?«

»Ich weiß es nicht.« Die gnädige Frau wirkte ernsthaft besorgt.

»Hier ist er aber nicht?«

»Natürlich nicht, warum sollte er?«

»Ich weiß es nicht.« Katharina Thiele lächelte schwach. »Wie dem auch sei, ich habe gleich ein paar Gespräche. Solltest du Franz sehen, bitte ihn, sich bei mir zu melden.«

»Sehr wohl, gnädige Frau.« Amelie nickte.

Katharina Thiele bedankte sich. »Und jetzt aber flott, es ist schon spät«, rief sie Amelie im Gehen zu.

Amelie drückte die Tür ins Schloss. Franz schlug die Decke zurück und atmete ein paar Mal tief durch.

»Na?«, fragte Amelie und sank zu ihm auf die Bettdecke. »Wie war ich?«

»Gut genug, um unsere Liebschaft geheim zu halten.«

Kapitel 19

»Wenn du dieses Ding noch beheizt, sind wir für die nächsten hundert Jahre konkurrenzlos«, behauptete Rudolf Zenker, als er am Morgen die quietschende Eisentür von Carls Werkstatt öffnete, um die neue Kraftwaschmaschine in Augenschein zu nehmen. Carl hatte ihm am frühen Morgen schon vom erfolgreichen Probelauf berichtet. Jetzt tüftelte er an der Wasserversorgung herum. »Ich könnte etwas mit einem Schlauch konstruieren, der das Wasser durch einen Vorwärmer oder so etwas transportiert und somit das aufgeheizte Wasser als Lauge in den Bottich transportiert«, überlegte Carl.

»Was ist denn, wenn du einfach einen Kübel unter den Bottich montierst, in dem ein Feuer brennt, um das Waschwasser zu erhitzen?«

Carl schüttelte entsetzt den Kopf. »Um Himmels willen«, rief er. »Damit würde der hölzerne Bottich Schaden erleiden. Und von der Elektrik möchte ich gar nicht sprechen.« Er lachte und winkte ab. »Man merkt, dass dein Herz für den Vertrieb schlägt, mein Freund, während ich der Mann der Technik bin.«

»Sicher hast du recht.« Rudolf lachte. »Wie lange brauchst du noch für die Entwicklung der elektrischen Waschmaschine?«

»Schwer zu sagen.«

»Ich könnte die Präsentation zu einer der nächsten Messen planen«, erwiderte Rudolf. »Das würde aber voraussetzen, dass du mit der Entwicklung und den Probeläufen durch bist.«

»Und dass wir bis dahin das Patent angemeldet haben«, fügte Carl hinzu. »Denn wir sollten keine Maschine auf einer Messe zeigen, die nicht patentiert ist. Sonst rufen wir Nachahmer auf den Plan, und unser Ruf verblasst schneller, als uns lieb ist.«

Rudolf nickte. »Die Fahrt zum Kaiserlichen Patentamt könnte ich dir abnehmen.«

»Das ist das kleinste Problem.«

»Was das größte?«

»Ich muss etwas erfinden, was unser Wasser beheizt. Schnell und zuverlässig. Den Frauen möchte ich die Schlepperei unzähliger Wassereimer ersparen.«

Rudolf grinste schief. »Thiele – besser geht immer!«

»Eben.« Carl lachte. Er legte den Schraubenschlüssel, mit dem er gerade hantiert hatte, zur Seite und schielte auf die Zeitung, die zusammengerollt unter Rudolfs Arm klemmte. »Was gibt es Neues?« Ihm fiel auf, dass er heute, entgegen seiner Gewohnheit, noch keinen Blick hineingeworfen hatte.

»Das willst du nicht wissen«, behauptete Rudolf.

»Doch.« Carl deutete auf die Zeitung. »Her damit. Was steht drin?«

»Ich möchte dich nicht beunruhigen, mein Lieber, aber sie berichten wieder von Unruhen in Berlin, die ein neues Ausmaß angenommen haben.«

»Und das ausgerechnet jetzt, wo Katharina sich dort befindet.«

»Eben.« Rudolf nickte. »Willst du zu ihr fahren?«

»Ich würde gern, aber ich komme hier nicht weg, Rudolf.«

Sein Kompagnon seufzte. »Die Unversehrtheit deiner Frau geht vor, Carl.«

»Ich weiß.« Carl setzte eine zerknirschte Miene auf. »Aber ich muss auch für Carl junior da sein.«

»Was ist mit deinen Schwiegereltern und der Haushälterin? Können sie sich nicht um den Jungen kümmern?«

Insgeheim hatte Carl schon darüber nachgedacht, Katharina nachzureisen. Er vermisste sie, und es war nicht auszuschließen, dass sie in Gefahr war. Die Moabiter Unruhen brandeten jeden Tag stärker auf, die Polizei schien machtlos und die Stadt fest in der Gewalt der Arbeiter zu sein.

»Es würde zu lange dauern, bis ich Berlin erreicht hätte.«

»Denk mal drüber nach«, erwiderte Rudolf. »Ich könnte hier die Stellung halten, und um Carl und das Haus kümmern sich Bernhard und Theresa zusammen mit Frieda. Sicher hilft uns Lina auch, um …«

»Ich überlege es mir«, versprach Carl. Die Vorstellung hatte etwas Verlockendes. Es war nicht auszudenken, wenn Katharina oder dem ungeborenen Kind etwas geschah und er nicht bei ihr sein konnte.

»Einverstanden.« Rudolf warf die Zeitung auf die Werkbank und wandte sich zum Gehen. »Wenn du Zeit hast, bin ich auf eine Vorführung der neuen Waschmaschine gespannt.«

»Ich sag dir Bescheid.«

»Danke.« Damit ließ Rudolf ihn alleine in seiner Werkstatt zurück. Carl stieß einen Seufzer aus, als sein Blick auf die Titelseite der Zeitung fiel, dann verdrängte er die düsteren Gedanken und versuchte, sich auf die Arbeit zu konzentrieren.

*

Katharina fand keine Zeit, sich um den verschollenen Kutscher zu kümmern. Auch die Idee, Adlon davon in Kenntnis zu setzen, dass sie Franz vermisste, verwarf sie wieder. Sie wollte den Hotelier nicht unnötig belasten, er hatte in der letzten Stunde bereits sehr angespannt gewirkt. Nach dem Frühstück hatte sie sich zu den Frauen vor dem Hotel gesellt, um sie auf das anstehende Gespräch vorzubereiten. »Ich möchte mit einer Vertreterin Ihrer Vereinigung die Verhandlungen führen. Sicher gibt es unter Ihnen eine Anführerin?«

Unter den Frauen regte sich Widerspruch auf. »Auf keinen Fall.« Sie diskutierten wild durcheinander. »Alle oder keine. Wir haben alle etwas zu sagen.«

»Dann führe ich keine Gespräche.« Katharina wandte sich zum Gehen, als die Stimmen lauter wurden. Obwohl der Kopfschmerz etwas nachgelassen hatte, fühlte sie sich immer noch nicht besser. Leichte Schwindelanfälle machten ihr zu schaffen.

Ausgerechnet jetzt, durchzuckte es sie. Sie schob den Schwindel darauf, sich etwas zu schnell von den Frauen abgewendet zu haben.

»Moment, gnädige Frau«, rief eine rundliche Frau in einem blauen Arbeitskleid. Sie hob die Hand und bedeutete Katharina, stehen zu bleiben. »Mein Name ist Edith Paaske. Ich arbeite im

Adlon als Waschfrau, und ich hab Angst, gekündigt zu werden, wenn die neuen Maschinen kommen. Deshalb habe ich den Streik angezettelt.«

Katharina machte kehrt und sah die Streikenden abwartend an.

»Wir werden eine Kommission bilden«, sagte Edith Paaske mit entschlossenem Blick.

»Drei Frauen, mehr nicht.« Katharinas Stimme duldete keinen Widerspruch. »Drei Frauen und Sie, Frau Paaske.« Insgeheim wunderte sie sich über ihre Stärke, denn innerlich bebte sie. *Hoffentlich bemerken sie nicht, dass ich etwas angeschlagen bin.*

»Einverstanden.« Die Frauen nickten zustimmend.

»Fünf Minuten.« Katharina deutete auf den Eingang des Hotels. »Ich erwarte Sie im Foyer.« Ohne sich noch einmal zu den Frauen umzudrehen, verschwand sie im Gebäude. Dort saß Lorenz Adlon mit übereinandergeschlagenen Beinen in einem der bequemen Sessel. Nervös trommelte er mit den Fingern auf den Armlehnen.

»Und?« Er sprang energisch auf. »Wie schätzen Sie die Lage ein?«

»Schwer zu sagen.« Katharina hielt seinem Blick stand. Ihre Unruhe wuchs ins Unermessliche, und aus Minuten schienen Stunden zu werden.

»Ich habe Ihnen den Wintergarten für die Gespräche herrichten lassen«, verkündete Lorenz Adlon und begann, ruhelos im fast menschenleeren Foyer auf und ab zu gehen.

»Vielen Dank.« Katharina sah auf, als die Arbeiterinnen die Empfangshalle des *Adlon* betraten, allen voran Edith Paaske.

»Oje«, seufzte Adlon, als er die Delegation sah. »Ausgerechnet sie.«

»Warum?« Katharina verstand nicht, was er meinte.

»Weil Frau Paaske sich stets kämpferisch gibt. Sie verbreitet schlechte Stimmung unter den Waschfrauen und bringt alle gegen mich auf. Gleichzeitig ist sie eine der fleißigsten Frauen in meiner Belegschaft.«

»Dann habe ich ja die Richtige für die Verhandlungen auserkoren«, lächelte Katharina. »Wenn ich sie überzeugen kann, dann kann ich alle überzeugen.«

»Da haben Sie wohl recht, gnädige Frau.« Lorenz Adlon nickte.

Katharina verdrängte den erneuten Schwindelanfall. Sie betrachtete die Frauen. Trotz ihrer entschlossenen Mienen war ihnen anzusehen, dass sie sich im edlen Ambiente des Foyers unwohl fühlten.

Sie fühlen sich fehl am Platze, weil sie anderes gewöhnt sind, durchzuckte es Katharina. »Dann können wir beginnen«, sagte sie mit erhobener Stimme und führte die Frauen in den Wintergarten des Hotels. Keine der Streikenden wagte zu sprechen. Die Sonne warf ihr goldenes Licht durch die großflächigen Scheiben des Wintergartens, und so herrschte im Innern eine angenehme Wärme. An gusseisernen Säulen und Streben rankten Pflanzen empor, der Fußboden war aus reinstem Marmor, das Mobiliar hochwertig und edel. In der Mitte des gläsernen Raumes befand sich ein Besprechungstisch, um den ein knappes Dutzend Stühle aufgestellt war.

»Nehmen Sie Platz.« Katharina deutete auf die Stühle, die Frauen setzten sich. Katharina fragte sich, wo die Selbstsicherheit und der Kampfgeist der Frauen geblieben waren. Jetzt wirkten sie schon fast demütig und kleinlaut auf sie. Katharina nahm am Kopfende des Tisches Platz.

»Bitte erklären Sie mir noch einmal den Grund Ihres Streiks«, forderte Katharina die Arbeiterinnen auf.

»Den kennen Sie«, erwiderte eine der vier Frauen mürrisch.

»Ich möchte die Gründe noch einmal hören, um die Zusammenhänge zu verstehen«, erklärte Katharina geduldig.

Die Frauen begannen ihre Situation zu erklären. Einige Kolleginnen, sagten sie, hätten ihre Anstellung im Adlon bereits verloren, weil ihre Arbeitskraft nicht mehr gefragt sei.

»Dieses Haus«, sagte Edith Paaske, »steht für Reichtum, Prunk und Verschwendung, doch niemand sieht hinter die Kulissen dieses Hauses, niemand erkennt die Armut der Menschen, die hier täglich ihren Dienst verrichten.

Sie müssen was dagegen tun, gnädige Frau, dass unsere Arbeitskraft hier überflüssig wird.«

»Ich werde das mit dem Hoteldirektor besprechen«, sagte Katharina.

»Denken Sie ernsthaft, dass er die Frauen wieder einstellt?«

Katharina ging nicht darauf ein und stellte eine weitere Frage. »Warum soll Ihrer aller Arbeitskraft nicht mehr gefragt sein?«

»Weil die Maschinen uns Arbeit abnehmen, wir schneller fertig sind und langfristig überflüssig sein werden.« Trotz schwang in Edith Paaskes Stimme mit.

»Wir entwickeln gerade eine neue Generation von Waschmaschinen, die im Gastronomie- und Hotelgewerbe zum Einsatz kommen werden«, erklärte Katharina, nachdem die

Sprecherin der Kommission geendet hatte. »Die neuen Maschinen werden noch etwas größer sein, angetrieben von einem Elektromotor, und sie werden mit einer eigenen Heizung ausgestattet sein, damit das Waschwasser schon aufgeheizt in den Holzbottich einfließen kann. Das erspart Ihnen allen viele Arbeitsschritte, viel Zeit und schont Ihre Kräfte, denn das Wasserschleppen entfällt komplett.« Sie hoffte, dass Carl in Gütersloh mit der Entwicklung der Heizung weitergekommen war.

»Und damit können wieder einige Waschfrauen mit der Kündigung rechnen«, prophezeite Edith Paaske mit finsterem Blick in die Runde. Sie erntete von ihren Mitstreiterinnen zustimmendes Nicken.

»Nein«, entgegnete Katharina. »Es fallen Arbeitsschritte weg, damit können Sie andere Aufgaben verrichten, während sich die Wäsche fast von alleine wäscht.«

»Was bedeutet, dass zu viele Frauen auf Adlons Lohnliste stehen«, behauptete Edith Paaske. »Es wird Entlassungen geben.«

»Das ist eine Frage der Organisation«, erwiderte Katharina. »Und darüber werde ich mit Herrn Adlon sprechen. Ich werde mich dafür einsetzen, dass es zu keinen weiteren Kündigungen kommt.« Katharina blickte in die Runde. »Sie alle sind fleißige Frauen, die sicherlich gern hier arbeiten. Und das soll künftig gewürdigt werden. Wenn Arbeitsschritte durch den Einsatz unserer neuen Maschinen entfallen, so werde ich dafür Sorge tragen, dass man Ihnen stattdessen andere Aufgaben zuteilt.«

»Wie wollen Sie das erreichen?« Die Arbeiterin sah Katharina ungläubig an.

»Glauben Sie mir, Herr Adlon setzt auf meine Worte.« Zum ersten Mal konnte sich Katharina ein Lächeln abringen. »Wir werden Wege finden, um Ihre Arbeitsplätze nicht in Gefahr zu bringen. Der Hoteldirektor ist gezwungen, weiter in neue Technologie zu investieren, damit ihn die Konkurrenz nicht überholt. Dann wären Ihre Arbeitsplätze tatsächlich in Gefahr, nur könnte ich Ihnen dann nicht mehr helfen.«

Die Frauen ließen Katharinas Worte auf sich wirken und berieten sich.

Dann ergriff Edith Paaske wieder das Wort. »Es ist uns nicht geheuer, was da an neuen Maschinen auf uns zukommt«, sagte sie. »Heute sichern Sie uns den Erhalt unserer Arbeitsplätze zu, indem wir andere Arbeiten zugeteilt bekommen. Morgen wird es wieder neue Maschinen geben, die dann vielleicht auch diese Aufgaben übernehmen. Was wird dann aus uns?«

»Wir werden in der Gosse landen«, rief eine untersetzte Frau mit einem resignierenden Kopfschütteln. »Nur etwas später als geplant.« Sie nannte ein Beispiel. »Heute waschen wir das Geschirr aus den Restaurants ab – was, wenn Ihr Mann morgen eine Maschine erfindet, die das erledigt?«

Katharina horchte auf. Das Abwaschen zählte wohl zu den unbeliebtesten Aufgaben in den Restaurantküchen. Sie beschloss, darüber mit Carl zu sprechen, sobald sie wieder in Gütersloh war.

»Auch dann werden wir Wege finden, um Sie in Lohn und Brot zu halten«, versicherte Katharina der Frau. »Wenn Sie allerdings weiterhin streiken und der Hoteldirektor keine Gäste aufnehmen kann, werden die Gäste auf andere Hotels der Stadt ausweichen, die nicht bestreikt werden. Das würde bedeuten, dass Herr Adlon weniger Umsatz macht und somit weniger Geld hat, um Ihre Gehälter zu bezahlen.«

Wieder steckten die Frauen ihre Köpfe zusammen und tuschelten.

Katharina wurde allmählich unruhig. Endlich wandte sich die Sprecherin wieder an sie.

»Ich mache Ihnen noch einen Vorschlag«, sagte Katharina rasch, bevor Edith Paaske etwas sagen konnte. »Da Sie täglich mit unseren Maschinen arbeiten, bringen Sie mit Abstand die meiste Erfahrung mit, wenn es um deren Handhabung geht.« Gespannte Blicke lagen auf Katharina. »Deshalb könnte ich mir gut vorstellen, dass wir Sie, Frau Paaske, zur Beraterin der Thiele & Cie. machen werden, wenn es um die Weiterentwicklung von vorhandenen und um die Entwicklung von neuen Modellen und um Ihren Einfallsreichtum geht, wenn neue Entwicklungen anstehen.«

Edith Paaske dachte einen Moment lang nach. Ihre harten Gesichtszüge entspannten sich ein wenig. Zum ersten Mal an diesem Tag lächelte sie. »Also gut«, sagte sie. »Wir beenden unseren Streik, das haben wir soeben als Kommission beschlossen.« Sie legte eine kleine Pause ein, damit die Worte ihre Wirkung entfalten konnten. »Im Gegenzug verlangen wir eine Garantie von Herrn Adlon, der uns zusichert, dass niemand entlassen wird, wenn er die neue Maschinen Ihres Mannes kauft.«

»Ich denke, darüber lässt sich reden.« Katharina fürchtete, dass man den sprichwörtlichen Stein, der ihr vom Herzen fiel, hören konnte. Erleichtert erhob sie sich von ihrem Stuhl und genoss den Moment, in dem die Anspannung der letzten Tagen von ihr abfiel.

»Und«, fügte Edith Paaske mit erhobenem Zeigefinger hinzu, »Ihr Angebot, mich an den Entwicklungen Ihrer neuen Errungenschaften zu beteiligen, nehme ich gern an. Es muss nur noch Herr Adlon zustimmen.«

Katharina nickte in die Runde. »Dann werde ich mich jetzt mit dem Hoteldirektor beraten und sehen, was ich tun kann.«

»Wir warten auf Sie.« Edith Paaske sah fragend zu ihren Kolleginnen. Die Kommission schien keine weiteren Einwände zu haben.

Kapitel 20

»Sie sind ein Engel.« Lorenz Adlon strahlte über das ganze Gesicht, als Katharina ihn in seinem Büro aufsuchte, um die Neuigkeiten zu verkünden. Zum ersten Mal seit ihrer Ankunft am Vorabend zeigte er wieder die bekannte Souveränität. Als Besitzer zahlreicher Restaurants, Cafés und Hotels in Berlin war er es gewohnt, Entscheidungen zu treffen und Anweisungen zu geben. Er war es gewohnt, die Richtung zu bestimmen. Jetzt sprang er erleichtert vom Bürostuhl auf, umrundete seinen Schreibtisch und konnte sich nur schwer beherrschen, Katharina nicht zu umarmen.

Contenance, mein Herr, dachte sie amüsiert, als sie feststellte, dass er plötzlich mit einem verlegenen Lächeln auf den Lippen innehielt. »Ganz so leicht«, sagte sie schnell, »waren die Verhandlungen nicht. Die Frauen beenden ihren Streik gegen die Garantie, dass ihr Arbeitsplatz sicher ist, auch für den Fall, dass neue Maschinen angeschafft werden.«

Adlon hielt in der Bewegung inne und betrachtete Katharina mit versteinertem Blick. Seine buschigen Augenbrauen bildeten eine durchgehende Linie. »Aber … was, ich meine, wie soll ich das gewährleisten?« Der Hotelier marschierte mit gesenktem Blick durch das Büro, die Hände auf dem Rücken verschränkt, wie ein dozierender Professor.

»Indem Sie Ihre Belegschaft in der frei werdenden Zeit an anderen Stellen im Haus einsetzen. Geben Sie den Frauen andere Aufgaben, aber sorgen Sie dafür, dass niemand mehr entlassen wird.«

Adlon schluckte. »Wie … wie stellen Sie sich das vor? Ich schaffe neue Maschinen an, um weniger Arbeitsaufwand zu haben – und um Arbeitsplätze einzusparen.«

»Es fallen bei Ihren Angestellten doch sicher immer wieder mal Frauen aus, weil sie krank sind oder altersbedingt nicht mehr in der Lage sind, ihre Arbeit zu verrichten. Und dort, wo diese Lücken entstehen, setzen Sie Waschfrauen ein. Als Hauswirtschafterinnen, als Tellerwäscherinnen, als Kellnerinnen, wie auch immer. Lassen Sie Ihre Damen anlernen von den Meisterinnen ihres Fachs, gewähren Sie ihnen die Möglichkeit, sich weiterzuentwickeln.«

Adlon unterbrach seine Wanderung und sah Katharina nachdenklich an. »Wann wird der Streik beendet, wenn ich zustimme?«

»Mit sofortiger Wirkung.«

»Das haben die Frauen gesagt?«

»Das verspreche ich Ihnen.«

»Einverstanden, ich zähle auf Ihr Wort.« Adlon nickte mit grimmigem Blick.

»Also?« Katharina hielt seinem Blick stand.

»Ich werde den Frauen nicht kündigen, wenn die neuen Maschinen eintreffen. Ich werde sie an anderer Stelle einsetzen.«

Jetzt grinste er jungenhaft. »Außerdem plane ich, in naher Zukunft ein neues Hotel zu bauen und zwei Restaurants zu eröffnen. Da werde ich sicher eingelernte Angestellte benötigen.«

»Sehen Sie.« Katharina klatschte in die Hände. »Dann müssen Sie sich gar nicht erst um eine neue Belegschaft kümmern.«

»Warum bin ich sturer Esel nicht selbst darauf gekommen?«

»Weil einem die einfachsten Lösungen manchmal nicht in den Kopf kommen wollen«, schmunzelte Katharina. Sie war erleichtert, dass Adlon keine weiteren Bedingungen an die Waschfrauen im Wintergarten stellte. »Verkünden Sie, dass ich einverstanden bin«, sagte er mit fester Stimme.

»Nein.« Katharina schüttelte den Kopf.

»Nicht?«

»Nein, das sollten Sie schon selbst tun. Ich denke, Ihre Frauen haben es verdient, nach den schweren Zeiten und den Ängsten, die sie mit sich herumgetragen haben, die gute Nachricht von Ihnen persönlich zu erfahren.«

Kapitel 21

Schon am Nachmittag desselben Tages traten sie die Heimreise an. Während Franz sich um die Pferde und um den technischen Zustand der prächtigen Kutsche gekümmert hatte, war Amelie Katharina beim Kofferpacken behilflich gewesen. Das Kindermädchen selbst hatte nur wenig Zeit benötigt, um die mitgebrachten Habseligkeiten in ihrem Koffer zu verstauen. Sie hatte nicht so viele Kleider im Gepäck gehabt wie Katharina. Die Gespräche mit den Frauen waren gut verlaufen, Adlon war begeistert vom Ergebnis und neigte immer, wenn sie sich begegneten, zu Scherzen. Nur der Umstand, dass Katharinas Kopfschmerzen wie aus dem Nichts wieder aufgetaucht und von einer quälenden Übelkeit begleitet wurden, machten ihr zu schaffen. Sie fragte sich, wie sie die kommenden zwei Tage in der engen Kutsche verkraften sollte. Natürlich wusste sie, dass ihre Beschwerden mit der Schwangerschaft zu tun hatten, deshalb wollte sie nichts riskieren und ließ den schweren Koffer von Franz zur Kutsche bringen. Sie drängte den Kutscher, schnellstmöglich den Heimweg ins entfernte Gütersloh anzutreten. Außerdem fehlte ihr Carl an ihrer Seite. Wahrscheinlich würde sie sich nie daran gewöhnen, ohne ihn zu verreisen.

Vor ihrer Abfahrt hatte sie mit Lorenz Adlon vereinbart, dass Edith Paaske von ihm freigestellt wurde, um sie nach Gütersloh zu begleiten. Die Arbeiterin war überrascht, dass ihre Forderung so schnell in die Tat umgesetzt wurde, hatte eilig eine Tasche mit den wichtigsten Habseligkeiten zusammengepackt und saß nun mit Amelie und Katharina in der Kutsche, die sich über eine breite Landstraße Richtung Westen bewegte.

Katharina lehnte sich zurück und spürte, dass sie schläfrig wurde. Die letzten Tage waren aufregend gewesen, und sie freute sich auf Carl, Carl junior und auf ihre Eltern. Nie hätte sie gedacht, dass sie Gütersloh vermissen würde. Berlin war ein Ort der Unruhe, und sie hoffte, dass die Politik die Moabiter Unruhen bald beenden würde und endlich wieder Frieden in der Hauptstadt einkehrte. Verglichen mit der Hauptstadt war Gütersloh schon fast dörflich und idyllisch. Doch noch war es weit bis dorthin, und sie versuchte, ein kleines Nickerchen zu machen.

Edith Paaske hingegen konnte nicht an Schlaf denken. Aufgeregt sah sie schon seit ihrer Abfahrt aus dem Seitenfenster und schien jeden Kilometer, den sie sich von Berlin entfernten, zu genießen.

Amelie saß Katharina gegenüber. Sie wirkte seltsam heute, und Katharina fragte sich, was das Mädchen beschäftigte. Irgendetwas musste vorgefallen sein, denn Amelie sprach kaum, sie redete nur, wenn sie etwas gefragt wurde, und hockte in sich zusammengesunken auf dem Polster. Vermutlich waren die letzten beiden Tage hart und anstrengend für sie gewesen, dachte Kathrin mitfühlend. Sie ist es nicht gewöhnt, weite Reisen, noch dazu innerhalb kurzer Zeit, zu unternehmen. Dankbar war sie Franz für seinen Einsatz, der Kutscher schien frisch und ausgeschlafen zu sein. Er saß vorn auf dem Bock und pfiff eine fröhliche Melodie vor sich hin. Schwungvoll hatte er vor ihrer Abreise das Gepäck verladen, war zu Späßen aufgelegt gewesen und schien die Fahrt zu genießen.

Katharina war froh, Franz zu haben. Er war nicht nur höflich, sondern äußerst fleißig und zuverlässig. Ein Leben in der Villa Thiele ohne ihn konnte sie sich nur schwer vorstellen. Das gleichmäßige Schaukeln des Wagens ließ sie schläfrig werden, und so versuchte sie, ein wenig zu entspannen.

Noch im Hotel hatte sie Carl ein Telegramm geschickt, in dem sie ihm vom Verlauf der Verhandlungen berichtet hatte. Sie war gespannt, ob er mit seiner Idee, die Waschlauge beheizt in die Maschine fließen zu lassen, weitergekommen war und ihm die technische Umsetzung bereits geglückt war. Dann stand ihrem weiteren Erfolg nichts mehr im Wege. Über diesen Gedanken nickte Katharina wenig später ein.

Kapitel 22

Findest du es geschickt, dass Katharina diese Waschfrau aus Berlin in unsere Pläne einweiht?« Rudolf hatte die Füße auf den Schreibtisch gelegt und betrachtete Carl nachdenklich. Sekundenlang war das monotone Ticken der großen Standuhr das einzige Geräusch im Büro.

Carl lehnte mit verschränkten Armen an einem der hohen Aktenregale und schürzte die Lippen. Er hatte Rudolf in dessen Büro aufgesucht, um ihm das Telegramm, das er von Katharina aus Berlin erhalten hatte, vorzulesen. Doch sein Freund schien nicht erbaut zu sein von der Idee, dass Edith Paaske ihnen jetzt beratend zur Seite stand.

»Warum sollte Katharina das nicht tun?«

»Weil diese Frau uns nicht gut gesonnen ist.«

»Wir kennen sie doch gar nicht«, entgegnete Carl.

»Sie hat einen Streik angezettelt wegen unserer Maschinen, das dürfen wir nicht vergessen, Carl.«

»Aus Angst um ihren Arbeitsplatz. Aber ich gebe Katharina recht: Wenn jemand weiß, wie man unsere Maschinen verbessern kann, dann ist es jemand, der täglich von früh bis spät damit arbeitet.«

»Sie war die Anführerin der Streikenden«, beharrte Rudolf. »Mich wundert dieser Sinneswandel.«

Carl ärgerte sich darüber, dass Rudolf dem Verhandlungsgeschick und der Menschenkenntnis von Katharina misstraute. »Katharina wird schon aufpassen, dass alles richtig läuft.«

»Dein Wort in Gottes Ohr«, brummte Rudolf. »Wie kommst du mit der Heizung voran?«

»Recht gut.« Carl grinste. »Ich war in der letzten Nacht hier und habe getüftelt. Ein paar Dinge muss ich noch verändern, ein paar Fragen sind noch offen, aber dann können wir schon bald die ersten Probeläufe mit unserer vollautomatischen Kraftwaschmaschine unternehmen.«

»Das klingt gut.« Rudolfs Gesichtszüge entspannten sich, und er nahm die Füße vom Tisch.

*

Die seltsamen Blicke, die Edith Paaske Franz bei jeder sich bietenden Gelegenheit zuwarf, gingen Amelie gegen den Strich. Wiederholt schenkte die Waschfrau ihm einen koketten Augenaufschlag, und immer wenn sich die Gelegenheit dazu bot, versuchte sie, mit ihm ins Gespräch zu kommen. Dabei verhielt Franz sich wie immer, er war freundlich und zuvorkommend.

So auch während der Pause am frühen Abend, die sie in dem Wirtshaus eines kleines Dorfes verbrachten, um sich für die weitere Reise zu stärken. Doch zunächst stand eine Übernachtung an, denn sie hatten erst die Hälfte der Strecke hinter sich gebracht. So blieb Katharina die Hoffnung, dass sie es diesmal mit dem Gasthof besser getroffen hatten als auf der Anreise nach Berlin.

»Sie kommen sicher viel rum«, sagte Edith Paaske, kaum dass Katharina Thiele sich vom Tisch entfernt hatte, um den Wirt zu fragen, ob es im Ort einen Fernsprecher gab, den sie nutzen konnte.

»Es geht«, antwortete Franz. »An manchen Tagen fahre ich nicht aus Gütersloh heraus.«

»Und an anderen Tagen fahren Sie in die Hauptstadt – das ist sicher aufregend«, schwärmte die Waschfrau und schnalzte mit der Zunge.

»Franz ist die gute Seele in unserem Haus«, bemerkte Amelie, um überhaupt etwas zum Gespräch beizutragen.

Franz lächelte ihr dankbar zu. Wie gern hätte sie jetzt seine Hand genommen. »Ohne ihn könnten wir überhaupt nicht leben.«

Franz lachte. »Das ist vielleicht etwas übertrieben«, sagte er und errötete, »aber ich unterstütze die Herrschaften gern, und das beinhaltet durchaus Tätigkeiten, die über meine Anstellung als Kutscher hinausgehen.«

»Ich bin gespannt darauf, wie ich untergebracht sein werde«, sagte Edith Paaske nun. »Sicher werde ich eine eigene Kammer im Haus der Thieles bekommen.« Sie warf Amelie einen fragenden Blick zu. »Die Herrschaften wohnen bestimmt in einer Villa, oder?« Als Amelie nicht gleich antwortete, fuhr sie fort: »Und sie ist bestimmt groß und prächtig.«

»Es gibt sogar einen Turm«, antwortete Amelie, der es immer schwerer fiel, höflich zu bleiben. Sie warf einen hilfesuchenden Blick zum Tresen, wo die gnädige Frau gerade in ein Gespräch mit dem vollleibigen Wirt vertieft war. An den Gesten des Mannes war zu erkennen, dass er ihr einen Weg erklärte. Offenbar den zum Telefonapparat.

Gerade wandte Amelie sich wieder dem Gespräch zu, als sie aus dem Augenwinkel wahrnahm, wie Katharina Thiele in sich zusammensackte. Ein Raunen ging durch den Schankraum. Die anwesenden Gäste stürzten zum Tresen.

»Etwas stimmt mit der gnädigen Frau nicht«, rief Franz und sprang ebenfalls auf. Amelie tat es ihm nach. Mit wenigen Schritten waren sie bei Katharina Thiele, die vor der Theke auf dem Boden lag.

»Ein Arzt«, rief Franz, während er sich über Katharina Thiele beugte. »Wir brauchen einen Arzt!« Er rüttelte an ihr, rief immer wieder ihren Namen, doch sie reagierte nicht. »Hören Sie mich?«

»Sie ist bewusstlos«, stieß Amelie hervor. »Kalte Tücher«, sagte sie an den Wirt gewandt. »Wir brauchen kalte Tücher, die wir als Umschläge verwenden können.« Der Mann setzte sich in Bewegung und verschwand in der angrenzenden Küche.

Franz stützte Katharinas Kopf. »Einen Arzt«, rief er noch einmal, als niemand reagierte. Alle standen starr vor Schreck um die leblose Katharina Thiele herum. »Na los, worauf wartet ihr!« Er machte eine wilde Geste zur Tür des Gasthauses. »Gibt es in diesem Kaff einen Arzt?«

»Doktor Hader«, brummte ein dicker Mann mit kahlem Schädel. »Wenn einer helfen kann, dann sicher er.«

»Worauf warten Sie?«, bellte Franz aufgebracht. »Die Frau

braucht Hilfe, also setzen Sie sich in Bewegung und holen Sie den Arzt her!«

»Ist gut.« Schwerfällig verließ der Mann das Wirtshaus.

»Hoffentlich dauert das nicht zu lange«, murmelte Amelie besorgt. Inzwischen hatte sich auch Edith Paaske zu ihnen gesellt. Wortlos ging sie neben der bewusstlosen Katharina Thiele in die Hocke, fühlte ihren Puls und versuchte ihr, in die Pupillen zu schauen.

»Was tun Sie da?«, fragte Amelie.

»Ich sehe nach ihr.« Edith Paaske ließ sich nicht verunsichern. Sie tätschelte die Wangen der Bewusstlosen und redete auf sie ein. »Kann es sein, dass sie in anderen Umständen ist?«, fragte sie schließlich.

»Wie kommen Sie denn darauf?«, fragte Amelie.

»Das erkenne ich«, behauptete Edith Paaske. »Meine Schwester ist Hebamme.«

Inzwischen kehrte der Wirt aus der Küche zurück. Er brachte ihnen ein nasses Tuch, das nur so tropfte. Edith Paaske quittierte das mit einem Kopfschütteln und wrang das Tuch auf dem Dielenboden des Wirtshauses aus, bevor sie es Katharina auf die Stirn legte. »Mehr«, verlangte sie in Richtung Wirt. »Ich brauche mehr davon.« Wortlos verschwand der Mann hinter dem Tresen, um kurz danach mit weiteren Tüchern und einem Glas Wasser zurückzukehren. Edith Paaske tupfte der bewusstlosen Frau die Wangen und den Hals ab. Langsam lüfteten sich bei Katharina die Schleier der Bewusstlosigkeit. Ihre Augenlider flatterten, ihre Lippen formten unverständliche Worte, bevor sie zu sich kam.

»Geht es Ihnen gut, gnädige Frau?«, fragte Franz in Sorge.

Katharina Thiele nickte. »Mir wurde plötzlich schwarz vor Augen, dann wurden meine Knie weich und das ganze Wirtshaus hat sich gedreht – und das, obwohl ich nicht zu tief ins Glas geschaut habe.«

»Ein Arzt ist bereits unterwegs«, erklärte Franz. »Er wird Sie untersuchen.«

»Danke.« Katharina lächelte matt. »Bitte helfen Sie mir.« Amelie und Franz setzten sie auf. Sie war immer noch kreidebleich. Als die Tür des Wirtshauses aufflog und der kahlköpfige Gast an der Seite eines hageren Mannes mit silbrigem Haar und einem ledernen Ärztekoffer unter dem Arm eintrat, atmete Amelie auf.

*

Carl wurde aus seinen Überlegungen gerissen, als es spät am Abend des nächsten Tages an der Tür der Villa Thiele läutete. Er war damit beschäftigt gewesen, Zeichnungen für die beheizbare Waschmaschine anzufertigen. Da er Frieda schon zu Bett geschickt hatte, erhob er sich schwerfällig und durchquerte die Halle, um die Tür selbst zu öffnen. Er hatte nicht so schnell mit Katharinas Heimkehr gerechnet. Doch zu seiner Überraschung stand ein Postbote vor ihm. »Guten Abend gnädiger Herr«, sagte der uniformierte Beamte. »Bitte entschuldigen Sie die Störung zu später Stunde, ich habe ein Telegramm für Sie.« Er hielt einen Umschlag in die Höhe.

Schlagartig begannen Carls Hände zu zittern. Er nahm das Kuvert entgegen und quittierte den Empfang. Sicher hatte es nichts Gutes zu bedeuten, wenn er um diese Uhrzeit eine Nachricht erhielt. »Danke sehr.« Mühsam rang er sich ein Lächeln ab und verabschiedete den Postboten. Hastig drückte er die Tür ins Schloss und riss den Umschlag auf, um das darin befindliche Telegramm zu entnehmen.

»Ist etwas geschehen?«

Hinter ihm war Frieda aufgetaucht, die offensichtlich vom Läuten geweckt worden war. Sie trug eine Strickjacke über dem Nachthemd; ihre Haare standen wild vom Kopf ab. »Bitte entschuldigen Sie meinen Aufzug«, murmelte sie, als die Carls Blick wahrnahm.

»Ich hoffe, dass nichts passiert ist«, entgegnete Carl mit belegter Stimme. Dann überflog er die Zeilen, bevor er Frieda den Inhalt des Telegramms mitteilte.

»Sie kommen erst morgen nach Hause. Meine Frau ist unpässlich und braucht dringend Schlaf. Deshalb ist noch eine zweite Übernachtung geplant.«

»Dann sollten Sie jetzt auch zu Bett gehen, mein Herr. Sicher wollen Sie morgen ausgeschlafen sein, wenn Ihre Frau heimkehrt – es gibt sicher eine Menge zu erzählen.« Frieda zwinkerte ihm zu, dann wünschte sie eine gute Nacht und ging zurück zu ihrer Kammer.

Kapitel 23

Am Abend des dritten Tages erreichten sie Gütersloh. Frieda öffnet den Ankömmlingen die Tür zur Villa, und Carl Thiele nahm seine Frau liebevoll in den Arm.

»Liebes«, wisperte er kaum hörbar, »ich bin so froh, dass es dir gut geht.«

»Ich auch«, gestand sie ihm.

»Niemals hätte ich dich nach Berlin fahren lassen dürfen. Ich mache mir unendliche Vorwürfe.« Carl war sichtlich unbehaglich. »Es war vielleicht doch zu riskant, diese Reise zu unternehmen.«

»Ich hatte eine gute Reisebegleitung, die auf mich aufgepasst hat«, sagte Katharina und bedachte Franz, Amelie und Edith Paaske, die noch in der Tür standen, mit einem dankbaren Lächeln. Sie streifte den Mantel ab und übergab ihn Frieda. »Vielleicht hätten wir uns noch mehr Zeit für die Fahrt lassen sollen, aber ich wollte so schnell wie möglich nach Hause zu dir.« Sie lächelte. »Wo steckt Carl junior?«

»Er ist bereits im Bett«, antwortete Carl bedauernd.

»Dann werde ich gleich nach ihm sehen, er hat morgen Schule.«

»Aber ab morgen ist Fräulein Amelie wieder damit betraut, sich um unseren Jungen zu kümmern.«

»Ich freue mich bereits darauf«, versicherte Amelie. Der liebevolle Umgang des Paares faszinierte sie. Sie hoffte, dass es bei ihr und Franz auch einmal so sein würde. Amelie wandte sich zu Franz, der neben ihr in der Tür stand, und tauschte einen verliebten Blick mit ihm. Zugleich wurde ihr klar, dass Franz und ihr dieses Glück vorerst verwehrt bleiben sollte. Niemand durfte von ihnen erfahren, und so senkte sie schnell den Kopf.

»Sie sind sicher hungrig von der langen Fahrt«, sagte Frieda mit einem mütterlichen Lächeln. »Ich habe ein Abendessen vorbereitet.«

»Das ist hervorragend.« Katharina wandte sich an die anderen. »Und zur Feier des Tages möchte ich Sie alle zum Essen einladen.«

»Wie darf ich das verstehen?«, fragte Carl.

»Ganz einfach, obwohl heute nicht Sonntag ist, möchte ich, dass wir alle an einem Tisch sitzen und speisen.« Sie wandte sich wieder an Frieda. »Sehen Sie es als Zeichen meines Danks an Sie.«

Carl Thiele hatte keine Einwände. »Dann ist dein Wunsch natürlich unser Befehl, Liebes.« Er nickte Frieda zu. »Bitte decken Sie für die Herrschaften zusätzlich ein.«

*

»Herrschaften«, wiederholte Amelie nach dem Abendessen, »er hat uns Herrschaften genannt.«

Franz winkte ab. »Was hätte er sonst sagen sollen? Hätte er Frieda bitten sollen, dass sie auch für das Gesinde Geschirr und Besteck bringen soll?« Er lachte auf. »Das hätte in dem Zusammenhang wohl seltsam geklungen.«

»Es fühlte sich trotzdem ungewohnt an, mit dem gnädigen Herrn und seiner Frau am Tisch zu sitzen, aber ich fand es irgendwie schön.«

»Vor allem finde ich schön, dass du heute Nacht in der Villa übernachtest.« Franz saß auf der Bettkante und betrachtete die Kammer, die Amelie zugeteilt worden war, weil es schon so spät am Abend war. Sie war spartanisch eingerichtet, doch mit allem ausgestattet, was sie für den Alltag benötigte. Neben dem Bett befand sich ein Nachtschrank samt kleiner Lampe, an der langen Wand standen ein Kleiderschrank sowie ein Tisch, davor ein schlichter Holzstuhl. In der Ecke neben der Tür gab es sogar ein kleines Waschbecken, über dem sich ein Spiegel befand. Je länger sie darüber nachdachte, konnte sie sich inzwischen gut vorstellen, für immer in der Villa zu leben. Trotzdem fühlte es sich für Amelie ungewohnt an, nicht ins Haus des Vaters zurückzukehren.

Aber ihr gefiel der Gedanke, künftig fest im Hause der Familie Thiele zu wohnen, sie gehörte inzwischen ja fast schon zur Familie. Sie war sicher, dass ihr Vater einverstanden sein würde, wenn sie ihm ihren Entschluss mitteilen würde. Er hatte ja schon angedeutet, dass er nicht vorhatte, allein zu bleiben, und sie damit im Grunde freigegeben. Und selbst wenn er traurig sein sollte, würde er ihr das nicht zeigen und sie in ihrem Wunsch kräftigen. Außerdem hatte er in Käthe eine neue

Lebensgefährtin gefunden – so hatte es den Anschein. Amelie fragte sich, wann sie die neue Frau an der Seite ihres Vaters kennenlernen würde. Einen weiteren Vorteil sah sie darin, hier zu leben, denn so konnte sie auch nachts näher bei Franz sein.

Sie fragte sich, wie die Herrschaften wohl auf ihre Liebelei reagieren würden, wenn sie ans Licht käme. Doch bis jetzt fühlte sie sich sicher, und sie würden alles daransetzen, ihr Verhältnis geheim zu halten.

»Ach Franz«, seufzte sie wehmütig und setzte sich zu ihm auf die Bettkante, um ihn an ihren Gedanken teilhaben zu lassen. »Ist es nicht ein Jammer?«

Er schien sofort zu wissen, wovon sie sprach. »Ja«, stimmte er zerknirscht zu, »das ist es wirklich.«

Als er ihr tief in die Augen sah, ertrank sie in seinem Blick. Das Herz schlug ihr bis zum Hals, als seine Hände zärtlich über ihren Rücken strichen. »Ich liebe dich, Amelie Wadersloh«, flüsterte er in ihr Ohr. Bevor sie etwas erwidern konnte, verschloss er ihren Mund mit einem leidenschaftlichen Kuss.

Als sie im nächsten Atemzug eng umschlungen in die frischen Laken sanken, vergaßen sie, dass ihre Liebe ihr Geheimnis war, denn für den Augenblick gab es nur sie beide auf der Welt.

Kapitel 24

Die nächsten Wochen vergingen wie im Fluge. Amelies Wunsch, im Haus der Familie wohnen zu dürfen, war von den gnädigen Herrschaften erfreut aufgenommen worden. So bewohnte sie nun das Zimmer, in dem sie neulich schon übernachten durfte. Mit Bildern, die sie aus ihrem alten Zuhause mitgebracht hatte, wurde der kleine Raum erst richtig gemütlich. Sie hatte sich einige Bücher mitgebracht und ihre Kleider in den Schrank geräumt, so dass sie schnell in der Villa Thiele heimisch wurde.

Sogar ihr Vater hatte größtes Verständnis für ihre Entscheidung gehabt. Hermann fand es löblich, dass seine Tochter nun eigene Wege ging. Sicherlich auch, weil er so mehr Zeit für seine Käthe hatte. Ob die beiden heiraten würden, hatte er ihr aber nicht verraten. Amelie gönnte ihrem Vater sein Glück, war sie selbst doch frisch verliebt. Es fühlte sich großartig an, auf eigenen Beinen zu stehen, und zum ersten Mal in ihrem Leben fühlte sich Amelie richtig erwachsen. Endlich war sie unabhängig. Dabei bekam sie nur wenig von dem mit, was ihre Herrschaften gerade beschäftigte. So kümmerte sie sich aufopferungsvoll um Carl junior, der ihr längst ans Herz gewachsen war und entlastete die vielbeschäftigten Eltern, wo immer es ging.

*

Nach wochenlanger Tüftelei hatte Carl die Kraftwaschmaschine endlich zur Serienreife gebracht, nur eines war ihm nicht gelungen: Es hatte sich als eine schier unlösbare Aufgabe erwiesen, das Waschwasser vorzuheizen, um den Waschfrauen das beschwerliche Schleppen der Kessel zur Waschmaschine zu ersparen. Immer noch grübelte er an einer Lösung, doch das Ergebnis musste er vorerst vertagen, denn auch der Kraftwagen wollte weiterentwickelt werden.

Edith Paaske, die inzwischen wieder nach Berlin zurückgekehrt war, hatte Carl und Katharina einige wertvolle Denkanstöße gegeben, was an den vorhandenen Maschinen zu verbessern sei. So hatte sie sich eine doppelt so große Waschtrommel gewünscht, um mehr Wäsche gleichzeitig reinigen zu können. Carl hatte viel Zeit in die Entwicklung einer neuen, zweihundert Liter fassenden Kraftwaschmaschine investiert. Natürlich zog eine größere Trommel zahlreiche weitere Änderungen nach sich. Unter anderem musste die Leistung des Motors angepasst werden, um beim Antrieb nicht heiß zu laufen. Der Idee von Katharina, eine ganze Straße von Maschinen über einen einzigen Transmissionsriemen in Betrieb zu nehmen, hatte er sich angenommen. Rudolf drängte ihn wie immer, denn er plante, die Novitäten auf der nächsten Messe zu präsentieren.

Katharina arbeitete in jeder freien Minute an der Reklame für die neue Maschinengeneration. Sie zeichnete Plakate und dachte über die Botschaften nach, die möglichst viele Menschen erreichen würden. Bei alldem wuchs das Kind in ihr heran, und ihr Bauch wölbte sich inzwischen deutlich.

Sie besuchte Carl häufig in seiner Werkstatt, um sich einen Kuss von ihm abzuholen. So auch heute. Gedankenverloren werkelte er am Antrieb einer Milchzentrifuge, die inzwischen auch in die Jahre gekommen war und einer Modernisierung bedurfte.

»Was wird das?«, fragte Katharina und betrachtete die drei unterschiedlichen Maschinen, die im Raum aufgebaut waren.

»Das, meine Liebe, wird eine Milchanlage.« Carl strahlte stolz.

»Ich fürchte, das musst du mir erklären.«

»Kannst du dich noch an unsere Anfänge erinnern? An unsere erste Zentrifuge, damals auf dem Hof deiner Eltern?«

»Sicher.« Für einen Moment beschlich Katharina Wehmut. Rückblickend war die Zeit auf dem Zumwinkel-Hof sehr idyllisch gewesen. Die lange und schwere Arbeit, die den Alltag in der Landwirtschaft beherrscht hatte – all das wurde verdrängt von den unzähligen Kindheitserinnerungen, die sie mit dem Hof verband.

»Und das hier«, riss Carls Stimme sie aus den Gedanken, »wird unsere erste Kleinmolkerei. Ich habe die Zentrifuge elektrifiziert und an die Buttermaschine angeschlossen. Somit sind zwei Geräte zu einem geworden, und die Milchmädchen auf den Höfen haben bald schon weniger Arbeit.«

»Verkauft sich so etwas denn?«

»Rudolf sagt, er sieht einen Markt. Durch die Elektrifizierung können wir alle unsere Maschinen leistungsfähiger machen.«

»Wie bei den Waschmaschinen«, nickte Katharina. Sie erinnerte sich an die zahlreichen Gespräche, die sie mit Edith Paaske geführt hatte. »Einige der Frauen bei Adlon berichteten von Unmengen an Geschirr, die täglich anfallen und gewaschen werden müssen.«

Carl grinste verstehend. »Und jetzt soll ich eine Waschmaschine für Geschirr und Besteck bauen?«

»Ich bin sicher, dass so eine Maschine eine Existenzberechtigung hätte«, lächelte Katharina. »Denk mal an die unzähligen Wirtshäuser, an Krankenhäuser, Hotels und Restaurants.«

»Und dann treten die Frauen wieder in den Streik?«

»Ich glaube nicht.« Katharina schüttelte den Kopf. »Ich glaube, ich konnte in Berlin wirklich Überzeugungsarbeit leisten und allen klarmachen, dass die Maschinen eine Arbeitserleichterung bedeuten.«

»Bei allem Respekt, Liebes – das waren ein, zwei Dutzend Frauen. Unsere Maschinen werden in die ganze Welt verkauft, da gilt es, weiter Überzeugungsarbeit zu leisten.«

»Dann sollten wir das in Form einer Werbeaktion machen.«

»Wie stellst du dir das vor?«

Katharina betrachtete ihn mit einem verliebten Lächeln. Plötzlich kam ihr eine Idee. »Kennst du einen Mann, der in der Familie die Wäsche wäscht?«

Carl dachte kurz nach und schüttelte den Kopf. »Nicht einen einzigen.«

»Warum?«

»Weil der Mann in der Familie das Geld verdient, und die Frau sich um die Erziehung der Kinder und um den Haushalt kümmert.«

»Ist das gerecht?«

»Das würde ich nicht sagen, aber es hat sich so eingebürgert«, entgegnete Carl.

»Was wäre denn, wenn der Mann für die Wäsche der ganzen Familie verantwortlich wäre?«

Carl betrachtete sie, dann musste er lachen. »Ich würde eine Waschmaschine kaufen, damit es schneller geht.«

»Ach so.« Katharina lehnte sich an die Werkbank. »Das ist doch eine Botschaft.«

»Ich fürchte, dass ich dir nicht folgen kann.« Carl schüttelte den Kopf.

»Ganz einfach: wenn wir deine Aussage in einen Werbespruch verpacken würden.«

Endlich verstand Carl, worauf sie hinauswollte. Er musste lachen. »Ach so«, rief er. »Wenn Vater waschen müsste, würde er eine Kraftwaschmaschine von Thiele kaufen.«

Katharina klatschte in die Hände. »Bravo!« Sie stieß sich von der Werkbank ab und stellte sich vor ihm auf die Zehenspitzen, um ihm einen Kuss auf die Wange zu hauchen. »Und schon haben wir einen Werbespruch. Das Ganze illustrieren wir mit einem Mann vor einer Waschmaschine, der sichtlich Spaß bei dieser Arbeit hat.«

»Ich glaube, das ist verständlich.«

»Wir lassen Bilder wirken und fügen einen einzigen Satz hinzu. Den Rest unserer Botschaft kann sich der Betrachter denken.« Katharina nickte. »Wir sind unschlagbar, Carl, und allein dafür liebe ich dich!« Sie streichelte ihm durch das kurze Haar und verabschiedete sich von ihm. »Wir sehen uns.«

»Das will ich aber hoffen«, erwiderte Carl grinsend, bevor er sich wieder in die Arbeit stürzte.

*

Katharina blickte auf, als sie die Kutsche vorfahren hörte. Beim Arbeiten hatte sie die Zeit völlig vergessen. Jetzt erhob sie sich von Carls Schreibtisch, um ans Fenster zu treten. Unten schwang sich Franz gerade vom Kutschbock. Mit einer galanten Bewegung öffnete er den Wagen und half erst Carl junior, dann Amelie heraus.

Der Junge sah an der Fassade der Villa empor, entdeckte seine Mutter und winkte ihr zu. In der Halle ertönten Schritte. Frieda öffnete die Haustür und hieß Carl junior willkommen. Sie kehrten gerade von Carls Eltern zurück, die noch in Herzebrock lebten und Sehnsucht nach ihrem Enkel gehabt hatten. Katharina fiel auf, dass sie sich in der letzten Zeit zu selten um ihre Schwiegereltern gekümmert hatten. Prompt bekam sie ein schlechtes Gewissen, und sie beschloss, sich auch mal wieder in Herzebrock im alten Posthof blicken zu lassen. Anfangs hatten sie sogar dort gelebt, bevor sie dann nach Gütersloh gezogen waren. Katharina erinnerte sich gern an die Zeit.

»Geh ruhig schon ins Haus«, rief Amelie gerade.

»In Ordnung.« Carl junior rannte die breiten Stufen hinauf, kurz darauf waren seine Schritte im Haus zu hören.

Katharina, die noch am Turmfenster stand, betrachtete die Kutsche der Familie. Bald schon würde sie durch ein Automobil abgelöst werden. Bisher hatte Carl darin keine Notwendigkeit gesehen, doch die Anzahl der Automobile auf den Straßen wurde immer größer. Auch wenn diese Dinge knatterten und stanken, würde man sich wohl bald nur noch mit dem Kraftwagen von einem Ort zum anderen bewegen.

Es wurde höchste Zeit für das Thiele-Automobil.

Unten hatte Franz die Tür des schwarz glänzenden Wagenkastens geschlossen. Amelie stand ein paar Schritte abseits und beobachtete den Kutscher bei seiner Arbeit. Bevor er sich auf den Bock schwang, um das Fuhrwerk zum Stall zu bringen, wandte er sich noch einmal zu dem Kindermädchen um. Ihre Blicke trafen sich, sie lächelten einander zu, und als Franz die Bremse löste, warf ihm Amelie eine Kusshand zu. Ihre Wangen glühten.

Katharina glaubte, sich versehen zu haben.

Waren die beiden etwa ein Paar?

Gerade, als sie sich nachdenklich vom Fenster abwenden wollte, erwiderte Franz die Kusshand. Amelie drehte sich um und sah zu, dass sie ins Haus kam. Mit gesenktem Blick nahm sie die breiten Stufen der Treppe. Unten klappte eine Tür, dann kehrte Ruhe im Haus ein.

*

»Du, ich glaube, die Herrschaften wissen über unser Verhältnis Bescheid.« Es war spät am Abend desselben Tages, und Amelie lag in den Armen von Franz. Die Pferde in den Boxen schnaubten zufrieden, der würzige Geruch von Stroh und Heu hing in der Luft. Sie hatte ihn, wie so oft, im Stall besucht und war ihm bei der Arbeit zur Hand gegangen.

Irgendwann waren sie eng umschlungen ins Stroh gesunken und hatten sich ihrer Sehnsucht hingegeben. Nun lagen sie eng aneinandergeschmiegt im Stroh und hingen ihren Gedanken nach. Hier würde sie niemand stören, denn der kleine Stall war der Rückzugsort des Kutschers.

»Was erzählst du da?« Franz klang besorgt. »Wann sollen die Herrschaften das herausgefunden haben?« Er richtete sich auf. »Meinst du wirklich, sie wissen Bescheid, dass wir uns lieben?«

»Ja.« Sie hüllte sich in die Decke, die neben ihr lag, und setzte sich ebenfalls auf. »Die gnädige Frau hat uns heute Nachmittag beobachtet, als wir aus Herzebrock zurückgekommen sind. Ich glaube, sie hat beobachtet, wie wir uns Kusshände zugeworfen haben.«

»Ich habe sie nirgendwo gesehen.« Eine steile Sorgenfalte stand auf seiner Stirn. Franz strich sich eine Haarsträhne aus der Stirn und schüttelte den Kopf.

»Sie stand oben am Turmfenster im Arbeitszimmer.«

»Hat sie dich darauf angesprochen?«

»Nein, bisher nicht.«

»Dann hat sie es vielleicht gar nicht mitbekommen.«

»Wie dem auch sei, Franz, wir müssen besser aufpassen.«

»Ja.« Er nickte und kaute lässig auf einem Strohhalm herum.

»Das sollten wir wirklich, wenn wir unsere Arbeit nicht verlieren wollen.«

»Ehrlich gesagt wäre mir das egal«, entgegnete Amelie trotzig.

»Wenn sie unsere Liebe nicht tolerieren, dann sollen sie mich eben entlassen.«

»Ich werde mit der gnädigen Frau sprechen«, schlug Franz vor.

»Das wirst du schön sein lassen.« Amelie schüttelte den Kopf. »Wir werden erst einmal so tun, als wäre nichts gewesen. Wenn wir darauf angesprochen werden, können wir ja sehen, wie es weitergeht.« Amelie legte einen Arm um seine Schulter. »Aber bis es so weit ist, verhalten wir uns unauffällig.«

Franz wirkte zerknirscht, dachte kurz nach und nickte schließlich. »Also gut«, sagte er. »Ich liebe dich, Amelie, und ich will mir unsere Liebe von nichts und niemandem zerstören lassen.« Bevor sie etwas erwidern konnte, beugte er sich über sie und bedeckte ihren Mund mit seinen Lippen. »Ich bin bereit, zu unserer Liebe zu stehen, Amelie«, murmelte er und küsste sie voller Leidenschaft.

Amelie.

Als sich ihre Lippen kurz voneinander lösten, rang sie nach Luft.

»Franz, mein lieber Franz, ich liebe dich so sehr!«

Kapitel 25

Wenige Wochen später fand eine Sitzung in Rudolfs Büro statt, an der Carl, Katharina, der Werksleiter Hermann Böker und Paul Klamm teilnahmen. Der Automobilbauingenieur präsentierte den Anwesenden zum ersten Mal fertige Konstruktionspläne für den Bau des Thiele-Kraftwagens. Nach Carls Wünschen hatte er eine Limousine und eine längere Version mit mehr Türen gezeichnet. Klamm hatte sich die Mühe gemacht, die Skizzen zu kolorieren. So erstrahlte das Automobil mit der eleganten Linienführung in leuchtendem Rot, so wie Katharina es sich gewünscht hatte. Mit einem Seitenblick auf seine Frau stellte Carl fest, dass sie glücklich strahlte.

»Der Wagen sieht großartig aus«, entfuhr es Carl voller Begeisterung. Klamm hatte wirklich gute Arbeit geleistet, Sie würden umgehend mit dem Bau des Automobils beginnen können.

»Ich brauche eine Halle und Arbeiter für den Bau eines Prototypen«, sagte Klamm.

»Natürlich, Sie bekommen alles, was Sie brauchen«, versicherte Carl ihm.

Rudolf sah in die Runde. »Bevor wir das neue Projekt angehen, sollten wir die Zuständigkeiten regeln.«

»Kein Problem«, murmelte Carl. »Ich bin der technische Leiter der Thiele & Cie., du, Rudolf, bist und bleibst der kaufmännische Leiter, Herr Böker ist als Werksleiter für die Abläufe in der Fabrik zuständig und Sie, mein lieber Klamm, sind von jetzt an offiziell der Projektleiter.«

»So sollten wir das später an die Öffentlichkeit bringen«, schlug Katharina vor, während sie sich Notizen machte.

»Die Halle, in der die alten Zentrifugen bisher gebaut wurden, steht bald leer«, erklärte Böker und zwirbelte an seinem altmodischen Kaiserbart. »Dort könnte die Produktion des Automobils Einzug halten.«

»Die Arbeiter werden allerdings für die kommende Generation von Waschmaschinen benötigt«, wandte Rudolf ein. »Damit dürften wir zu wenig Leute haben, um den Motorwagen zu bauen.«

»Gibt es Maschinen, die sich derzeit nicht gut verkaufen?«, wollte Katharina wissen.

Rudolf überlegte. »Sobald die neuen Modelle auf dem Markt sind, werden die Verkaufszahlen der alten Waschmaschinen garantiert stagnieren, wenn nicht sogar zurückgehen.«

»Nun gut, sollten wir nicht auskommen, müssen wir mehr Leute einstellen«, sagte Carl vor. Alle Blicke lagen auf ihm.

Rudolf räusperte sich. »Das alles ist mit enormen Kosten verbunden. Die Halle, das Material für den Fahrzeugbau, Werkzeuge und Arbeiter.«

»Das war uns von vornherein klar, als wir uns das Thema vorgenommen haben«, erinnerte ihn Carl. Rudolph nickte zustimmend.

»Richtig, mein Freund, deshalb habe ich auch ein Finanzierungskonzept erstellt.«

»Und, wie sieht das aus?«, wollte Katharina wissen. Ungeduldig spielte sie mit ihrem Stift.

»Die Gelder für die Entwicklung des Automobils haben wir, allerdings werden wir, sobald wir in die Produktion einsteigen, auf die Hilfe der Banken angewiesen sein.«

»Das bedeutet, dass unser Automobil so gut werden muss, dass wir das Geld schnell zurückzahlen und Gewinne erwirtschaften können«, schlussfolgerte Katharina.

»Eben, meine Liebe.« Rudolf nickte. Er wandte sich an Klamm und Böker. »Meine Herren, Sie wissen, um was es geht.«

»Die Kosten für den Bau des Kraftwagens habe ich in meinem Konzept bereits beziffert«, erklärte Paul Klamm und tippte auf die aufgeschlagene Mappe, die vor ihm auf dem Tisch lag. »Bei den Kosten des eingesetzten Materials können wir berücksichtigen, dass sich die Einkaufspreise reduzieren, sobald wir höhere Stückzahlen produzieren.«

»Ich kann es kaum erwarten«, stieß Katharina hervor. Sie warf den Stift auf den Block und rieb sich aufgeregt die Hände. »Und unser Automobil wird besser werden als jedes der Konkurrenz.«

»Ihr Wort in Gottes Ohr«, brummte Böker, der dem Projekt eher skeptisch gegenüberstand. »Mit den Kraftwagen von Horch, Carl Benz und Adam Opel stellen wir uns einer beachtlichen Konkurrenz.«

»Wir werden das schaffen«, versicherte Katharina ihm. Carl sah ihr an, dass sie voll Tatendrang und überzeugt vom Erfolg des Thiele-Kraftwagens war. Sie wandte sich an Paul Klamm.

»Ich bin überzeugt, dass Sie ein Automobil konzipiert haben, auf das die Welt schauen wird.«

»Das wird die Welt garantiert«, erwiderte Böker mit verschränkten Armen. »Allerdings werden sie den Namen Thiele immer mit Waschmaschinen und Zentrifugen und nicht mit Automobilen in Verbindung bringen. Das beschert uns einen schweren Stand.«

»Dann müssen wir die Skeptiker eben überzeugen«, antwortete Katharina. »Und ich werde mir Gedanken dazu machen, wie uns das gelingen kann.« Sie sah in die Runde. »Und Sie, meine Herrschaften, sind nun in der Pflicht, das Thiele-Automobil so perfekt zu konstruieren, wie man es von unserem Unternehmen gewohnt ist.« Damit schien alles für sie gesagt zu sein, denn Katharina klappte ihren Block zu und erhob sich.

★

»Na, wie war ich?« Katharina schloss die eiserne Tür von Carls Werkstatt und grinste zufrieden. Nach der Besprechung hatte sich Carl in der Werkstatt zurückgezogen, um die kleine Molkerei, wie er sein neuestes Projekt bezeichnete, weiterzuentwickeln. Er stand über eine Zentrifuge gebeugt und richtete sich nun auf. »Großartig, Liebes«, sagte er mit einem glücklichen Lächeln. »Du hast selbst den brummigen Böker besänftigt – ein Kunststück, das selbst Rudolf und mir nur selten gelingt.«

Hermann Böker war als Werksleiter der *Thiele & Cie.* ein Mann der ersten Stunde und verantwortlich für die Belegschaft und reibungslose Abläufe in der Produktion. Schon früh hatten ihn Carl und Rudolf mit dieser Aufgabe betraut. Er war zuverlässig, menschlich gesehen aber eher schwierig.

»Ich freue mich so auf das Automobil«, schwärmte Katharina. »Ich bin sicher, dass es mindestens so erfolgreich wird wie unsere Waschmaschinen.«

»Es wird ein neues Betätigungsfeld, in dem wir uns erst einmal behaupten müssen.« Carls Enthusiasmus hielt sich offenbar in Grenzen.

»Warum zweifelst du?«, fragte sie und strich ihm durch das Haar.

Carl zuckte die Schultern. »Ich zweifele nicht, aber manchmal macht mir all das«, er breitete die Arme aus, »was wir uns hier aufgebaut haben, Angst. Was, wenn wir keinen Erfolg mehr haben?«

»Warum sollten wir keinen Erfolg mehr haben?«

»Ich weiß es nicht«, antwortete Carl mit entwaffnender Ehrlichkeit.

»Dann werden wir unser Werk verkleinern«, antwortete Katharina. »Wichtig ist doch, dass wir unseren Traum leben können, und dieses Privileg haben nicht viele Menschen.«

»Sicher hast du recht.« Er nickte und betrachtete sie mit einem verliebten Blick. »Und wichtig ist, dass wir einander haben und blind vertrauen können.«

»Ich liebe dich, Carl Thiele.« Katharina gab dem Bedürfnis nach, sich an ihn zu schmiegen. »Unsere Liebe ist einzigartig.«

»Ja, das ist sie.« Er legte die Motorhalterung auf der Werkbank ab und umarmte sie liebevoll.

»Wobei, so einzigartig ist sie nun auch wieder nicht.«

»Nicht?« Erstaunt sah er sie an.

»Nein.« Katharina schüttelte den Kopf. »Wirklich nicht.« Sie lachte. »Ist dir zu Hause nichts aufgefallen?«

»Was sollte mir aufgefallen sein?« Carl legte fragend den Kopf schräg.

»Unsere Amelie und Franz … ich denke, sie sind ein Paar.«

»Das Kindermädchen und der Kutscher?« Carl machte ein überraschtes Gesicht. »Aber … Fräulein Amelie ist doch viel zu jung für Franz.«

»Ich finde es nicht schlimm, wenn der Mann älter ist als die Frau.« Katharina musste lachen. »Bei uns verhält es sich ja auch so.«

»Aber das sind nur ein paar Jahre. Franz könnte fast ihr Vater sein.«

»Du übertreibst, Carl Thiele.« Katharina boxte ihm spielerisch in den Magen. »Ich finde, dass sie gut zueinander passen.«

»Aber es ist der Belegschaft nicht gestattet, dass sie Affären untereinander hat.«

»Pah.« Katharina winkte ab. »Die Regel, dass das Personal sich in vornehmen Häusern nicht lieben darf, ist völlig veraltet. Außerdem bin ich sicher, dass es genug solcher Verhältnisse gibt, die im Verborgenen bleiben.«

»Bis sie auffliegen.«

»Bis sie auffliegen«, wiederholte Katharina. »Ich finde es besser, offen mit Liebschaften umzugehen. Es ist doch wichtig, dass sich Liebende zueinander bekennen können.«

»Manchmal bist du mir unheimlich mit deinen Ansichten.«

»Warum?«

»Weil du vieles anders machst als andere.« Carl lächelte fein.

»Auch besser?«

»Meistens schon.« Er nickte. »Aber vielleicht stimmt es, was du sagst. Wenn ich mir überlege, dass wir unsere Liebe geheim halten müssten, wäre ich todunglücklich.«

»Siehst du«, erwiderte Katharina. »Außerdem wäre es uns unmöglich, unsere Liebe zu verbergen.« Sie strich sich zärtlich über den Bauch. »Und deshalb bin ich der Meinung, dass wir Franz und Amelie ihre Gefühle füreinander zugestehen sollten.«

»Solange sie ihrer Arbeit gesittet nachgehen, habe ich keine Einwände.«

Katharina war zufrieden. Manchmal war Carl etwas starrsinnig, doch es fiel ihr leicht, ihn mit ihren Argumenten zu überzeugen. »Auch wenn sie unsere Dienstboten sind, so sollten wir ihnen erlauben, sich zu ihrer Liebe zu bekennen.«

»Wie du meinst.« Carl war einverstanden, doch er schien noch etwas Zeit zu benötigen, um sich an den Gedanken zu gewöhnen, dass das Kindermädchen und sein Kutscher ein Paar waren.

»Ich spreche mit beiden«, versprach Katharina, bevor er es sich anders überlegen konnte. Sie hauchte einen Kuss auf seine Wange und wandte sich zum Gehen. »Ich muss los«, sagte sie. »Gleich bin ich mit Lina verabredet.«

»Dann wünsche ich dir viel Spaß.«

»Danke. Aber wir werden arbeiten. Es geht um ein wohltätiges Projekt, bei dem wir uns um die Kinder armer Eltern kümmern wollen. Auch sie sollen das Recht haben, eine Schule zu besuchen.«

Carl nickte. »Du hast ein gutes Herz.«

»Ich hasse die Ungerechtigkeit, die in der Welt ist«, entgegnete sie. »Dagegen kämpfe ich, und Lina unterstützt mich dabei.« Nach einem letzten Kuss verließ sie die Werkstatt. Es gab viel zu tun, und am frühen Abend hatte sie noch einen Termin beim Arzt.

Kapitel 26

Katharina saß am späten Abend im Turmzimmer und arbeitete an einer Skizze. Carl war noch unterwegs. Sie vermutete, dass er die Zeit über seiner Tüftelei an der Kleinmolkerei vergessen hatte.

Eine Diele knarrte, und Amelie stand in der Tür. Offenbar wollte sie sich in die Nachtruhe verabschieden, nachdem sie Carl junior zu Bett gebracht hatte. Sie sah müde aus, was auch am matten Licht im Raum liegen konnte.

»Gnädige Frau, ich wollte nur …«

»Amelie! Hast du bitte einen Moment für mich?« Katharina legte den Stift zur Seite und erhob sich hinter Carls Schreibtisch. Mit einladender Geste zeigte sie auf einen freien Stuhl. Zögernd nahm Amelie Platz.

Katharina nahm sich vor, sie nicht unnötig auf die Folter zu spannen. Sicher ahnte das Mädchen längst, weshalb sie es sprechen wollte.

»Mir ist bekannt, dass Sie und Franz liiert sind«, fiel sie mit der Tür ins Haus. »Ich möchte Ihnen sagen, dass ich das, anders als es in gut situierten Häusern normalerweise der Fall ist, toleriere.« Katharina achtete auf jede Regung in Amelies Gesicht.

Sie saß mit durchgestrecktem Rücken auf dem Stuhl, die Knie zusammengepresst, die Hände lagen im Schoß, doch sie zitterten. Amelie wippte mit dem rechten Fuß.

»Haben Sie gehört, was ich gesagt habe?« Katharina umrundete den Schreibtisch und setzte sich vor dem Kindermädchen auf die Tischkante.

»Ja, gnädige Frau.« Amelie hatte den Kopf gesenkt.

»Gut. Also habe ich richtig gesehen?«

»Ich weiß nicht, was Sie gesehen haben, gnädige Frau, aber ja, es stimmt. Franz und ich … wir lieben uns.« Als sie jetzt zu Katharina aufsah, war ihr rundes Gesicht tiefrot.

»Herzlichen Glückwunsch euch beiden! Ich hoffe, ihr werdet glücklich miteinander.«

»Und … mehr haben Sie nicht zu sagen?«

Katharina stutzte. »Nein, was sollte ich sagen?«

»Dass Sie uns kündigen oder so?«

Katharina schüttelte den Kopf. »Davon kann keine Rede sein, jedenfalls nicht, solange ihr eure Arbeit nicht vernachlässigt.«

»Danke, gnädige Frau.«

Fast konnte Katharina den Stein, der von Amelies Herzen fiel, hören.

»Warum … warum ist in Ihren Augen in Ordnung, wenn sich Ihre Dienstboten ineinander verlieben?«

»Weil sie viel Zeit miteinander verbringen, oft mehr Zeit als mit den eigenen Familienmitgliedern. Außerdem bin ich auf einem Bauernhof aufgewachsen. Dort gab es Knechte, Mägde, Hufschmiede, Köchinnen, Waschfrauen, Tagelöhner und Saisonarbeiter. Alle lebten auf dem Hof, einige im Stall, andere in armselig eingerichteten Kammern. Und auch dort haben sich Männer und Frauen ineinander verliebt, nachdem sie sich bei der Arbeit nähergekommen sind. Es wurde stets gebilligt, weil es nichts Schöneres gibt als die Liebe, Amelie. Und aus diesem Grunde sehe ich nicht ein, warum das hier in der Villa Thiele anders gehandhabt werden sollte.«

»Danke, gnädige Frau, das ist sehr großzügig von Ihnen.«

»Nein«, Katharina winkte ab. »Es ist menschlich. Und auf Menschlichkeit lege ich großen Wert.«

»Darf ich Sie etwas fragen?«

»Sicher.«

»Wer weiß noch von Franz und mir?«

Katharina zuckte die Schultern. »Das kann ich dir nicht beantworten. Ob meine Schwiegereltern bei der Gartenarbeit etwas gesehen haben, das nicht für ihre Augen bestimmt war, weiß ich nicht. Frieda hat nichts an mich herangetragen. Und wenn sie etwas zwischen euch wahrgenommen hat, dann schweigt sie wie ein Grab, vielleicht um euch zu schützen. Und meinem Mann habe ich davon berichtet, ich wollte, dass er vorbereitet ist für den Fall, dass er etwas bemerkt.«

»Und der gnädige Herr ist …«

»Er ist auch einverstanden«, nickte Katharina. »Er hatte keine Einwände, nachdem ich ihn überzeugt habe.«

»Danke, gnädige Frau.«

»Aber gerne doch. Und wie gesagt, versucht, eure Liebe unauffällig zu genießen, aber genießt sie. Und vernachlässigt die Arbeit nicht darüber, dann habt ihr unseren Segen.«

Amelies Gesichtszüge entspannten sich. Mit einem erleichterten Lachen sprang sie auf. »Danke nochmals«, rief sie, »vielen Dank!« Sie trat auf Katharina zu und strahlte sie an. »Darf ich Sie umarmen?«

»Aber natürlich, meine Liebe.« Katharina rutschte vom Schreibtisch. »Du darfst.«

»Sie haben ein großes Herz, gnädige Frau.« Amelie schloss Katharina in die Arme und drückte sie, so fest es ging, an sich.

*

»Das hat sie nicht gesagt.« Franz sah Amelie ungläubig an, als sie später am Abend seine Kammer betrat. Er saß am Tisch und las im Schein der Lampe in der Zeitung. Die Gardinen mit dem filigranen Blumenmuster waren bereits zugezogen, das Bett aufgedeckt.

»Doch«, jubelte Amelie überglücklich. »Ist das nicht wundervoll?«

»Wenn das alles stimmt, dann … ja, dann ist es wundervoll.« Franz schien die Nachricht immer noch nicht glauben zu können. »Das hätte ich offen gestanden nicht für möglich gehalten.«

»Umso schöner, dass wir uns beide geirrt haben.«

»In der Tat.« Franz zog sie zu sich heran und streichelte über ihren Rücken. »Und sonst hat die gnädige Frau nichts gesagt?«

»Wir sollen unsere Arbeit nicht vernachlässigen und uns unauffällig verhalten.«

»Damit kann ich leben.« Franz lachte erleichtert auf. »Wir haben also den Segen der Herrschaften?«

Amelie nickte aufgeregt und setzte sich auf seinen Schoß.

»Ja«, rief sie, »den haben wir.« Sie küsste ihn, er umarmte sie zärtlich und erwiderte den Kuss. Amelie liebte das Gefühl von Nähe und Geborgenheit. Niemals hätte sie gedacht, sich so schnell in einen Mann zu verlieben. Schon nach dieser kurzen Zeit konnte sie sich ein Leben ohne Franz nur schwer vorstellen. »Ist das nicht wunderbar?«

»O ja«, sagte er zwischen zwei leidenschaftlichen Küssen, »das ist es. Ich hatte uns beide, ehrlich gesagt, schon auf der Straße gesehen.«

Amelie seufzte bei der Vorstellung. »Jetzt dürfen wir uns zu unserer Liebe bekennen.«

»Das sollten wir feiern.« Er erhob sich von seinem Stuhl und trug Amelie zu seinem Bett. Vorsichtig bettete er sie in die Laken, setzte sich zunächst auf die Bettkante, um sich dann zu ihr zu legen. »Heute Nacht lasse ich dich nicht gehen«, flüsterte er in ihr Ohr. Amelie genoss den angenehmen Schauer, der ihren Rücken herunterkroch, und schloss erwartungsvoll die Augen.

*

Obwohl sein Arbeitstag schon vor zwölf Stunden begonnen hatte, war Carl noch nicht müde. Nur der Gedanke, seine Familie schon wieder zu vernachlässigen, hatte ihn dazu bewogen, die Entwicklung der Kleinmolkerei für heute zu beenden und den Heimweg anzutreten. Dafür, Carl junior gute Nacht zu wünschen, war es bereits zu spät. Aber Katharina wartete auf ihn. Sicher gab es viel zu erzählen.

Da er davon ausging, dass die gute Frieda längst zu Bett gegangen war, schloss er die schwere Haustüre zur Villa selbst auf. In der Halle verbreitete nur noch die kleine Stehlampe ihren anheimelnden Lichtschein. So leise wie möglich huschte Carl ins Haus und drückte die Tür vorsichtig ins Schloss. Nachdem er den massiven Riegel vorgelegt hatte, setzte er seinen schwarzen Bowler ab und hängte ihn an den Haken hinter der Tür. Dann streifte er den dunklen Mantel ab, um ihn an der Garderobe aufzuhängen. Ohne Eile zog er die Schuhe aus und schlüpfte in die bequemen Hausschuhe, bevor er sich auf den Weg nach oben machte. Er freute sich auf Katharina. Wie er wusste, hatte sie heute einen Arzttermin gehabt. Der Doktor wollte kontrollieren, wie ihre Schwangerschaft verlief.

Carl huschte leise die Treppen ins erste Stockwerk hinauf und hielt sich rechts. Im matten Schein der kleinen Lampen im Flur betrachtete er die großformatigen Bilder an den Wänden. Sie alle zeigten Katharinas Heimat und sollten ihre gelegentliche Wehmut vertreiben. Er wusste, dass sie die Zeit auf dem Zumwinkel-Hof geliebt hatte. An manchen Tagen wünschte er sich selbst, noch einmal auf dem Hof leben zu dürfen, doch das war mit dem Verkauf des Hofes von Katharinas Eltern unmöglich geworden.

Inzwischen hatte er die Tür erreicht, hinter der sich sein Büro im Turmzimmer befand. Er drückte die Klinke nieder und trat ein. Katharina schien seine Ankunft nicht bemerkt zu haben, so sehr war sie in ihre Arbeit vertieft. Sie trug ein einfaches Hauskleid und leichte Schuhe. Ihre Wangen glühten vor Begeisterung für das, was sie gerade tat. Obwohl er fast vor Neugier platzte, hielt Carl einen Augenblick inne, um seine geliebte Frau bei der Arbeit zu beobachten.

Wie schön sie ist, dachte er mit klopfendem Herzen. Im Schein der kleinen Petroleumlampe auf dem Mahagonischreibtisch wirkte ihr Gesicht besonders ausdrucksvoll. Ein leichtes Lächeln lag auf ihren Lippen, während sie den Stift über einen großen Papierbogen führte. Dann und wann legte sie den Kopf schräg, hielt kurz inne, bevor sie weiterzeichnete. Am liebsten hätte Carl ihr stundenlang zugeschaut, doch er kam sich irgendwann schäbig vor, wie ein heimlicher Beobachter. Zögernd hob er die Hand, räusperte sich und klopfte vorsichtig an das Holz des Türrahmens.

Erschrocken fuhr Katharina hoch und ließ den Stift fallen. Er kullerte über den Schreibtisch. Carl sprang nach vorn und fing ihn im rechten Moment auf.

Katharinas Gesichtszüge entspannten sich, als sie ihn sah. »Carl!«

»Entschuldige, ich wollte dir keinen Schrecken einjagen.«

»Nein, nein, das ist nicht deine Schuld, ich war so versunken, dass ich …« Sie winkte ab und verstummte. »Schön, dass du da bist.«

»Schön, hier zu sein, in deiner Nähe«, entgegnete er mit einem Lächeln. Er nahm sich einen Stuhl und setzte sich ganz lässig verkehrt herum darauf. Er legte die Unterarme auf die Lehne und betrachtete Katharina verliebt. »Entschuldige«, sagte er mit sanftem Unterton. »Es ist spät geworden, weil ich die Zeit vergessen habe.«

»Wie bei mir.« Katharina lachte. »Was hat dich beschäftigt?«

»Die Kleinmolkerei. Ich arbeite noch an der richtigen Übersetzung, um den Motor für alle angeschlossenen Maschinen nutzen zu können.« Er winkte ab. »Das wird wohl noch dauern, bis Rudolf die Maschine der breiten Öffentlichkeit präsentieren kann.« Neugierig schielte er auf den großen Papierbogen, der vor Katharina lag. »Was zeichnest du?«

»Eine neue Reklame. Rudolf möchte die neue Kraftwaschmaschine bald schon anbieten, und ich arbeite sozusagen vor. Wenn die Probeläufe absolviert sind, müssen wir nach Berlin, zum Patentamt. Anschließend will Rudolf die Maschine anbieten. Bis dahin muss ich fertig sein.«

Carl lachte leise. »Du bist gut in der Zeit«, stellte er fest. »Darf ich einen Blick darauf werfen? Ich bin so schrecklich neugierig!«

»Natürlich darfst du.« Nickend nahm Katharina das großformatige Papier in beide Hände und drehte das Blatt so um, dass Carl es betrachten konnte.

Der Plakatentwurf zeigte die neue Kraftwaschmaschine. Am Kopf prangte das Markenzeichen von *Thiele & Cie.*, etwas kleiner darunter der markante Schriftzug »Erleben Sie unsere neue Elektro-Kraftwaschmaschine!«, und noch etwas kleiner: »Das neue Modell in niedriger Preislage«.

»Das sieht gut aus«, lobte Carl und schürzte anerkennend die Lippen. Auch unter die Abbildung von der Maschine hatte Katharina einen Text gesetzt. Darin bewarb sie »die neue erstklassige Maschine in der bekannten Thiele-Qualität«.

Katharinas Augen hingen an seinen Lippen, als Carl laut vorlas: »Einfach, betriebssicher, dauerhaft, preiswert!«

Die Maschine und der Motor sind auf einem kräftigen Holzrahmen montiert. Die Zahnräder sind gefräst. Die Motoren wasserdicht gekapselt und außerdem mit einer Blechschutzhaube versehen. Der Antrieb erfolgt durch einen Lederriemen. Preise umseitig!

»Wie gefällt dir das?«, riss Katharinas Stimme ihn aus der Betrachtung.

»Es ist großartig!«, rief er glücklich aus. »Genau das beschreibt alle Besonderheiten.« Er reckte sich weiter vor. »Was steht denn auf der Rückseite?«

Katharina wendete den Bogen. Oben hatte sie eine Tabelle eingefügt, in der noch die Preise für die unterschiedlichen Größen und Ausführungen fehlten. Hierzu bedurfte es einer Absprache mit Rudolf, der die Maschinen kalkulieren musste. Einen weiteren Text gab es unter der Tabelle. Wieder las Carl halblaut vor:

Die rege Nachfrage nach einer wirklich guten elektrischen Waschmaschine in niedriger Preislage hat uns veranlasst, die Thiele-Elektrokraftwaschmaschine zu bauen. Mit ihr erfüllen wir alle Ansprüche, die an eine elektrische Waschmaschine gestellt werden dürfen. Die Thiele-Kraftwaschmaschine entspricht in Material und Verarbeitung unseren bekannten Thiele-Waschmaschinen.
Sie werden begeistert sein!

»Und?«, fragte Katharina gespannt.

»Ich bin begeistert«, antwortete Carl mit dem Wortlaut des Werbetextes. »Und Rudolf wird es auch sein.«

»Dann bin ich zufrieden.« Katharina ließ den Bogen sinken und legte ihn auf den Schreibtisch. Sie sah Carl nachdenklich an und gähnte herzhaft.

»Du solltest dich schonen«, meinte er. »In deinem Zustand musst du vorsichtig sein, ich möchte nicht, dass du einen weiteren Schwächeanfall erleidest, Liebes.«

»Ich weiß, ich weiß«, nickte sie. »Aber die neue Reklame hat mir einfach keine Ruhe gelassen.«

»Wie geht es dir? Erzähl mir, was der Arzt heute gesagt hat.« Carl betrachtete Katharina besorgt. An manchen Tagen vergaß er, dass sie schwanger war, denn abgesehen von ihrem wachsenden Bauchumfang war alles wie immer. Die Schwangerschaft bekam ihr offenbar gut, und er wollte, dass das so blieb.

»Gut geht es mir«, versicherte sie ihm. »Der Arzt war sehr zufrieden mit mir.«

»Hast du ihm berichtet, dass du auf dem Rückweg von Berlin zusammengebrochen bist?« Carl hob fragend eine Augenbraue.

»Aber sicher.« Katharina atmete ein paar Mal tief durch. »Er meinte, das sei normal in der Schwangerschaft, wenn man sich als werdende Mutter zu viel zumutet. Dem Kind geht es aber gut, und wie du siehst«, sie deutete auf das Plakat, »bin auch ich wieder gut in Form.«

Carl nickte. »Du solltest den Rat des Arztes befolgen und dich ein wenig schonen, Liebes.« Er stand von dem Stuhl auf, umrundete den Schreibtisch und trat hinter sie. Sie legte den Kopf schräg und ließ zu, dass er ihren Nacken küsste. Ein leises Stöhnen kam über ihre Lippen.

»Jetzt«, seufzte sie schließlich, »fühle ich es auch, Liebster: Ich muss sofort mit der Arbeit aufhören und zu Bett gehen.«

Carl ließ von ihr ab und widersprach ihr nicht. Eilig löschten sie das Licht im Arbeitszimmer. Sie sahen zu, dass sie so schnell wie möglich ins Schlafzimmer kamen, wo sie voller Leidenschaft auf das Bett sanken.

Kapitel 27

Die folgenden Wochen vergingen wie im Fluge.

Katharinas Bauch wuchs zusehends, die Niederkunft rückte näher. Und in der Fabrik wollte man neben Waschmaschinen und Zentrifugen schon bald Automobile bauen. »Dann werde ich bestimmt meine Anstellung als Kutscher verlieren«, mutmaßte Franz jedes Mal, wenn die Sprache auf den Thiele-Kraftwagen fiel.

»Das wird niemals geschehen«, widersprach Amelie dann trotzig. Inzwischen fühlte sie sich in der Villa Thiele wie zu Hause, was nicht nur daran lag, dass sie Franz Tag und Nacht in ihrer Nähe wusste. In einem Bett zu schlafen, blieb ihnen allerdings verwehrt. Das, so hatte Katharina Thiele betont, werde ihnen erst nach der Hochzeit gestattet. Doch so weit war es noch nicht. Insgeheim wartete Amelie schon ungeduldig auf den Moment, in dem Franz ihr einen Antrag machen würde, aber in dieser Hinsicht war ihr Liebster eher behäbig und nahm sich alle Zeit, wohl um es für Amelie spannend zu machen.

An einem Sonntag eröffneten die beiden der Haushälterin, dass sie ein Paar waren. Frieda zeigte sich zunächst skeptisch. »Das gibt doch nur Scherereien«, behauptete sie kopfschüttelnd, während sie damit beschäftigt war, den Sonntagsbraten vorzubereiten. An den Wochenenden ging es in der Villa Thiele etwas ruhiger zu, da die Herrschaften nur selten zur Fabrik fuhren. Nach dem Gottesdienst, den die gesamte Familie im Sonntagsstaat in Sankt Pankratius feierte, wurde das Mittagessen eingenommen. Dabei durften auch die Bediensteten mit am Tisch sitzen – ein Wunsch der gnädigen Frau, die solche Gepflogenheiten aus ihrer Zeit auf dem Bauernhof gewohnt war. Zu Gast waren dann auch die Eltern des gnädigen Herrn und der gnädigen Frau, mit denen man anschließend den Rest des Tages verbrachte. Entweder bei einer Ausfahrt ins Grüne oder mit einem Besuch im nahen Stadtpark, der an das Gütersloher Villenviertel grenzte.

»Wir benehmen uns nicht daneben, und wir arbeiten so fleißig wie eh und je«, entgegnete Franz, der sich offenbar über Friedas altmodische Ansichten ärgerte.

»Ich habe das nicht zu entscheiden«, erwiderte Frieda schulterzuckend. »Aber kommt nicht zu mir und weint euch aus, wenn es Probleme gibt.«

»Das werden wir ganz bestimmt nicht tun«, versicherte Amelie. Sie mochte die mütterliche Art von Frieda. An manchen Tagen überlegte sie sogar, sie ihrem Vater vorzustellen, doch der schien glücklich mit seiner neuen Lebensgefährtin.

»Weil es keine Probleme geben wird«, fügte Franz hinzu.

»Wie ihr meint.« Frieda rang sich ein Lächeln ab und sah den beiden in die Augen. »Ihr seid ein schönes Paar, Kinder.«

»Heißt das, wir haben auch deinen Segen?«, wagte sich Amelie zu fragen.

»Aber natürlich«, lachte Frieda. »Und selbst wenn ich nicht einverstanden damit wäre, könnte ich es nicht ändern.«

»Das stimmt«, grinste Franz und legte einen Arm um Amelie. »Und jetzt helfen wir dir, den Tisch im Speisezimmer zu decken.«

*

Katharina freute sich auf das Sonntagsessen. Die Familie und die Belegschaft saßen am Tisch, die Tafel war festlich gedeckt, und die Kerzen in den fünfarmigen Kandelabern verbreiteten einen anheimelnden Lichtschein. Der Braten, den Frieda in diesem Moment servierte, duftete verführerisch.

Ihre Mutter bereitete Katharina Sorge, denn an diesem Vormittag war sie noch kurzatmiger als sonst. Auch der Hustenanfall, den sie während des Gottesdienstes erlitten hatte, als der Pastor das silberne Weihrauchfass geschwenkt hatte, bot Anlass zur Sorge.

Theresas Haut wirkte wächsern, die Lippen hatten eine ungesunde Färbung. Katharina fragte sie, ob alles in Ordnung sei. Ihre Mutter lächelte matt. »Ein wenig schwach heute«, flüsterte sie leise.

»Möchtest du dich hinlegen und ein wenig erholen?«

»Nein, Kind, lass gut sein. Ich muss mich damit abfinden, dass die Krankheit voranschreitet.« Theresa Zumwinkel winkte ab. »Dein Vater hat den Hof nicht umsonst verkauft.«

Bernhard Zumwinkel stocherte lustlos in seinem Essen herum und nickte beipflichtend.

Katharina betrachtete ihre Mutter so unauffällig wie möglich. Seit ihrem letzten Treffen schien sie um Jahre gealtert zu sein. Dunkle Ringe lagen unter ihren einst wachen Augen, sie hatte abgenommen, und die Bewegungen ihrer Hände wirkten kraftlos, unsicher.

Carl, der Katharinas Blicken gefolgt war, räusperte sich, während er sich mit dem silbernen Messer Erbsen und Möhren auf die Gabel schob. »Ein Freund von mir betreibt eine Lungenheilanstalt«, sagte er wie beiläufig. »Er ist ein ausgezeichneter Mediziner und hat mir angeboten, dir einen privilegierten Platz in seiner Klinik anzubieten.«

»Ich gehe in kein Krankenhaus.« Theresa schüttelte den Kopf. Ihre Hände zitterten, als sie das Besteck zur Seite legte und in die Runde sah. »Ich bin todkrank, und daran wird auch die beste Behandlung in einer angesehenen Lungenheilanstalt nichts ändern. Wir alle müssen uns damit abfinden, dass es so ist.«

Am Tisch herrschte betroffenes Schweigen.

»Wirst du denn sterben, Großmutter?«, fragte Carl junior entsetzt in die Stille hinein.

»Sicher, mein Junge, sicher.« Theresa Zumwinkel lächelte ihm aufmunternd zu. »Aber das ist ganz normal, denn das Sterben ist Teil des Lebens, so seltsam das auch klingt.«

»Aber du stirbst, weil du krank bist«, beharrte Carl junior. »Und das will ich nicht.« Tränen traten in seine Augen.

Theresa lächelte ihren Enkel milde an. Auch ihre Augen schimmerten feucht vor Rührung. »Wir werden es nicht verhindern können, mein Junge.«

Wieder kehrte am Tisch peinliches Schweigen ein. »Es ist gut, Carl«, flüsterte Amelie ihm ins Ohr.

»Nein«, rief der Junge kopfschüttelnd. »Ich will nicht, dass Großmutter stirbt. Sie muss doch noch meine Schwester kennenlernen.«

»Deine … Schwester?« Katharina stockte. »Wie kommst du darauf?«

Carl junior betrachtete sie mit ernster Miene. »Ich habe heute Nacht davon geträumt, dass ich eine Schwester bekomme.« Er zeigte auf Katharinas Bauch. »Da drin ist meine Schwester. Stimmt es?«

»Ich weiß es nicht, das wird nur der liebe Gott wissen.« Katharina war erstaunt, welche Fantasie ihr Sohn an den Tag legte.

»Und ich«, behauptete Carl junior im Brustton der Überzeugung. »Ich hab es ja geträumt.«

»Wenn ich mich recht erinnere, hast du dir einen Bruder gewünscht«, erwiderte Carl.

»Das stimmt, aber eine Schwester ist auch in Ordnung.«

»Gut, dann wäre das ja besprochen.« Katharina wandte sich wieder an ihre Mutter. »Und du möchtest wirklich nicht in einer Lungenheilanstalt behandelt werden?«

»Kind«, sagte Theresa kopfschüttelnd, »meine Krankheit ist unheilbar, daran wird auch die beste Klinik nichts ändern.«

»Ich kann dich nicht zwingen«, brummte Bernhard an seine Frau gewandt. Katharina sah ihrem Vater an, dass er über die Haltung seiner Frau unglücklich war. Sie kannte ihn gut genug, um zu wissen, dass er die Hoffnung auf eine Heilung immer noch nicht aufgegeben hatte.

»Übrigens«, wechselte Carl das Thema, »gibt es morgen Grund zum Feiern in der Fabrik.«

Alle Augen lagen auf ihm, nur Katharina wusste, wovon ihr Mann sprach.

»Gemeinsam mit Paul Klamm werden wir den *Thiele*-Kraftwagen der Öffentlichkeit vorstellen. Zahlreiche Pressevertreter haben ihr Kommen zugesichert.«

»Das klingt spannend«, fand sein Vater, der schon immer an technischen Neuerungen interessiert war. »Gibt es denn schon einen Namen für das Automobil, oder heißt es einfach Kraftwagen?«

»Das, mein lieber Herr Papa, ist eine Hommage an meine liebe Frau.«

»Dann heißt der Wagen Katharina?«

»Nicht ganz. Wir nennen ihn K1.«

»K wie Katharina«, erklärte Katharina stolz.

»Weil du mit deinen Ideen, welche Eigenschaften der Wagen haben sollte, entscheidend zu seiner Entstehung beigetragen hast.« Carl warf ihr einen verliebten Blick zu und drückte ihre Hand.

»Ich dachte K steht für Kraftwagen«, brummte Bernhard Zumwinkel, grinste schief und fing sich von Theresa einen Seitenstoß unter dem Tisch ein, der Katharina nicht verborgen blieb.

»Werden wir dann auch so ein Automobil bekommen?«, wollte Carl junior wissen. Er kaute auf einer Kartoffel und sprach undeutlich, was ihm gleich eine Ermahnung von Amelie einbrachte.

»Selbstverständlich, mein Junge«, nickte Carl. Genießerisch schob er sich ein Stück Braten in den Mund und lobte Friedas Kochkünste. »Wir werden unseren eigenen Thiele-Kraftwagen fahren.«

»Oh!« Franz klang betroffen. »Dann wird meine Arbeit als Kutscher wohl bald überflüssig sein, oder?«

Carl und Katharina wechselten einen Blick, dann schüttelte Katharina den Kopf. »Ganz sicher nicht, Franz. Wir benötigen immer noch einen Gärtner, einen Dienstboten und sicherlich auch einen Chauffeur.«

»Ich werde mit dem Kraftwagen fahren?« Franz zog die Augenbrauen hoch.

»Selbstverständlich«, nickte Carl. »Es ist üblich, dass man sich bei bestimmten Anlässen fahren lässt. Und wer an diesem Tisch könnte besser für die Aufgabe geeignet sein als Sie?«

Franz strahlte über das ganze Gesicht. »Das ehrt mich sehr, mein Herr, haben Sie vielen Dank!«

Katharina blickte in die Runde. Die Menschen, die hier versammelt waren, bedeuteten ihr viel. Sie unterschied nicht zwischen Dienstboten und den Familienangehörigen und war unendlich froh, so viele gute Menschen in ihrem Umfeld zu wissen. Das Gespräch beim Essen war heute ein Wechselbad der Gefühle. Auch wenn sie sich auf die Einführung des Thiele-Kraftwagens freute, so spürte sie beim Gedanken an den Gesundheitszustand ihrer armen Mutter einen Druck, als legte sich ein eisernes Band um ihren Brustkorb. Theresa lehnte jede weitere ärztliche Behandlung ab, die über die Versorgung mit lebenswichtiger Medizin hinausging. Das deutete darauf hin, dass ihre Mutter sich ergab, dass sie den Kampf bereits aufgegeben hatte. So kannte sie Theresa nicht, denn solange Katharina denken konnte, war sie eine Kämpferin gewesen. Die Zeiten auf dem Hof waren schön, oft aber auch hart gewesen und hatten ihr und Bernhard alles abverlangt. Immer hatte sie wie eine Löwin gekämpft und sich durchgesetzt. Stets hatte sie ihrer schleichenden Krankheit getrotzt. Und nun saß Theresa Zumwinkel am Tisch wie eine Frau, die nicht mehr viel vom Leben erwartete. Dabei war sie gerade einmal Mitte vierzig. Katharina seufzte schwer, als ihr bewusst wurde, dass es bald schon eine Zeit ohne ihre Mutter geben würde. Sie spürte, wie ihr die Tränen in die Augen schossen, murmelte eine Entschuldigung und sprang vom Tisch auf, um hastig den Raum zu verlassen.

★

»Was hat sie denn?«, fragte Bernhard Zumwinkel verdutzt, als seine Tochter aus dem Esszimmer gestürmt war. Draußen hörte er sie noch schluchzen, dann war die Tür hinter ihr zugefallen.

»Ich fürchte, sie erlebt derzeit ein Wechselbad der Gefühle.« Carl seufzte. »Die Schwangerschaft«, schob er hinterher und rang sich ein Lächeln ab, obwohl ihm nicht danach war. Er legte das Besteck zur Seite und tupfte sich den Mund mit der Serviette ab. Dann erhob er sich und sah in die Runde. »Bitte entschuldigt mich, ich muss mich um Katharina kümmern.«

Carl fand sie in der Halle. Katharina saß auf einem der beiden Sessel neben der Treppe. Vernehmlich schnäuzte sie sich die Nase, als er zu ihr trat.

»Was ist mir dir, Liebes?«

»Was mit mir ist?« Sie sah aus tränenverschleierten Augen zu ihm auf. »Ich werde meine Mutter verlieren, weil sie sich aufgibt.«

»Ich weiß, dass die Vorstellung schmerzhaft ist.« Er sank zu Katharina auf die Sessellehne und nahm sie in den Arm. Bebend schmiegte sie sich an seine Brust. Es störte ihn nicht im Geringsten, dass ihre Tränen sein blütenweißes Hemd durchnässten. Schweigend saßen sie da. Erst als sie den Kopf hob und zu ihm aufsah, wagte Carl ein zaghaftes Lächeln.

»Wir müssen stark sein jetzt und die Entscheidung deiner Mutter respektieren, Katharina.«

»Du hast ja recht. Doch die Vorstellung, dass sie bald schon … tot ist, ist grausam.«

»Noch lebt sie«, entgegnete Carl. »Und so wie ich Theresa kennengelernt habe, wird sie noch lange unter uns weilen.« Er rang sich ein schiefes Grinsen ab. »Theresa ist eine starke Frau, das solltest du am besten wissen.«

»Ich weiß das.« Katharina nickte. Wieder putzte sie sich die Nase. »Aber so wie sie jetzt ist, kenne ich sie gar nicht. Sie war nie jemand, der sich kampflos dem Schicksal fügt.«

»Die Zeiten ändern sich.«

»Ja, Carl, das tun sie wohl.«

»Und gerade deshalb sollten wir versuchen, die Zeit, die noch bleibt, zusammen zu genießen.«

»Vielleicht hast du recht.«

»Natürlich habe ich recht.«

»Es tut mir leid.«

»Nichts muss dir leidtun, Liebes.« Carl schüttelte den Kopf und reichte ihr eine Hand. Sie stand auf und nickte. »Es ist schön, dich in meinem Leben zu haben, Carl Thiele.«

»Das kann ich nur erwidern.« Er hauchte ihr einen Kuss auf den Handrücken. »Und jetzt gehen wir zurück zu den anderen. Carl junior muss uns noch erklären, wie unser Mädchen ausgesehen hat.«

»Wie bitte?« Katharina verstand nicht, wovon er sprach.

»Er hat von einer Schwester geträumt«, erinnerte Carl sie. »Ich würde gerne wissen, wie sie so ist, unsere Tochter.«

Katharina musste lachen. Es war ein erleichterndes, befreiendes Lachen, das sie für den Moment sogar die Sorge um ihre Mutter vergessen ließ.

»Ja«, sagte sie. »Das muss er uns erzählen. Ich bin so neugierig auf Margarete.«

»Margarete?« Carl legte fragend den Kopf schräg.

»Ja, Margarete, unsere Tochter. Sie wird Margarete heißen.« Aus Katharinas Mund klangen die Worte wie eine Selbstverständlichkeit.

»Ach so«, nickte er. »Dann bin ich gespannt und ich freue mich auf Margarete.« Liebevoll strich er über Katharinas Bauch. Das tat er in der letzten Zeit besonders gern, denn er bildete sich ein, dass das Kind in Katharinas Bauch seine Streicheleinheiten mit leichten Boxhieben und Tritten beantwortete. Er konnte es kaum erwarten, seine Tochter ein erstes Mal zu sehen und im Arm zu halten. Ein paar Wochen würde er sich wohl oder übel noch gedulden müssen, so schwer es ihm auch fiel.

*

Später am Abend saßen Katharina und Carl in der Bibliothek zusammen. Die Eltern waren auf dem Heimweg, und das Personal hatte sich zurückgezogen. Carl genehmigte sich ein Glas Gewürztraminer, Katharina gab sich mit einem kalten Früchtetee zufrieden. Gedankenverloren blickte Carl in das Feuer des Kamins, der an diesem etwas frischen Abend eine wohlige Wärme verbreitete. Die Holzscheite im Feuer knisterten geheimnisvoll. Katharina wusste von ihm, dass er sich beim Blick in die lodernden Flammen verlieren konnte.

»Ich habe mir Gedanken gemacht, wie wir die Funktionsfähigkeit unseres Kraftwagens unter Beweis stellen können«, sagte Katharina in die Stille hinein. Carls Kopf schnellte hoch. »Willst du denn gar keine Reklame machen für unser Auto?«

»Doch, das natürlich auch. Aber ich denke, wenn wir mit dem Thiele-Kraftwagen an einer Rallye teilnehmen und, gleich auf welchem Platz, ins Ziel einlaufen, bekommen wir genau die Beachtung, die wir uns wünschen.«

»Das hast du ganz zu Anfang schon gesagt. Ich finde die Idee gut«, attestierte Carl ihr lächelnd. »Allerdings ist es nicht egal, auf welchem Platz wir über die Ziellinie fahren. Ich möchte auf dem Treppchen stehen, wenn es an die Siegerehrung geht.«

»Ob das gelingt, dürfte am fahrerischen Können der Chauffeure am Volant liegen«, schmunzelte Katharina. »Wer könnte das übernehmen?«

»Da muss ich gar nicht lange überlegen«, antwortete Carl wie aus der Pistole geschossen. »Ich werde es mir nicht nehmen lassen, den Wagen selbst zu fahren. Und Klamm wird sicher auch mit von der Partie sein.« Begeistert rieb er sich die Hände. »Das wird ein riesengroßes Abenteuer, wenn wir mit einem neuen Automobil losfahren, um besser zu sein als die Konkurrenz.« Kurz wurde er ernst. »Ob Rudolf dabei sein wird, weiß ich natürlich nicht. Vielleicht sollte er besser während der Wettfahrt die Stellung in der Fabrik halten.«

»Ich würde dich so gern begleiten.« Katharina streichelte sehnsüchtig ihren Bauch. »Doch ich muss mich zurückhalten.«

»Ja«, nickte Carl, »das ist besser. Ich möchte, dass du auf dich und auf unser Kind aufpasst.«

»Das werde ich tun«, lächelte sie. »Auch wenn es mir schwerfallen wird.«

»Also meinst du, dass unser Auto die Fahrt gewinnen könnte?«

»Natürlich«, sagte Katharina im Brustton der Überzeugung. »Der Wagen wird ein echter Thiele sein, den nichts unterkriegen kann.«

Lächelnd nippte Carl an seinem Wein. »Wie wäre es mit der Prinz-Heinrich-Fahrt?«, fragte er. »Sie führt von Minden nach Frankfurt am Main.«

Katharina hatte von dem Autorennen gehört, das der autobegeisterte Prinz Albert Wilhelm Heinrich von Preußen, selbst ein passionierter Rennfahrer, ins Leben gerufen hatte. Ziel war es, die Fähigkeiten und die Belastbarkeit von Automobilen unter Beweis zu stellen. Der namensgebende Bruder des Kaisers nahm in jedem Jahr höchstpersönlich an der Wettfahrt teil.

»Die Teilnahme an der Fahrt ist die beste Reklame für die Tauglichkeit unseres Automobils«, fand Katharina. »Dabei können wir unter Beweis stellen, wie gut sich der Kraftwagen gegen die Konkurrenz behauptet.«

Carl dachte nach. »Sicher hast du recht«, stimmte er schließlich zu, während er das langstielige Weinglas zwischen den Händen drehte. »An der Fahrt nehmen Marken wie Benz, Opel, Dixi, Berliet, Mercedes und sogar Rolls-Royce teil.«

»Und jetzt auch der Thiele-Kraftwagen«, ergänzte Katharina. »Die Reporter werden sich auf unseren Kraftwagen stürzen, und die Konkurrenz wird sich verwundert die Augen reiben, wenn sie sieht, wie gut das neue Automobil funktioniert.«

»So betrachtet, müssen wir die Wettfahrt einfach gewinnen«, erwiderte Carl mit einem nachdenklichen Lächeln. »Der Erwartungsdruck ist ziemlich hoch, Liebste.«

»Das steht außer Frage.« Katharina trank einen Schluck Tee. »Wir sollten das mit Rudolf und Klamm besprechen.«

Carl nickte und leerte sein Glas. »Lass uns zu Bett gehen, Liebes. Der Tag war anstrengend, und morgen wird es wieder sehr aufregend. Ich hoffe, ich finde in den Schlaf.«

Katharina trank den Tee aus und stand auf. Sie lächelte ihm auffordernd zu. »Dann werde ich wohl zusehen müssen, dass ich dich müde mache.«

Carl schmunzelte und folgte ihr nach oben.

*

»Ich mache mir Sorgen um die gnädige Frau.« Amelie schmiegte sich in den Schoß ihres Liebsten. Franz lag mit freiem Oberkörper ausgestreckt auf dem Bett und hatte sich ein Kissen in den Rücken gestopft.

»Warum das?« Seine Stimme klag leise und undeutlich. Als sie zu ihm aufsah, stellte sie fest, dass er die Augen geschlossen hatte. Im Halbschlaf kraulte er ihren Rücken.

Sie liebte diese abendlichen Stunden der Zweisamkeit sehr und bedauerte es von Nacht zu Nacht mehr, dass es ihnen verwehrt war, die Nacht zusammen in einem Bett zu verbringen.

»Hast du nicht gesehen, wie traurig sie war, als ihre Mutter die Behandlung in der Lungenheilanstalt abgelehnt hat?«

»Das ist ja auch traurig.«

»Ich kann sie gut verstehen.«

»Warum?« Verschlafen blinzelte Franz zu ihr herab.

»Ich selbst habe meine Mutter verloren, deshalb kann ich mir vorstellen, was in ihrem Kopf und in ihrem Herzen vor sich geht.« Amelie schloss für einen Moment die Augen und sah das gutmütige Gesicht ihrer Mutter vor sich. Es schmerzte, an ihren grausamen Tod zu denken, der eine Lücke im Leben der damals so jungen Familie hinterlassen hatte.

»Ist es nicht immer schlimm, wenn jemand aus der Familie stirbt?«, fragte Franz.

»Das ist es, aber die Mutter hat einen ganz besonderen Stellenwert, Franz. Ist es bei dir nicht so?«

»Weiß nicht«, brummte er.

Amelie bemerkte, dass ihm dieses Thema unangenehm war.

»Meine Mutter habe ich nie kennengelernt. Ich bin in einem Heim aufgewachsen.«

»Das tut mir leid.« Sie kraulte seinen Bauch, woraufhin er einen wohligen Laut von sich gab.

»Das muss dir nicht leidtun«, behauptete er. »Mir hat nie etwas gefehlt, und jetzt lebe ich in einer Villa und liege mit einer wunderschönen Frau im Bett.« Ein Lächeln huschte um seine Mundwinkel.

»Du bewohnst eine kleine Kammer in der Villa, und du gehörst zum Hauspersonal«, erinnerte sie ihn feixend. »Also brüste dich nicht so.«

»Das tu ich nicht.« Er schüttelte den Kopf.

»Natürlich brüstest du dich. Jetzt musst du nur noch behaupten, dass du in einer vornehmen Kutsche zu Banketten und Empfängen fährst.«

»Das ist ja wirklich so.«

»Aber du bist der Kutscher.«

»Wo du recht hast, hast du recht.« Franz grinste. »Und jetzt komm, ich will schlafen.«

»Dann muss ich dich leider rauswerfen.«

»Wie bitte?« Entsetzt schlug er die Augen auf. »Warum denn?«

»Weil es uns verboten ist, zusammen die Nacht zu verbringen.« Amelie setzte eine strenge Miene auf. »Außerdem musst du morgen ausgeschlafen sein. Herr Thiele hat Wert darauf gelegt, dass du bei der Präsentation des neuen Kraftwagens anwesend bist.«

»Warum auch immer.« Franz seufzte. »Aber gut. Allerdings hat Frieda uns nur gesagt, dass wir uns nicht erwischen lassen sollen …«

»Hat sie das gesagt?«

»Ich glaub schon.«

»Ach so.« Amelie nickte. Sie hatte nichts dagegen, dass Franz heute Nacht bei ihr blieb. Sicherlich half seine Nähe, die trüben Gedanken um den Tod ihrer Mutter zu vergessen. Und so krabbelte sie zum Kopfende des Bettes, um das Licht zu löschen.

Kapitel 28

Am nächsten Tag herrschte in den Thiele-Werken großer Trubel. Arbeiter hatten Fahnen mit dem Schriftzug der Fabrik gehisst, an den Masten klimperten die Karabiner im seichten Wind, der über die Ausläufer des Teutoburger Waldes strich. Entlang des Weges zur Fabrikhalle, in der das Automobil gefertigt werden sollte, standen schmuck gekleidete Dienstmädchen Spalier und wiesen den geladenen Gästen den Weg zur richtigen Halle.

Die Sonne stand schon hoch am nahezu wolkenlosen Himmel über der Stadt, als sich die Hallentore unter einem Trommelwirbel wie von Geisterhand öffneten. Zahlreiche Fotografen und Reporter hatten sich unter die vornehm gekleideten und illustren Gäste gemischt, um der Sensation beizuwohnen, die hier gleich stattfinden sollte.

Anfangs war es ein schnaufendes Geräusch, das sich den Weg ins Freie bahnte, dann rasselte ein Motor, doch er knatterte nicht so, wie man es bisher von Automobilen gewohnt war. Im Schritttempo schälte sich der Umriss einer vornehmen Limousine aus dem Halbdunkel der Fabrikhalle. Das Gefährt war feuerrot, der kantige Kühlergrill schimmerte in mattem

Gold, oben auf der Haube thronte das bekannte Thiele-Emblem. Hinter dem Volant saß ein Mann in dunklem Mantel, der eine Schiebermütze auf dem Kopf trug, ein Schal lag um seinen Hals, und das Gesicht war von einer Rennfahrerbrille verdeckt. Mit ledernen Handschuhen lenkte er den K1 aus der Halle auf den Platz. Der geheimnisvolle Fahrer betätigte die Hupe, und die Anwesenden klatschten Beifall und jubelten begeistert. Frauen schwenkten Taschentücher, die Herren nahmen ihre Hüte von den Köpfen und winkten dem Chauffeur damit begeistert zu.

Gleichzeitig spielte eine Kapelle, die das große Hallentor flankierte, auf und übertönte so das Motorengeräusch des K1, der sich Meter für Meter auf die Gäste zuschob.

Katharinas Herz schlug wie wild, denn das, was hier in großem Rahmen präsentiert wurde, hatte sie sich schon lange gewünscht. Vor Jahren schon hatte sie mit Carl vom Bau eines Thiele-Automobils geträumt, und heute ging dieser Traum endlich in Erfüllung.

»Ich kann nichts sehen«, maulte Carl junior neben ihr. Sie griff beherzt zu und hob den Jungen in die Höhe, so dass er über die Köpfe der Erwachsenen einen Blick auf den roten Wagen erhaschen konnte. Benzingeruch hing in der Luft.

Gemächlich rollte der Kraftwagen über eine hölzerne Rampe auf eine provisorische Bühne. Die Gäste schienen beeindruckt davon, mit welcher Leichtigkeit der Wagen die Steigung nahm, denn auch jetzt knatterte, qualmte und stank rein gar nichts.

Auf der Bühne angekommen, wurde der Motor abgestellt, der Chauffeur blieb regungslos am Steuer sitzen. Carl, Rudolf und Paul Klamm standen bereits auf der festlich geschmückten Bühne und traten nun vor.

Alle drei Männer trugen schwarze Anzüge und Hüte. Sie sahen sehr elegant aus, und mit einem Schmunzeln registrierte Katharina, dass sich Carl auch nach vielen Jahren als Fabrikant noch nicht an das Tragen eines unbequemen Anzuges gewöhnt hatte. Er kleidete sich am liebsten zweckmäßig, trug grobe Leinenhemden und bequeme Hosen. Doch dieser Aufzug wäre dem heutigen Tag nicht gerecht geworden, und so hatte sie ihn dazu überredet, sich für den guten Sonntagsanzug zu entscheiden. Gerade erhob er die Stimme, um die Anwesenden zu begrüßen. Unter ihnen befanden sich wichtige Vertreter aus Wirtschaft und Politik, zahlreiche Männer und Frauen waren gekommen, um das neue Automobil persönlich in Augenschein zu nehmen. Sogar Lorenz Adlon war eigens aus Berlin angereist. Den Besuch verband er mit der Abnahme der inzwischen fertiggestellten Großwaschmaschinen, die in den nächsten Tagen in die Hauptstadt transportiert werden sollten. Und um einen der neuen Kraftwagen zu bestellen. Denn auch Adlon wollte künftig standesgemäß mit einem K1 durch Berlin fahren. Das hatte er Katharina vorhin zugeflüstert, als sie sich über den Weg gelaufen waren. Bei dieser Gelegenheit hatte er sich noch einmal für ihren Einsatz in Berlin bedankt. Die Moabiter Unruhen seien nach entsprechenden Berichten in der Presse Anfang September beigelegt worden. In diesem Zusammenhang, so die *Berliner Zeitung*, sei Lorenz Adlon als Arbeitgeber mit gutem Beispiel vorangegangen und hatte einen wertvollen Beitrag dazu geleistet, dass die Berliner Unruhen zu Ende gegangen waren.

»Das alles ist Ihr Verdienst, meine Werteste«, waren Adlons Worte gewesen, »und darauf können Sie stolz sein, gnädige Frau.«

In diesem Moment begrüßte Carl von der Bühne aus die Gäste. Im Publikum kehrte allmählich Ruhe ein.

»Meine Damen und Herren«, sagte Carl mit erhobener Stimme, »verehrte Gäste, liebe Freunde der modernen Technik.« Dort, wo im Publikum noch vereinzelt getuschelt wurde, kehrte vollends Stille ein. »Wir freuen uns, Ihnen heute unsere neueste Errungenschaft im Repertoire der Firma *Thiele & Cie.* präsentieren zu dürfen. In den vergangenen Jahren haben wir uns mit dem Bau äußerst robuster Maschinen einen Namen gemacht, der weit über die Grenzen des Deutschen Reiches hinausgeht. Unsere Waschmaschinen, die Zentrifugen und die Buttermaschinen begeistern unzählige Menschen in aller Herren Länder. Auch die neue, elektrifizierte Kraftwaschmaschine hat bereits Einzug gehalten in Haushalte, in denen schon Licht brennt und der Strom fließt. Wer unsere Produkte kennt, der weiß, dass sie leicht zu bedienen und äußerst zuverlässig sind. Und wer sich aufmerksam auf den Straßen und Chausseen umsieht, dem wird nicht entgangen sein, dass die Anzahl der Automobile nahezu täglich steigt. Wir, meine Damen und Herren, haben das zum Anlass genommen, ein Automobil zu entwickeln, das die Tugenden unserer Waschmaschinen mitbringt. Dazu haben wir uns die Unterstützung einer Koryphäe auf dem Bereich des Automobilbaus geholt. Wer also behauptet, dass wir nur Waschmaschinen bauen könnten, der irrt gewaltig.«

Im Publikum brandete wohlwollendes Gelächter auf. Carl ließ den Anwesenden Zeit, bevor er fortfuhr. »Und deshalb haben wir uns an die Arbeit gemacht, einen Kraftwagen zu bauen, der ein typischer Thiele ist – robust, langlebig, leicht zu bedienen. Und einen Wagen, der ganz einfach Freude im Alltag bereitet.« Carl warf Rudolf, der mit lässig in den Hosentaschen vergrabenen Händen an seiner Seite stand, einen Blick zu.

Rudolf räusperte sich, dann richtete er das Wort an das Publikum. »Wir haben ein Automobil gebaut, das sich durchsetzen wird, so, wie es unsere landwirtschaftlichen Maschinen und die Waschmaschinen in den vergangenen Jahren getan haben. Auch diesmal setzen wir wie gewohnt auf die besten Materialien und stellen zahlreiche Bauteile in unserem Werk selbst her, um Qualität garantieren zu können. Wir sind sicher, dass dieser Wagen Ihnen viele Jahre lang Freude bereiten wird. Und das zu einem erschwinglichen Preis, so viel darf ich Ihnen versprechen. Und dass dieser Wagen zu dem geworden ist, den Sie hier sehen, dafür stand uns der renommierte Automobilingenieur Paul Klamm zur Seite.«

Jetzt ergriff Klamm das Wort. »Mir war es wichtig, meine Damen und Herren, ein benutzerfreundliches Automobil zu schaffen, eines, auf das Sie sich tagein, tagaus verlassen können. Den Kraftstoff können Sie in jeder Apotheke erwerben, um Ihre Fahrt anzutreten oder fortzusetzen. Der Motor läuft sehr ruhig, das Fahrwerk ist gut gedämpft, und die Stöße von Schlaglöchern werden kaum auf das Chassis und auf die Karosserie übertragen. Ich bin sicher, dass Sie, sobald Sie einen K1 gefahren sind, kein anderes Automobil mehr fahren möchten. Und ganz nebenbei macht der Thiele-Kraftwagen eine gute Figur. Bitte beachten Sie die elegante Linienführung und die zahlreichen liebevollen Details. Sie werden begeistert sein vom Platzangebot auch auf den Plätzen im Fond, das gilt besonders für die viertürige Limousine. Und schließlich es gibt es den K1 in unterschiedlichen Motorisierungen, aus denen Sie wählen dürfen, wenn Sie sich zum Kauf eines Thiele-Kraftwagens entscheiden.«

Wie gebannt hing Katharina an den Lippen der drei Männer. Gleichzeitig schrieben die Reporter fleißig mit, unter den vornehmen Gästen brach ein anerkennendes Murmeln aus, einige applaudierten zwischendurch.

Ein sanftes Lächeln stahl sich auf ihre Lippen, als sie die Bewegungen des Kinds in ihrem Leib bemerkte. Zärtlich strich sie sich über den Bauch. Katharina konnte es kaum erwarten, ihr Kind zum ersten Mal auf dem Arm zu halten, aber ein paar Wochen musste sie sich noch gedulden. Zwischenzeitlich glaubte Katharina ihrem Sohn. Sie hatte sich an den Gedanken gewöhnt, diesmal eine Tochter zur Welt zu bringen. Doch jetzt konzentrierte sie sich auf die Redner, die den K1 in den höchsten Tönen lobten und dem Publikum anpriesen.

»Haben Sie Franz gesehen, gnädige Frau?«

Katharina hatte nicht bemerkt, dass Amelie neben sie getreten war. »Nein«, sagte sie wahrheitsgemäß und blickte sich suchend um. »Vorhin war er noch hier.«

»Seltsam.« Amelie hob den Kopf und blickte sich suchend um. Von Franz fehlte weit und breit jede Spur.

»Er wird schon wieder auftauchen«, munterte Katharina sic

auf. Wie sehr sie damit recht behalten sollte, ahnte sie in diesem Augenblick noch nicht, denn Carl hatte ihr nicht alle Details der Präsentation verraten …

*

Amelie begann sich Sorgen zu machen. Seit über einer Stunde schon war Franz wie vom Erdboden verschwunden. Dabei hatte er die Thiele-Kutsche zum Werk gefahren. Danach hatte er sich bei ihr entschuldigt. Er müsse noch etwas im Auftrag des gnädigen Herrn erledigen, bevor er sich unter die illustren Gäste mischen würde. Amelie fühlte sich etwas unwohl unter den vornehmen Besuchern, die an diesem Tag zum Werksgelände geströmt waren. Alle trugen teure Kleider und Maßanzüge, sie dufteten unglaublich gut und konnten sich sehr gewählt ausdrücken.

Dagegen fühlte sie sich auch in ihrem besten Kleid nicht angemessen gekleidet. Der Stoff des Kleides schimmerte in einem eleganten Dunkelblau, der Kragen war mit weißer Spitze besetzt, sie trug ein Amulett mit einem winzigen Bild ihrer Mutter um den Hals und einen Hut mit breiter Krempe auf dem Kopf.

Oben auf der Bühne lief gerade die Vorstellung des neuen Automobils. Obwohl ihr der Wagen gefiel, war sich Amelie darüber im Klaren, dass sie sich wohl niemals ein solches Automobil würde leisten können. Das war etwas für die feinen Herrschaften und für die Adelshäuser, nichts für kleine Dienstboten wie sie. Doch träumen darf man wohl, dachte sie seufzend, als die Gäste applaudierten und der K1, wie man das Automobil getauft hatte, langsam von der Bühne rollte. Anschließend waren die Pressevertreter und die geladenen Besucher zu einer Werksbesichtigung eingeladen. Rudolf Zenker, Paul Klamm und der gnädige Herr gingen voran in Richtung Fabrik, die Gäste folgten dichtauf. Niemand schenkte dem Wagen mehr Beachtung, alle waren gespannt auf die Produktionshalle.

Etwas unschlüssig blieb Amelie abseits stehen, bis der Rummel vorüber war. Die gnädige Frau und Carl junior hatte sie aus den Augen verloren. Gerade als sie sich aufmachen wollte, um wieder Anschluss zu finden, vernahm sie das Motorengeräusch hinter sich. Sie wolle zur Seite treten, doch in diesem Moment betätigte der Fahrer die Hupe.

»Gnädige Frau«, rief jemand hinter ihr. »Darf ich Sie vielleicht zu einer kleinen Ausfahrt einladen?«

Als Amelie sich umwandte, lehnte sich der Chauffeur des K1 lässig aus dem Fenster. Er grinste, und an seinem Grinsen erkannte Amelie, dass es sich bei dem geheimnisvollen Fahrer um Franz handelte. Ihr Herz vollführte einen Freudensprung. Jetzt machte er eine einladende Geste zum Beifahrersitz.

»Franz!«, rief sie überrascht auf. »Was machst du denn mit dem Wagen?«

»Das siehst du doch«, antwortete er gut gelaunt. »Was ist denn jetzt? Möchtest du nicht einmal in einem brandneuen Automobil mitfahren?«

Amelie zögerte. »Dürfen wir das denn überhaupt?«

Franz nickte. Er zog die Rennfahrerbrille von den Augen und machte erneut eine einladende Geste. »Solange wir das Werksgelände nicht verlassen, darf ich ein wenig spazieren fahren, um mich daran zu gewöhnen. Der gnädige Herr hat es mir erlaubt.«

»Also gut.« Amelie umrundete die kantige Haube des Wagens. Franz beugte sich über den Sitz und öffnete ihr die Tür. Sie setzte einen Fuß auf das breite Trittbrett, dann sank sie in die weichen Lederpolster. Beeindruckt strichen ihre Hände über das Material. Alles fühlte sich unglaublich edel und teuer an. Vorsichtig zog sie die Tür ins Schloss. Sie war noch nie in einem Automobil mitgefahren und war beeindruckt. Nachdem sie Franz zugenickt hatte, legte er einen Gang ein. Der Wagen schnurrte los. Er lief wie ein Uhrwerk. Einige Arbeiter auf dem Gelände sahen ihnen neugierig hinterher. Offenbar machten sie gerade eine kleine Pause und wollten einen Blick auf den K1 werfen. Doch Franz hatte offenbar nicht vor, anzuhalten. Er ließ den Wagen über die breiten Wege zwischen den Hallen rollen.

»Gefällt es dir?«

Amelie nickte. »Und wie, daran könnte ich mich gewöhnen. Aber warum darfst du das Automobil fahren?«

»Es gehört dem gnädigen Herrn«, erwiderte Franz lachend. »Und ich bin sein Kutscher, hast du das schon vergessen?«

»Nein … aber ich habe gedacht …«

»Dass ich nur für Pferde zuständig bin?« Wieder lachte Franz. »Wenn es dich beruhigt, unter der Haube verrichten zwanzig Pferdestärken ihre Arbeit.«

Amelie sah in fragend an.

»Es ist kompliziert.« Franz erklärte ihr mit wenigen Sätzen die Besonderheiten eines Vierzylindermotors, doch Amelie verstand davon nicht viel und beschränkte sich darauf, die Fahrt zu genießen. Die weitläufigen Hallen schienen an ihnen vorbeizufliegen. Auch das sogenannte Weiße Haus, wie sie das Verwaltungsgebäude nannten, kam in Sicht. Franz fuhr einen Bogen und hielt sich rechts. Irgendwann hatten sie das Ende des Geländes erreicht. Die Bahngleise im hinteren Bereich begrenzten das große Areal. Franz lenkte den Wagen bis zum Ende eines Weges, bremste sanft ab und schaltete den Motor aus. »Und jetzt?« Amelie fragte sich, was er vorhatte.

Anstatt einer Antwort stieg Franz wortlos aus. Er nahm die Brille vom Hals, nahm den Schal ab und warf beides auf die Rückbank. Dann umrundete er den Wagen. Amelie fiel auf, wie schneidig er in seinem Rennfahreranzug aussah. Fast hätte sie sich erneut in ihn verliebt.

Mit einer galanten Bewegung öffnete er den Wagenschlag und hielt ihr die Hand hin. »Endstation«, sagte er mit einem vielsagenden Lächeln und half ihr beim Aussteigen. Ein wenig ratlos stand Amelie neben dem Kraftwagen. Bevor sie eine weitere Frage stellen konnte, ging Franz vor ihr in die Knie. Wortlos nahm er ihre Hand und sah zu ihr auf. Ihr Herz pochte vor Aufregung, und Amelie ahnte, dass nun ein ganz besonderer Moment folgen würde. Während er sprach, versank sie in seinem Blick und wäre ihm am liebsten auf der Stelle um den Hals gefallen.

»Amelie Wadersloh«, begann Franz mit feierlicher Stimme. »Ich habe dich als junges und schüchternes Mädchen kennenlernen dürfen, als du vor dem Tor der Villa Thiele gestanden hast und um Eintritt gebeten hast. Vom ersten Moment an fühlte ich mich zu dir hingezogen, wie ich mich noch nie zu einer Frau hingezogen fühlte. Wenn du nicht in meiner Nähe sein konntest, sehnte ich mich nach dir. Du bist mir seit unserem ersten Treffen nicht mehr aus dem Kopf gegangen. Nachts lag ich wach und habe mich vor Sehnsucht nach dir verzehrt. Ich liebe den Klang deiner Stimme, könnte im Blick deiner wunderschönen Augen ertrinken. Als ich spürte, dass es dir mit mir ähnlich erging, fasste ich mir in Berlin ein Herz. Dass du die gnädige Frau zum *Hotel Adlon* begleiten durftest, war unser großes Glück, denn in dieser Nacht fanden wir erstmals zueinander. Seitdem kann ich nicht mehr ohne dich leben.« Er legte eine Pause ein.

Amelie spürte, wie ihr Tränen der Rührung in die Augen stiegen. Sie schniefte verlegen und drückte seine Hand, so fest sie konnte. Das Herz klopfte ihr bis zum Hals, als Franz fortfuhr.

»Meine geliebte Amelie, ich kann und ich will nie wieder ohne dich durchs Leben gehen, ich möchte an deiner Seite alt werden und ich liebe dich so, wie ich noch nie in meinem Leben geliebt habe. Deshalb frage ich dich hiermit …«, wieder legte er eine Pause ein.

Amelie ahnte natürlich längst, was nun folgen würde. Ihre Aufregung steigerte sich ins Unermessliche.

Frag schon, los, frag doch!, schrie alles in ihr. Sie spürte, dass ihre Knie weich wurden, und konnte den zweiten Teil des Satzes kaum erwarten.

Franz holte tief Luft, bevor er fortfuhr.

»Ich frage dich hiermit«, setzte er neu an, »ob du, Amelie Wadersloh, meine Frau werden möchtest.« Als das letzte Wort über seine Lippen gekommen war, blickte er ihr tief in die Augen. Amelie erkannte, dass er Tränen in den Augen hatte. Genauso wie sie. Sekundenlang herrschte gespanntes Schweigen, dann platzte es freudig aus Amelie heraus.

»Ja«, rief sie laut, »ja, ich will deine Frau werden, Franz! Denn auch ich liebe dich – und ich habe schon so lange auf diesen Antrag gewartet!« Sie lachte, er erhob sich und nahm beide Hände, dann zog er sie in seine starken Arme, gerade rechtzeitig, um zu verhindern, dass sie ohnmächtig wurde vor Freude. Sie küssten sich voller Leidenschaft und vergaßen die Welt um sich herum. Amelie konnte ihr Glück kaum fassen. Sie waren verlobt! Sie schrie vor Glück auf und warf sich fester in seine Arme. Franz hielt sie so fest, als wollte er sie nie wieder loslassen.

Kapitel 29

Wenige Tage später zog der Herbst über das Land. Er zeigte sich von seiner ungemütlichen Seite, nach tagelangem Regen und ersten Stürmen färbte sich das Laub an den alten Bäumen im Villenviertel. Der stärker werdende Wind ließ das erste Laub von den Ästen fallen. Doch in den seltenen Momenten, wenn sich die Sonne, so wie heute, blicken ließ, konnte auch der Herbst seinen Reiz haben, fand Katharina. Sie saß am Schreibtisch im Turmzimmer, um die Prinz-Heinrich-Fahrt vorzubereiten. Seit Tagen schon brütete sie über den Landkarten, um die Strecke auszuarbeiten, auf der sich der Thiele-Kraftwagen bewähren sollte. In diesem Jahr führte die Strecke vom westfälischen Minden über zahlreiche Umwege bis nach Frankfurt am Main. Die rund eintausendvierhundert Kilometer lange Strecke galt es, in drei Tagen zu bewältigen. Mehr als achtzig Automobile nahmen an der Wettfahrt teil, und die Konkurrenz war breit aufgestellt.

Es würde kein Zuckerschlecken für Fahrer und Fahrzeug werden, da war Katharina sicher. Doch sie wusste, dass Carl, Rudolf und Paul Klamm größten Wert auf die Zuverlässigkeit des K1 gelegt hatten. Deshalb stand für sie außer Frage, dass der

Wagen das Rennen nicht nur schaffen, sondern auch gewinnen würde.

Katharina schrak auf, als es an der Bürotür klopfte. Sie legte den Stift, mit dem sie sich gerade Notizen gemacht hatte, zur Seite. »Herein.«

Frieda trat ein. »Entschuldigen Sie die Störung, gnädige Frau, aber Sie haben Besuch.«

»Besuch?« Katharina leget die Stirn in Falten. Sie erwartete niemanden und war sicher, auch keinen Termin vergessen zu haben. Letzteres wäre nicht ungewöhnlich, denn seit einigen Tagen neigte sie zur Vergesslichkeit. Ein Umstand, den ihr Arzt auf die Schwangerschaft schob, weshalb sie sich, so seine Worte, keine Sorgen machen müsse.

»Ihre Mutter«, sagte Frieda.

»Bitten Sie sie herein.« Katharina gab sich Mühe, ihre Verwunderung zu verbergen. Sie erhob sich von ihrem Stuhl und umrundete den Schreibtisch.

Frieda gab den Eingang frei, und Theresa Zumwinkel trat in den von Sonne durchfluteten Raum. Sie wirkte nicht mehr ganz so blass wie vor einigen Tagen, es brauchte allerdings einen Moment, bis sich ihr Atem beruhigt hatte. Sie rang nach Luft, während sie Katharina zunickte. Eilig schob Katharina ihr einen Stuhl hin und bat Frieda, ihrer Mutter ein Glas Wasser zu holen.

»Mutter«, sagte Katharina, als sie allein waren. »Was führt dich zu mir?«

»Bernhard … er ist im … Garten.«

»Und du begleitest ihn.« Katharina verstand. »Das ist schön.

Ich bereite gerade unsere Teilnahme mit dem Automobil an der Wettfahrt vor. Es geht darum …«

Frieda trat ein, reichte Theresa das Glas und zog sich rasch wieder zurück.

»Ich bin gekommen, um dir etwas mitzuteilen.« Langsam beruhigte sich Theresa. Kurz kämpfte sie gegen einen aufsteigenden Husten an, dann hatte sie sich unter Kontrolle.

Katharina zog sich einen zweiten Stuhl heran und setzte sich zu ihrer Mutter.

»Ich werde das Angebot von Carl annehmen.«

»Die Behandlung in der Lungenheilanstalt?«

»Ja.« Theresa nickte. »Ich habe nachgedacht. Es wäre unfair von mir, erst zuzusehen, wie dein Vater schweren Herzens den geliebten Hof verkauft, um mit mir in die Stadt zu ziehen, und ihn dann nur wenige Jahre später hier allein zurückzulassen.« Sie lächelte sanft. »Das brächte ich nicht übers Herz, Kind.«

»Eine sehr weise Entscheidung«, lobte Katharina.

»Und außerdem«, fuhr ihre Mutter fort und zeigte auf Katharinas Bauch, der inzwischen kugelrund geworden war, »möchte ich meine Enkelin kennenlernen.«

»Also glaubst du auch, dass es ein Mädchen wird?«

Theresa lachte. »Carl junior hat es gesagt.«

»Dann ist es wohl so.« Katharina stimmte in das Lachen ein. »Ich bin so froh, dass du dich zu der Behandlung entschieden hast.«

»Ich auch«, nickte Theresa. »Es wäre doch schade, jetzt schon zu gehen, und ich war töricht, dass ich Carls Angebot nicht schon neulich angenommen habe.

»Es war deine freie Entscheidung.«

»Sie war dumm«, beharrte ihre Mutter kopfschüttelnd und leerte das Glas. »Jedenfalls bin ich bereit, die Behandlung vornehmen zu lassen.«

Katharina nahm ihre Hand. »Ich bin sicher, dass es dir schon bald besser gehen wird.«

»Ich mache das nur unter einer Bedingung.« Theresa war ernst geworden.

»Was ist das für eine Bedingung?«, wollte Katharina wissen.

»Ich möchte, dass Carl mich mit dem Auto zur Klinik fährt.« Theresa zwinkerte ihrer Tochter zu. »Natürlich könnte ich auch mit der Eisenbahn fahren, aber der Dampf und der Ruß der Lokomotive sind sicherlich nicht gut für meine Lunge.«

»Ich verstehe.« Katharina nickte mit ernster Miene. »Ich bin sicher, dass es Carl eine Ehre sein wird, dich zur Klinik zu chauffieren, Mutter.«

Katharina atmete erleichtert auf. Bis eben hatte sie befürchtet, dass ihre Mutter nicht mehr lange leben würde. Jetzt gab es wieder Hoffnung für Theresa Zumwinkel. »Dann wollen wir mal alles Nötige veranlassen. Vater weiß es schon, nehme ich an?«

»Nein.« Theresa schüttelte den Kopf. »Ich wollte zuerst mit dir sprechen.«

»Gut.« Katharina nickte. »Dann teilen wir es ihm jetzt mit. Die frische Luft im Garten wird uns sicher guttun.«

*

In der Fabrik liefen die letzten Vorbereitungen für die große Wettfahrt, Franz, Carl und Paul Klamm prüften den Wagen noch einmal auf Herz und Nieren. Carl war ein bisschen stolz auf sich, dass er im Laufe der letzten Monate zu einem Fachmann für Automobile geworden war. Er hatte viel von Klamm gelernt. Rudolf betrachtete die Angelegenheit sachlicher. Für ihn war die Teilnahme an der Wettfahrt eine reine Reklamemaßnahme. Sie diente dazu, die Tauglichkeit des K1 unter Beweis zu stellen. Und so wie die beiden Männer hoffte er inständig, dass sie die Prinz-Heinrich-Fahrt für sich entscheiden konnten, um die gewünschte Aufmerksamkeit der Öffentlichkeit zu erhalten.

Die Strecke war so ausgelegt, dass es beim Rennen verschiedene Prüfungen zu bestehen galt. Es galt, Teilstrecken innerhalb einer bestimmten Zeit zurückzulegen, dabei wurde das Fahrverhalten der teilnehmenden Automobile auf eine harte Probe gestellt. An Steigungen würde manchem Kraftwagen die Puste ausgehen, doch der Thiele-Wagen verfügte über eine ausgezeichnete Motorkühlung. Dafür, dass er die geplanten Talfahrten gut überstand, gab es leistungsfähige Bremsen. Alle waren überzeugt davon, dass sich der Wagen als äußerst robust, zuverlässig und schnell erweisen würde.

Doch die Konkurrenz war nicht nur groß und erfahren, denn in den vergangenen Jahren waren keine Geringeren als Wilhelm Opel, Fritz Erle und Ferdinand Porsche die Sieger gewesen. Allesamt erfahrene Automobilisten, während man bei Thiele landwirtschaftliche Maschinen und Waschmaschinen gebaut hatte. Sicherlich würden die Teilnehmer dem K1 ein besonderes Augenmerk schenken. Es galt also, sich gegen die ganze automobile Konkurrenz durchzusetzen.

Eine Stimme riss Carl aus seinen Überlegungen.

»Gnädiger Herr, wir wären dann so weit.« Franz trug einen Overall. Bis eben hatte er unter dem Wagen gelegen, um die Kardanwelle zu schmieren und nach möglichen Undichtigkeiten zu suchen. Diese hatte er nun ausgeschlossen. Vorne klappte gerade Paul Klamm die Haube herunter. »Der Wagen ist bereit«, verkündete Klamm mit feierlicher Miene. »Morgen kann es losgehen mit dem Training.«

»Erst muss ich meine werte Schwiegermutter mit dem K1 in die Klinik bringen«, erwiderte Carl. Als er in die fragenden Mienen der beiden anderen sah, grinste er. »Sie hat darauf bestanden.«

»Dann haben wir natürlich größtes Verständnis«, lachte Klamm und putzte sich die Finger an einem Lappen ab. Er tauschte einen Blick mit Franz. »Ich bin froh, dass wir einen jungen Mann an Bord haben während der Wettfahrt.«

»Das ist nur folgerichtig, schließlich war der junge Mann viele Jahre über ein äußerst zuverlässiger Kutscher in meinem Haus«, sagte Carl. Er stieß Franz in die Seite. »Und das ›gnädiger Herr‹ vergessen wir jetzt. Wir sind fortan ein Team und in Sachen Automobil gleichberechtigt. Das erklärte Ziel ist es, den Wagen unfallfrei ins Ziel zu bringen – im Idealfall auf dem ersten Platz.«

»Jawohl, gnädiger … Carl.« Für Franz schien es ungewohnt zu sein, seinen Arbeitgeber beim Vornamen zu nennen. Doch

Carl war sicher, dass er sich auch daran gewöhnen würde. Langsam wurde es spannend, und er fieberte dem Tag, an dem sie zur Rallye anreisen würden, schon jetzt entgegen.

⋆

Wenige Tage später gab es einen feierlichen Empfang auf dem Rathausplatz in Gütersloh. Der Bürgermeister, Emil Mangelsdorf, hatte es sich nicht nehmen lassen, der Besatzung des K1 eine gute und erfolgreiche Fahrt zu wünschen. Zu dem Empfang hatten sich zahlreiche Schaulustige auf dem Rathausvorplatz eingefunden, um das neuartige Automobil in Augenschein zu nehmen. Schon jetzt galt der K1 als eine Sensation. Reporter und Fotografen waren gekommen, um in den Zeitungen über das Ereignis zu berichten. Ein Waschmaschinenfabrikant, der auch Automobile baute, hatte es bisher nicht gegeben. Doch Mangelsdorf zeigte sich überzeugt von der Leistungsfähigkeit des Automobils aus Gütersloh. In seiner Rede lobte er den Einsatz der Konstrukteure rund um Carl Thiele.

»Seit bekannt wurde, dass Thiele & Cie. jetzt auch Automobile baut, blickt die Welt nach Gütersloh«, behauptete Mangelsdorf stolz. »Wo der Thiele-Wagen gezeigt wird, löst er, so wie heute hier, Bewunderung aus und ergötzt Herz und Auge eines jeden Kenners – entsprechend hoch sind die Erwartungen, meine Herren.« Mangelsdorf zwinkerte ihnen verschwörerisch zu, als sei er schon jetzt davon überzeugt, dass der K1 seine Sache gut machen würde.

»Wir werden die Erwartungen erfüllen«, versprach Paul Klamm dem Bürgermeister voller Zuversicht.

»Es darf mit Fug und Recht behauptet werden, dass keine andere Automobil-Fabrik in vergleichbarer Zeit ein derartiges Wunderwerk der Technik geschaffen hat wie Thiele & Cie., meine Damen und Herren.«

Applaus brandete auf, Männer riefen ihnen Hurras entgegen, die Frauen klatschten begeistert.

Emil Mangelsdorf wünschte den drei Chauffeuren alles Gute und eine sichere Fahrt »mit einem Automobil, wie es die Welt noch nicht gesehen hat«. Als ein Fotograf ein Foto mit allen Beteiligten im Wagen machen wollte, ließ der Bürgermeister die Gelegenheit nicht aus, pressewirksam in den Polstern des K1 Platz zu nehmen. Umständlich kletterte er in den Fond und setzte sich zu Franz. Vorne saßen Paul Klamm am Volant, daneben Carl. Geduldig warteten sie, bis der Fotograf sein Gerät aufgebaut hatte. Dann bat er sie, in die Kamera zu blicken.

Der Bürgermeister war der einzige Insasse des Autos, der keinen Rennanzug trug, und fiel entsprechend auf. Doch auch das schien durchaus beabsichtigt zu sein. Unter dem Applaus der Männer und Frauen auf dem Rathausplatz entstand das Foto für die Zeitung.

Plötzlich erblickte Carl Frieda, die sich atemlos dem Platz näherte. Bekleidet mit Hausschuhen und einer einfachen Arbeitsschürze, sorgte sie für Aufsehen. Sie schien sehr erregt zu sein, ruderte wild mit den Armen und rief immer wieder Carls Namen.

»Herr Thiele«, rief sie atemlos, »sie müssen schnell kommen!«

Carl wunderte sich, warum die gute Seele des Hauses hier auftauchte. Er befürchtete, dass etwas Schlimmes geschehen sein musste. Beunruhigt bahnte er sich einen Weg durch die Menge der Zuschauer, um Frieda ein paar Schritte entgegenzugehen. Sorge lag auf dem Gesicht der treuen Haushälterin. Auch die irritierten Blicke von Emil Mangelsdorf ignorierte Carl, denn für ihn stand fest, dass etwas passiert sein musste. Befremdet kletterte der Bürgermeister aus dem Auto und zupfte sich den feinen Anzug zurecht. Die neugierigen Fragen der Reporter wehrte er unwirsch ab.

Inzwischen war Carl bei der Hauswirtschafterin angelangt. Sie war völlig außer Atem. »Frieda, was ist denn los?«, fragte er sie so, dass niemand sie belauschen konnte. Paul Klamm saß noch im Auto und beobachtete das Geschehen mit verwundertem Blick, bevor auch er ausstieg, eine Entschuldigung in Richtung des Bürgermeisters murmelte und sich Carl näherte.

»Sie müssen sofort kommen«, keuchte Frieda mit hochroten Wangen. »Die gnädige Frau … ihr Kind, Sie … es kommt!«

»Oje«, erwiderte Carl. »Ich muss sie ins Krankenhaus bringen.«

Frieda nickte und rang nach Luft. »Ja, das sollten Sie. Amelie ist jetzt bei ihr, aber das junge Ding ist überfordert. Kommen Sie schnell!«

»Es gibt nur eine Möglichkeit«, raunte Carl seinem Konstrukteur zu.

Klamm verstand, worauf Carl hinauswollte, und nickte zustimmend. »Ich halte hier die Stellung.«

»Einverstanden – und danke.« Carl gestikulierte wild. »Steig ein, Frieda, wir müssen zu Katharina!«, rief er und klemmte sich hinter das Steuer des eben noch bewunderten K1. Franz hatte ihm rasch Platz gemacht und eilte nach vorn zur Motorhaube, wo er kraftvoll die Antriebskurbel drehte. Es dauerte nicht lange, und der Motor schnurrte.

Franz gesellte sich zu Frieda, die inzwischen auf der Rückbank Platz genommen hatte. »Dann los, Carl. Ab nach Hause, deine Tochter will zur Welt kommen!«

Schnaufend rollte der K1 über den Platz. Die Menschen traten verwundert, aber bereitwillig zur Seite und ließen den Wagen passieren. Carl steuerte das Automobil begleitet unter den neugierigen Blicken der Menschen am Straßenrand auf direkten Weg ins Villenviertel. Katharina brauchte ihn jetzt. Alles andere musste warten.

Kapitel 30

Obwohl Carl den Wagen zu neuen Höchstleistungen getrieben hatte, erreichten sie die Villa zu spät. Amelie öffnete ihnen mit tiefrotem Gesicht die Haustür, nachdem Carl den Motorwagen vor dem Portal gestoppt hatte. Das arme Kindermädchen zitterte am ganzen Leibe. Amelie war kreidebleich.

Schon drang der herzerweichende Schrei eines Neugeborenen an seine Ohren. »Ich muss zu ihr«, keuchte Carl.

»Na dann – worauf warten Sie … worauf wartest du noch?« Franz grinste schief und deutete mit dem Kinn zur Treppe. »Nichts wie hin zu deiner Tochter.«

Amelie wandte sich an Carl. »Sie … Ihre Tochter hat eben das Licht der Welt erblickt«, hörte er Amelies dünne Stimme hinter sich. »Ich habe die gnädige Frau mit Wasser und Umschlägen versorgt und den Arzt gerufen. Er war dabei, als Margarete das Licht der Welt erblickt hat.«

Carl hechtete die breiten Stufen hinauf, als wäre der Leibhaftige hinter ihm her. Das Weinen des Kindes wurde lauter. Schon als er durch die Tür trat, drang der herzerweichende Schrei eines Neugeborenen an seine Ohren. »Sie ist da«, entfuhr es Carl. Er war überwältigt von dem Bild, das sich ihm bot. Katharina lag auf dem Bett, Amelie hatte ihr ein großes Kissen in den Rücken gestopft, sodass Katharina aufrecht sitzen konnte. Auf ihrem Arm lag das Kind, eingehüllt in weiche Decken. Als Carl zum Bett stürmte, verstummte das Weinen des Mädchens auf der Stelle. Sie schien zu spüren, dass ihr Vater jetzt bei ihnen war. Die kleine Welt des Mädchens schien in Ordnung zu sein.

*

Katharina fühlte sich schwach, die Geburt hatte ihr alles abverlangt.

Auch Amelie hatte gezeigt, was in ihr steckte. »Du hättest Hebamme werden sollen«, hatte Katharina gescherzt. Es war tatsächlich ein Mädchen, das sie nun in den Armen hielt. Die runzelige Haut des Kindes war weich wie Samt und rosig zart. Kleine Äuglein blickten suchend umher, winzige Händchen griffen nach ihren Fingern. Katharina wünschte sich, dieser Augenblick würde niemals enden. Sie war unfassbar glücklich und froh, dass Carl endlich bei ihr war. Mit einem glücklichen Lächeln sank er auf die Bettkante, um ihr Kind zu betrachten. Dabei vergaß er völlig, Doktor Wellenstein zu begrüßen. Er kümmerte sich sofort um Katharina und das Kind. »Entschuldige, Liebes«, flüsterte er ihr zerknirscht zu. »Ich wäre so gern bei dir gewesen, um …«

»Schon gut, schon gut«, unterbrach Katharina ihn. »Ich hatte ja tatkräftige Hilfe.« Sie zwinkerte Wellenstein zu. »Und, um deine letzten Zweifel auszuräumen, sei gesagt, dass Amelie ein wunderbares Kindermädchen ist. Sie hat sich um Carl junior und um mich gekümmert, als hätte sie nie etwas anderes getan.«

»Mir hat sie vorbildlich assistiert«, bestätigte Wellenstein kopfnickend.

»Habe ich das je infrage gestellt?« Carl winkte ab und konnte es kaum erwarten, sein Kind zum ersten Mal auf den Arm zu nehmen. »Da bist du ja«, flüsterte er dem Kind zu und atmete tief ein. Der Duft eines Neugeborenen war mit nichts auf der Welt zu vergleichen. Die rosige Haut fühlte sich sanft und weich an, er wagte kaum, den Winzling zu berühren. »Sie ist da«, sagte er überglücklich an Katharina gewandt.

»Ja.« Katharina nickte. »Das ist sie, unsere kleine Margarete.«

»Also hat Carl junior recht behalten.«

»So ist es.« Katharina nickte. »Er ist ein ganz besonderer Junge.«

»Ja, das ist er.« Carl nickte, beugte sich über Katharina und hauchte ihr einen Kuss auf die Stirn. »Ich bin zu spät, der Termin beim Bürgermeister und …«

»Schon gut, alles ist gut«, besänftigte sie ihn. »Jetzt bist du ja bei uns.«

Carl streckte die Hand aus und traute sich kaum, das Kind zu berühren. Zaghaft streichelte er Margaretes Rücken. Sie war eingeschlafen. »Sie ist so winzig«, staunte er.

»Das war Carl damals auch.«

»Stimmt, man vergisst es so schnell.« Er nickte. »Und sie ist wunderschön.« Jetzt lachte er leise. »Das hat sie von der Mutter geerbt.«

»Du alter Schmeichler«, lachte Katharina. Als sich ihre Brust hob und senkte, begann das Kind zu weinen. Carl legte Margarete an sein Gesicht und bedeckte ihren Kopf mit Küssen.

»Sie ist wunderschön«, sagte er immer wieder.

»Und kerngesund«, sagte der Arzt, der sich bis jetzt vornehm im Hintergrund aufgehalten hatte. »Ich beglückwünsche Sie beide. Aber ich glaube, Sie sollten sich jetzt beide etwas Ruhe gönnen.«

»Das werden wir«, versprach Katharina, während sie sich im Bett aufrichtete. »Wir werden unser neues Leben genießen, Herr Doktor.«

»So ist es recht.« Der Arzt klappte seinen Koffer zu und verabschiedete sich. Carl ließ es sich nicht entgehen, Doktor Wellenstein für alles zu danken. Die Männer kannten sich seit einigen Jahren und Wellenstein war der Arzt der Familie und hatte Katharinas Schwangerschaften begleitet. Nachdem der Arzt Katharina versichert hatte, morgen früh nach ihr zu sehen, verließ er den Raum.

Am liebsten hätte Carl das Kind den ganzen Tag auf dem Arm herumgetragen. Katharina sah ihm an, dass er völlig vernarrt in Margarete war. Bei dem Anblick ihres geliebten Mannes und des Kindes auf seinem Arm wurde ihr ganz warm ums Herz. Dann dachte sie daran, dass der Zeitpunkt der Geburt eigentlich ungünstig war, denn draußen ging das Leben weiter. Sie seufzte.

»Viel Zeit zum Genießen zu viert bleibt uns nicht, fürchte ich«, bedauerte Katharina.

»Warum das?«, flüsterte Carl, um das Kind auf seinem Arm nicht zu erschrecken.

»Weil schon morgen die Wettfahrt mit dem K1 beginnt«, erinnerte Katharina ihn. »Die große Prinz-Heinrich-Fahrt!«

Carl schüttelte den Kopf. »Ohne mich.« Er betrachtete das

Kind, das immer noch auf seinem Oberkörper lag und selig schlief, und sah seine Frau an. »Manchmal gibt es Dinge im Leben, die wichtiger sind als die Arbeit.«

»Wovon sprichst du?«

Carl lächelte. »Ich werde euch jetzt nicht im Stich lassen.«

»Aber die Rallye …«

»Sie wird stattfinden, und auch der K1 ist dabei. Aber auf mich muss man in den nächsten Tagen verzichten.«

»Du willst nicht mitfahren?« Katharina war überrascht. Sie wusste, wie sehr sich Carl auf das Rennen freute, und wollte ihm den Spaß auf keinen Fall nehmen. Andererseits fand sie die Vorstellung, dass er bei ihr blieb, sehr reizvoll. Etwas Ruhe würde ihnen guttun.

»Nein«, sagte er und sank mit dem Kind auf dem Arm auf die Bettkante. »Ich bleibe hier bei euch, denn hier gehöre ich jetzt hin.«

»Und wer soll das Rennen fahren?«

»Paul ist der Chauffeur, er ist erfahren und weiß sicher, was er tut. Und Franz wird sich freuen, wenn ich ihn bitte, mich auf der Fahrt zu vertreten.«

Katharina dachte nach. Sie wusste, wie viel ihm an der Fahrt lag. Sie schüttelte den Kopf. »Du solltest mitfahren.«

»Nein – ich lasse euch nicht im Stich.« Carl sagte das in einem bestimmten Ton, der keinen Widerspruch duldete. »Und jetzt ist es an der Zeit, dass wir uns um unsere beiden Kinder kümmern, denn Carl junior darf auf keinen Fall zu kurz kommen. Ihr braucht mich hier, da werde ich nicht an einem Abenteuer teilnehmen.«

»Da gebe ich dir recht.«

»Gut«, sagte Carl. »Also: Keine Widerrede, ich bleibe hier bei euch.« Dann musste er lachen.

»Und Carl junior wird sich freuen, denn wir haben eine Wette abgeschlossen.«

»Eine Wette?«

Er nickte energisch und grinste sie jungenhaft an. »Ja, ich habe mit ihm gewettet, dass er sich trotz seines Traumes täuscht und dass er einen kleinen Bruder bekommt.« Carl verzog das Gesicht. »Und damit habe ich mich geirrt, denn diese Wette dürfte ich verloren haben.« Wieder küsste er den Kopf des Kindes. Er lachte leise. »Mal sehen, was der Wetteinsatz ist. Zeit haben wir ja in den nächsten Tagen, so dass ich nicht nur für euch da sein kann, sondern auch meine Wettschulden bei unserem Sohn begleichen kann.«

Katharina nickte. »Ja«, stimmte sie ihm zu, »die Zeit wirst du haben.« Die Vorstellung, dass sie die nächsten Tage und Wochen als glückliche Familie verbringen würden, ließ ihr Herz vor Freude schneller schlagen. Endlich hatten sie einmal Zeit, ihr gemeinsames Glück zu genießen. *Was für eine schöne Aussicht*, dachte sie überglücklich und zog Carl und Margarete zu sich heran, um sie fest zu umarmen.

ENDE